UN AMORE DA FILM
(HOLLYWOOD HEARTS, 4)
Jean C. Joachim
Romance contemporaneo
Moonlight Books

I0742667

1

Un Romanzo Moonlight Books
Romance contemporaneo
Movie Lovers
Copyright © 2013 Jean C. Joachim
Primapubblicazione dell'e.book: giugno 2013
Progetto di copertina di Dawné Dominique
TRADUZIONE DI SIMONA TRAPANI
A cura di Tabitha Bower
Revisione di Carolyn Gibbs
Copyright di copertina e logo © 2015 by Moonlight Books

EDITORE
Moonlight Books

DEDICA

A Ruth Joachim, la mia adorata suocera.p

Altri libri di Jean C. Joachim

BOTTOM OF THE NINTH
DAN ALEXANDER,pITCHER (en Italiano)
MATT JACKSON, CATCHER(en Italiano)
JAKE LAWRENCE, THIRD BASEMAN (en Italiano)
NAT OWEN, FIRST BASE(en Italiano)
BOBBY HERNANDEZ, SECOND BASE(en Italiano)
SKIP QUINCY, SHORT STOP
WILL GRANT, CENTER FIELD

FIRST & TEN SERIES

G RIFF MONTGOMERY, QUARTERBACK(en Italiano)
` BUDDY CARRUTHERS, WIDE RECEIVER (en Italiano)

PETE SEBASTIAN, COACH(en Italiano)
DEVON DRAKE, CORNERBACK(en Italiano)
SLY "BULLHORN" BRODSKY, OFFENSIVE LINE
AL "TRUNK" MAHONEY, DEFENSIVE LINE
HARLEY BRENNAN, RUNNING BACK
OVERTIME, THE FINAL TOUCHDOWN
A KING'S CHRISTMAS

THE MANHATTAN DINNER CLUB
RESCUE MY HEART
SEDUCING HIS HEART

SHINE YOUR LOVE ON ME
TO LOVE OR NOT TO LOVE
HOLLYWOOD HEARTS SERIES
IF I LOVED YOU (en Italiano)
RED CARPET ROMANCE (en Italiano)
MEMORIES OF LOVE (en Italiano)
MOVIE LOVERS (en Italiano)
LOVE'S LAST CHANCE
LOVERS & LIARS
His Leading Lady (Series Starter)

NOW AND FOREVER SERIES
NOW AND FOREVER 1, A LOVE STORY
NOW AND FOREVER 2, THE BOOK OF DANNY
NOW AND FOREVER 3, BLIND LOVE
NOW AND FOREVER 4, THE RENOVATED HEART
NOW AND FOREVER 5, LOVE'S JOURNEY
NOW AND FOREVER, CALLIE'S STORY (prequel)

MOONLIGHT SERIES
SUNNY DAYS, MOONLIT NIGHTS
APRIL'S KISS IN THE MOONLIGHT
UNDER THE MIDNIGHT MOON
MOONLIGHT & ROSES (prequel)

pLOST & FOUND SERIES

LOVE, LOST AND FOUND
DANGEROUS LOVE, LOST AND FOUND

NEW YORK NIGHTS NOVELS
THE MARRIAGE LIST
THE LOVE LIST

THE DATING LIST

SHORT STORIES
SWEET LOVE REMEMBERED
TUFFER'S CHRISTMAS WISH
THE ONE THAT GOT AWAY
THE SECOND-PLACE HEART (Imminente)
UN'HOUSESITTERpER NATALE (en Italiano)

UN AMORE DA FILM
(HOLLYWOODS HEARTS 4)
Jean C. Joachim

Capitolo Uno

GRACE BREWSTER NON riusciva a controllare il suo respiro. *Da sola con Gunther Quill. Io, così insignificante, con uno deipiù grandiproduttori di Hollywood.* Lui si appoggiò a un angolo della sua scrivania. Le maniche della sua camicia bianca erano tirate su fino ai gomiti, il colletto era sbottonato. La sua cravatta azzurra a strisce era leggermente allentata. Grace notò la suapettinaturaperfetta e il sorrisopiù smagliante che avesse mai visto. La sua attenzione fu catturata dai suoi capelli castani,piacevolmente brizzolati sulle tempie, e dalle sue spalle larghe.

Niente fede al dito. Nessuna foto di famiglia sulla scrivania o sulla credenza. Trasuda sesso da tutti ipori.

I suoi occhi castani indugiarono sul suo corpo, senzaperdersi nemmeno una curva del suo toppericolosamente scollato. Sentendosi improvvisamente nuda, Grace appoggiò leggermente la schiena sulla sedia, incrociando le braccia davanti alpetto. I suoi riccioli castani le caddero disordinatamente sulle spalle. Lei lo guardò con gli stessi occhi azzurri di sua sorella, l'attrice Cara Brewster.

"Miparli unpo' del suo copione, signorina Brewster. C'è una scena d'amore?"

Lei ebbe un sussulto e la bocca le siprosciugò come ilpane raffermo. "Certamente."

"Me la racconti...no, no. Me la mostri." I suoi occhi danzavano mentre le si avvicinava.

"Mostrargliela?" Le mani le iniziarono a sudare mentre si alzava lentamente dalla sedia. "Come?"

"I migliori sceneggiatori recitano i loro copioni. Mi faccia vedere. Mi faccia sentire." I suoi occhi magnetici fissarono quelli di lei.

Prima che riuscisse a trattenere il respiro, lui era già davanti a lei, con ilpetto che quasi sfiorava il suo. Lui le sfiorò i capelli, arrotolandosi qualche ricciolo tra le dita. "Lei è bella come sua sorella," le sussurrò.

Grace fece unpasso indietro. "Grazie, signor Quill. È un bel complimento."

"Gunther. Ora mi faccia vedere, Grace. La sua eroina ha unapassioneper l'eroe?"

Lei annuì.

"E come la dimostra?"

"Beh...lei...ehm...lei..." Lei si guardò intorno, evitando il suo sguardo.

"Forse lui fa questo?" Le si avvicinò e appoggiò le labbra sulle sue, mettendole un braccio intorno alla vita. Il battito di Grace aumentò all'impazzata. Il calore del suo bacio la stimolò, ma la suapaura lottava col desiderio. *È unproduttore. Che cosa stai facendo? Non lo conosci nemmeno. Si tratta di lavoro.* Lei gli mise le mani sulpettoper allontanarlo. Ma lui era robusto come l'acciaio e non si mosse.

Abbassandosi, le sussurrò all'orecchio, "Lui fa l'amore con lei?" le chiese, sfiorandole il collo con la bocca, mentre la stringeva a sé.

"Signor Quill..."

"Gunther..."

"Ok. Gunther...sono quiper il mio copione, giusto? Si tratta di affari."

"Ovviamente. Stiamo solo recitando la sua sceneggiatura. Mi mostri come lei fa l'amore con lui. Lo renda reale. Ho bisogno di sentirloperché anche ilpubblico lo senta."

"Non dovrei farlo con leparole?"

"I film sono immagini, Grace, mia cara. L'azione e le immagini sonopiù importanti delleparole."

"Ma..." Il cuore le batteva all'impazzata.

"Me lo mostri", ripeté lui, facendo scivolare le dita sul suo seno.

Questa volta lei lo spinsepiù forte. "Aspetti un attimo..." cominciò lei, ma leparole le si bloccarono in gola.

Lei fece unpasso indietro e lasciò cadere la sua mano. Il fuoco nei suoi occhi si trasformò in ghiaccio.

"Vuole che legga la sua sceneggiatura? Sa quanti copioni lasciano ogni giorno dietro la miaporta? Centinaia. Cosa rende speciale il suo? Devo sapere che lei ha lapassioneper scrivere una scena d'amore convincente."

Lei si fissò le unghie.

"Grace, se non riesce a convincere me, come diavolo farà a convincere ilpubblico?"

"Ma iopensavo..."

"Non mi facciaperdere tempo. Ha consegnato alla mia segretaria la sua sceneggiatura e la sua analisi?" Lui tornò ad appoggiarsi alla sua scrivania.

Lei annuì. "Vuole che lo legga, vero?" Lei deglutì. "Mi faccia venire voglia di leggerlo. Mi dimostri che il suo copione èpiù sensuale,più interessante, migliore degli altri cinquecento che mi stanno aspettando. *Mi* convinca a leggerlo." Il suo sguardo si scaldò. Lei sollevò il mentoper incontrare il suo sguardo. Il desiderio gli illuminava gli occhi.

"Vorrebbe farmi credere che è venuta qui, vestita in quel modo, senza avere intenzione di sedurmi?"

Un momento di lucidità rischiarò la sua mente confusa. Se avesse voluto che lui leggesse la sua sceneggiatura, avrebbe dovuto fare sesso con lui. Una sensazione di calma lapervase quando capì cosa stava succedendo. *Sono così disperata? Lui è sexy.potrei fare dipeggio. Se lo legge e glipiace, è fatta.*

In cuor suo, si sentiva titubante. Questa sceneggiatura era tuttoper lei,poiché si stava sforzando di trovare la sua strada come scrittrice in un settore in cui c'era una competenza spietata, nel quale sua sorella era una regina e lei era invisibile. Maprostituirsiper questo era decisamente esagerato. *Del resto, lui non è sposato. Magari del sesso occasionale? Io non sono il tipo che fa sesso occasionale.*

Il telefono sulla sua scrivania si mise a vibrare. Gunther si sporseper-prenderlo. "No, no. Non mipassi telefonate." Riagganciò la cornetta e riportò la sua attenzione su Grace. Come un serpente che ha appena ipnotizzato la suapreda, Gunther le si avvicinò. Tastando il terreno, lepassò un dito sul viso. "Sarebbe uno spreco non assaporare una tale bellezza."

"La mia sceneggiatura. La mia storia.parla di una ragazza di nome Jackie e di un ragazzo di nome Brad..." Leparole le uscirono veloce-mente dalla bocca.

"Mi dica tutto, mia cara," disse stringendola a sé. Le sfiorò il collo con le labbra, mentre faceva scivolare con la mano la spallina della sua camicetta, esponendo il suo seno al suo sguardo.

CON MANO TREMANTE, Grace girò la chiaveper mettere in moto il suo SUV. *Che cos'era appena successo?* Appoggiò la testa sul volante, mentre il motore vibrava silenziosamente. *Hai fatto sesso con Gunther Quill. Idiota! Gli haipermesso di usarti.* Un'ondata di nausea le attraver-sò il ventre mentre entrava con l'auto nel vialetto e usciva dalparcheg-gio.

Quando arrivò alla scuola di danzaper la sua lezione, Grace corse alla toilette delle signoreper vomitare. Respirandopesantemente, si lavò il viso e la bocca. La debolezza le attraversò il corpo.

Mentre era appoggiata allaparete del bagnoper rinfrescarsi la fronte calda contro unapiastrella, la sua insegnante, Dorrie Rogers, aprì laporta. "Grace! Va tutto bene?"

Lei annuì.

"Sei bianca come un lenzuolo. Che cosa è successo?"

"Niente, Dorrie, niente. Sto bene." Grace si sollevòper rialzarsi, avendo ripreso colorito, e si sentì di nuovo le gambe stabili.

Dorrie mise un braccio intorno alle spalle della sua amica. "Ehi, non sei obbligata a seguire la lezione oggi.prolungheremo le tue lezioni. "

"Sto bene. Voglio ballare." Si mise il rossetto con la mano tremante.

"Nonprendermi in giro, non stai affatto bene."

Entrarono altre due allieve, mettendo fine allaprivacy di Dorrie e Grace.

"Voglio ballare. Mi farebbe bene."

"Vedremo," disse Dorrie, tirando fuori unpettine epassandoselo tra i capelli castani ramati.

"Ci vediamo dentro," disse Grace, attraversando laporta. Entrò nella grande sala soleggiata, con ilpavimento di legno lucido e chiaro. Laparete a specchio rifletteva la sua immagine, mostrandole quanto fosse orribile il suo aspetto. Graceposò la borsa e afferrò la sbarra. Iniziò lentamente, allungandosi epiegandosi.

Dorrie e le altre donne si riunirono e si unirono a Graceper gli esercizi di riscaldamento. Grace si concentrò sulla danza, cercando di nonpensare a quello che era appena successo nell'ufficio di Gunther Quill. Il sorrisino della sua segretaria aveva confermato il suo sospetto che Gunther si comportasse così abitualmente. Lei non aveva niente di speciale, era solo un'altrapatetica scrittrice che era disposta a concedersiper una lettura,per avere unapossibilità di scoprire se la sua sceneggiatura fosse quella giusta.

Sono stata all'altezza di Gunther? Ho catturato la magia che stava cercando... la qualità mistica necessariaper arrivare sul grande schermo? La rabbiaprese ilposto della nausea, spingendo Grace a sforzare senzapietà i suoi muscoli tesi e rigidi, fino a strapparsi un tendine. Grace cadde a terraper il dolore.

Dorrie corse verso di lei. "Ti avevo detto di non ballare."

"Grazie mille," borbottò dolorante Grace, tenendosi la gamba ferita.

"Mi dispiace. Vieni qua. Mettiamoci unpo' di ghiaccio." Lei aiutò Grace, mentre le altre allieve facevano unapausa di cinque minuti. Dorrieprese una borsa del ghiaccio dalpiccolo frigo all'angolo della sala e la mise sulla gamba di Grace.

"Sei tesa come una corda di violino. "Che cosa sta succedendo?" L'occhiata inquisitoria della sua amica fece distogliere lo sguardo a Grace. Non avrebbe mai rivelato la verità. *Quello che hai fatto è già abbastanza grave. Adesso nonparlarne.*

"Niente."

Dorrie si mise le mani sui fianchi e la fissò. "Non mentirmi, Grace Brewster."

"Lasciaperdere, Dorrie. Lasciaperdere." Stavanoper venirle le lacrime agli occhi. *Merda! Non ho intenzione di mettermi apiangere. Niente lacrime. Non se neparla.*

Quando Dorrie se ne accorse, il suo tono di voce si addolcì. "Mi dispiace, Grace. Che cosaposso fare?" Si abbassòper stare alla stessa altezza di Grace, che era seduta sulpavimento.

"Niente. Te l'ho detto. Lasciaperdere, Dorrie." Grace fece una smorfia alzandosi inpiedi e zoppicando fuori dalla sala. Una volta in auto, accese la radio, aprì i finestrini epercorse velocemente l'autostrada fino alla casa che condivideva con sua sorella sulla Benedict Canyon Drive.

Una volta dentro, si versò uno screwdriver,prese un flacone di ibuprofene e una manciata di ghiaccio, lo avvolse in un tovagliolo di carta e zoppicò verso lapiscina. Si sedette su una sedia e si mise la borsa ghiacciata sul muscolo dolorante.prese duepillole con il suo drink e tornò a sedersi. Il sole le scaldava ilpetto e la tensione accumulata dentro di lei cominciava ad allentarsi.

Nel giro di un quarto d'ora, il dolore alla gamba si era affievolito e lei aveva svuotato il bicchiere. Sentendosi sudicia dopo l'incontro con Gunther, Grace andò a farsi una doccia. Sotto il getto d'acqua calda, si rilassò ancora dipiù.per l'emozione accumulata, scoppiò in lacrime. Appoggiò la testa sullepiastrelle e si mise a singhiozzare.

GIORNO DOPO GIORNO, Grace controllava la sua e-mail, non una, ma venti volte. Ancora nessun messaggio di Gunther Quill sulla sua sceneggiatura. *Quanto tempo ci vuoleper leggere un'analisi di diecipagine?* Nell'attesa, si mordicchiò le unghie, fece il bucato, andò inpiscina ed evitò le lezioni di danza. Man mano chepassavano altri giorni, senza ricevere risposta, la sua tensione cresceva. Grace si allenava a casa,per alleviare la tensione.

Mentre nascondersi dal resto del mondo la calmava e lepermetteva di evitare troppe domande daparte di amici e familiari, alle quali non voleva rispondere, sapeva di nonpoter sfuggire troppo a lungo allapremurosa curiosità di Dorrie.prima che trascorresse una settimana, la sua amica la chiamò. "Quando tornerai a lezione?"

"Quando la mia gamba sarà guarita", mentì Grace.

"Davvero? Come mai non ti credo?"

"Nonposso farci niente."

"Siamo amiche. Cosapotrebbe esserci di così terribile da nonpotermelo dire?"

Cadde il silenzio. *Che mi sono concessa sessualmenteper vendere una sceneggiatura?* Si mordicchiò il labbro.

"Di qualunque cosa si tratti,per favore, chiamami.per cenare insieme. Sonopreoccupataper te, Gracie."

Cavolo, anch'io sonopreoccupataper me. Non ho nessunprincipio morale.

"Ti chiamerò. Te loprometto." Grace riattaccò il telefono. Si avvicinò al computerper controllare la sua casella dipostaper la centesima volta quel giorno. Questa volta, era lì. Un messaggio di Gunther. Trattenne il respiro mentre lo apriva.

Cara signorina Brewster,

Grazieper aver inviato la sua sceneggiatura alla Regency Hillproductions.purtroppo,non è quello che stiamo cercando in questo momento. Speriamo di ricevere la suaprossima sceneggiatura e le auguriamo il meglioper la sua carriera da sceneggiatrice.

Cordialmente,

Marsha Durward

Assistente di Gunther Quill

Grace urlò mentre la rabbia si accumulava dentro di lei. Fupervasa da una sensazione di inutilità. *Non ha nemmeno avuto la decenza di rifiutarmipersonalmente. Ha usato la sua assistente. Sono unopovera stupida. Voleva solo scopare.*

Controllando il suo telefono, notò una serie di messaggi daparte di sua sorella. *Cara! Ho bisogno di sentire la tua voce. Ma nonposso dirti niente. Ti vergogneresti di me.* Con una mano tremante, Grace digitò il numero, in un turbinio di emozioni.

"Ciao, sorellina..." Cara si fermò e scoppiò apiangere in modo incontrollabile. "Grace? Gracie, che cosa c'è che non va?parlami."

Grace fece unpaio diprofondi respiri tremantiper calmarsi. Non riusciva aparlare.

"Per favore, tesoro, che cosa c'è che non va?" le chiese Cara.

Silenzio. Grace cercò di riprendere fiato, ma non ci riuscì.

"Gracie, ascolta. Ascolta!prendi un aereo e vieni subito qui, Grace Brewster. Di qualunque cosa si tratti, troveremo una soluzione."

Finalmente, le ritornò la voce. "Nonpuoi, nonpuoi..." Gracie scoppiò di nuovo in lacrime e mise giù il telefono. Quando riuscì a controllare le sue emozioni, afferrò unapiccola valigia dall'armadio, vi gettò dentro alcuni vestiti e chiuse la casa. *Cara ha ragione. Devo andarmene da Los Angeles. Ho bisogno di lei.*

Grace si sedette al suo computer e acquistò un biglietto aereo di sola andataper New York.preparò un sandwich e se lo mise nella borsaprima di chiamare un taxi. Mangiò una mela seduta davanti al cancello, mandando messaggi.

Prenderò il volo notturno delle nove. Qual è il tuo indirizzo?

Qualche secondo dopo, ricevette una risposta.

Stanford, tra la Settantaquattresima Strada e Centralpark West. Manderò una macchina aprenderti. L'autista si chiama Bobby. Inviami il numero del tuo volo. Mi manchi. Non vedo l'ora di vederti.

Grace le mandò le informazioni,poi aspettòpazientemente il taxi. *Non riesco apensare a...quello che ho fatto. Nonpossopensarci adesso. Devo dimenticare. Andare avanti. Ma come faccio? Nonpotrò mai dimenticare.* Si mise la testa tra le mani e scoppiò di nuovo apiangere.

Quando Grace salì sull'aereo, era esausta. Il tributo emotivo del comportamento freddo e manipolatore di Gunther Quill aveva esaurito le sue energie. Anche essere andata in giro tutto il giorno con lo stiramento al tendine, che si era irrigidito e aveva ricominciato a farle male, l'aveva sfinita. Chiuse gli occhi e si svegliò tre ore dopo. Dopo un drink e un tentativo di leggere il libro che si eraportata, Grace rinunciò, rassegnata a guardare fuori dal finestrino, sperando di sonnecchiareper il resto del viaggio.

Tornò a dormire,per risvegliarsi solo durante l'atterraggio. All'aeroporto Kennedy non c'era il solito trambusto, forseperché erano le cinque del mattino. Gracie sbadigliò e si guardò intorno in cerca di Bobby. Notò un uomo con i capelli scuri, basso e attraente, che reggeva un cartello con il suo nome, e si avvicinò a lui.

"Ciao, sono Bobby," disse lui,porgendole la mano mentreprendeva il suo bagaglio a mano.

"Grace." Lei gliporse la mano a sua volta.

"Tua sorella mi ha detto diprendermi molta cura di te," disse lui. Gli occhi le si riempirono di nuovo di lacrime. Bobby le mise il braccio libero intorno alle spalle. "Non tipreoccupare, tesoro, cipensa Bobby adesso. Andrà tutto bene.puoi raccontarmi tutto in macchina."

Ritirarono il suo bagaglio e Bobbyportò tutto nella sua bellissima macchina.porse a Grace il suo fazzolettoprima di chiudere lo sportello.

"Che cosa è successo? Tua sorella è terribilmentepreoccupata."

"Niente."

"Niente? Davvero? Forza,puoi fare di meglio." Bobby condusse il veicolo attraverso il labirinto di strade cheportavano all'autostrada.

"È una cosapersonale. Nonpossoparlarne," sussurrò lei.

"Hai ucciso qualcuno?" Le lanciò un'occhiata attraverso lo specchietto retrovisore.

"No!" Lei ridacchiò. "Non che non mipiacerebbe."

"Vuoi far fuori qualcuno?"

Lei spalancò gli occhi. "Vuoi farlo tu?"

"No, ma almeno ho ottenuto la tua attenzione."

Lei scoppiò a ridere. "Cara non mi aveva detto che avrei assistito alleprove di una commedia durante il tragitto in macchina."

"L'ha dimenticato? Accidenti. Dovròparlare con lei. Sì,provo sempre le mie nuove battute con ipasseggeri.pubblicopassivo," ridacchiò lui.

"Lo fai davvero?"

"Accidenti, sietepiuttosto ingenui in California. No. Mi limito a guidare. Qualche volta fornisco loro unpo' di assistenza...unpo' di saggezza. Cerco di ascoltarli in modo comprensivo. Ma la commedia è spontanea."

"Pensavo di non riuscirepiù a ridere." Lei si rilassò sul sedile e guardò fuori dal finestrino.

"Non smettere mai di ridere. Somigli molto a tua sorella."

"È lei la sorella bella. Io sono quella studiosa."

"Oh? "Mi stai dando del bugiardo? Se è così, dovrò riportarti subito all'aeroporto."

Grace sorrise. "Non ti sto dando del bugiardo, è solo che è sempre stato così."

"Non sminuirti, tesoro. Sei una bella ragazza. Gli uomini qui si volteranno a guardarti."

"Lopensi davvero?"

"Ehi, riconosco le belle donne quando le vedo. Ma non dirlo a mia moglie. " Lui attraversò la Long Island Expressway.

"Tu sei sposato? Mannaggia! Tutti gli uomini migliori sono già impegnati." disse lei accigliata, fintamente delusa. Ora fu Bobby a ridacchiare.

Il traffico si addensò quando si avvicinarono a Manhattan. Bobby sembrava rassegnato riguardo al traffico automobilistico. Grace gli fece delle domande e continuò a farloparlare del suo lavoro, di sua moglie e dei suoi due bambini. Era lieta di distogliere l'attenzione da sé stessa, mentre si facevano strada attraverso il traffico di New York.

Bobby leportò dentro la valigia, dove Rex, il custode, laprese. Lei abbracciò Bobbyper salutarlo. "Grazieper aver reso cosìpiacevole il tragitto."

"Piacere mio. Sono certo che ci rivedremopresto.", disse lui, sollevando il cappello.

"Benvenuta, signorina Brewster," disse Rex.

"Grace," disse lei,porgendogli la mano. Lui gliela strinse.

"La sua famiglia sta aspettando con ansia il suo arrivo. È unpo'prestoper loro, ma la signorina Cara mi ha detto di citofonare quando sarebbe arrivata, a qualunque ora."

La mia famiglia. Dio, che bellaparola! Un lieve sorriso le illuminò
il volto. Rex mise la sua valigia in ascensore epremette ilpulsante del
quindicesimopiano. Quando laporta si aprì, Grace feceperprendere la
suapesante valigia, ma un bell'uomo, alto e con i capelli scuri, con indosso un accappatoio di spugna blu scuro, la stava aspettando e lapre-
seprima di lei.poi, sipresentò.

"Grant Hollings. Il tuo futuro cognato." Lui le strinse la mano. "Da
questaparte."

Prima che leipotesse arrivare davanti allaporta, Cara, avvolta in un
accappatoio di spugna rosa, svolazzò fuori dall'appartamento epercorse
il corridoio, stringendo Grace tra le sue braccia in un caloroso abbraccio. Lei trasalì leggermente alla sua stretta.

"Oh, scusa. Mi ero dimenticata della tua spalla."

"Nessunproblema." Cara fece unpasso indietro e fece scorrere le
dita tra i capelli di sua sorella, fissandola negli occhi con un'espressionepreoccupata. Grace abbassò lo sguardoper evitare la domanda in
sospeso tra di loro.

"Sto bene," sussurrò lei.

"Non sembrava così al telefono," disse Cara.

"Ero fuori controllo, ma adesso sto bene."

"Che cos'è successo?" Cara mise un braccio intorno a sua sorella
mentre rientravano lentamente in casa.

"Ho fatto qualcosa di...terribile. E sono statapunitaper questo. Non
voglioparlarne, va bene?" Lei chinò il capo.

"Come vuoi. Ma sei ancora la numero unoper me, cucciolotta."
Sentendosi le lacrime agli occhi, Grace sbatté lepalpebre.

"Cucciolotta? Mamma, tu chiami tua sorella cucciolotta?" Sarah, la figlia di Cara e Grant, balzò fuori dalla sua stanzaper salutare la sua nuova zia. Con addosso la sua camicia da notte rosa, con i capelli che le svolazzavano dappertutto, la bambina somigliava a entrambe le donne.

"Solo io ho ilpermesso di chiamarla cucciolotta, Sarah. Lei è Grace."

"Zia Grace.posso chiamarti zia cucciolotta?"

Grace scoppiò a ridere. Sarah si gettò tra le sue braccia e Grace non ebbepiù tempo di sentirsi triste. La casa degli Hollings ferveva di attività. Zia Jane, la sorella di Grant, si trascinò fuori dal letto. Adesso avrebbe dormito con Sarah,per dare a Grace un letto dove dormire.

"Chi vuole dei French toast?" chiese.

Tutti annuirono. Jane sipresentò a Grace,poi entrò in cucina. Sarah si avvicinò alla credenzaperprendere le tovagliette all'americana e i tovaglioli. Grantprese ipiatti del servizio buono dall'alta credenza della cucina, dopo averportato la valigia di Grace nella sua nuova stanza.

Cara mise un braccio intorno a sua sorella. "Come ai vecchi tempi, quando eravamo bambine..." Lei si commosse.

"Già. Le serate della domenica con la mamma." disse Grace, con gli occhi lucidi.

"Com'erano, mamma?" domandò Sarah, mentre disponeva il servizio diporcellana e leposate d'argento sul tavolo della stanza dapranzo. Cara si sedette, mettendosi Sarah sulle gambe, stringendo la bambina tra le braccia. "Ogni domenica sera, nostra madrepreparava una cena speciale. Tirava fuori unpuzzle e metteva un film nel videoregistratore. Mangiavamo, guardavamo un film romantico e facevamo il nostropuzzle."

"Tra le risate e il buon cibo," intervenne Gracie.

"Possiamo farlo anche noi, mamma?"

"Sembra una buona idea. Non ci sono spettacoli la domenica sera."

Grant entrò nel salone con due tazze. "Per le sorelle Brewster." disse,porgendone una a ciascuna.

"C'è già..." iniziò a dire Gracie.

"Leggero con un cucchiaino di zucchero, giusto?" Lei annuì. "Cavolo. Sicuramente sai come accogliere una ragazza." Lei sorrise a Grant, che ricambiò il suo sorriso.

Lei bevve un sorso di caffè e si sedette a tavola.per unpo', si dimenticò tutto di Gunther Quill e del rifiuto della sua sceneggiatura.

Il telefono squillò e Cara rispose. "Ho la tua copia con le modifiche del nostro copione," disse lei,poi fece unapausa. "Vieni aprenderlo."

Capitolo Due

"Gracie, ti dispiacerebbe dare questo copione a Jake Matthews? Verrà aprenderlo tra un'ora. Devo tornare a letto." Cara mise la grossa busta sul tavolo della stanza dapranzo.

"Nessunproblema."

"Giornata di matinée. Ho tempo fino alle dodici e mezzaper arrivare al teatro."

"Forza, ragazza," disse Gracie, dando a sua sorella unapacca scherzosa. "So che vuoipassare del tempo da sola con Grant."

Cara arrossì. "Come ti è venuta quest'idea?"

"Ti conosco troppo bene," ridacchiò Gracie.

Essendosi alzati cosìpresto, tutti tornarono a letto,perché era domenica.passeggiare su e giùper l'appartamento come un animale in gabbia, cercando di restare tranquilla, non la fece calmare. Così, Gracie si coprì i capelli con una sciarpa e decise di mettersi apulire.pulire la rilassava, allontanando ogni volta ipensieri dalla sua mente.

Indossando dei guanti di gomma, si mise in ginocchio a strofinare ilpavimento della cucina, quando Rex citofonò dallaportineria. Gracie ci mise qualche minuto a capire come funzionasse il citofono, ma quando lo capì accettò di far salire Jake Matthews, l'attore che recitava a Broadway con Cara.

Quando aprì laporta, si trovò davanti un giovane incredibilmente bello. Era alto circa un metro e novanta, con i capelli castano chiaroperfettamente tagliati sul lato corto, gli occhi castano chiaro, le spalle larghe come un armadio e un sorriso splendente come la luce del sole. Lei spalancò la bocca.

"Jake Matthews. Sono quiperprendere una busta."

Gracie non riusciva a muoversi.

"Sei la cameriera? La signorina Brewster è in casa?" Jake lepassò davanti all'ingresso.

"Cosa?" ribatté lei. *La cameriera!* Grace sistemò il grembiule che indossava e si tolse i guanti di gomma.

"Forse la governante?"

"Chiedo scusa? Io sono Grace, la sorella di Cara." Lei si raddrizzò la schiena, mostrandosi interamente, con il suo metro e sessantacinque di altezza.

"Sua sorella? Sorellastra?padri diversi? La sua unica sorella?" domandò lui, aggiungendo al danno la beffa.

"Stessopadre. Unica sorella. Aspetta qui!" Grace controllò il suo impulso di sbattergli laporta in faccia. *Lui è l'attore che lavora con Cara. Sii gentile. Sii gentile. Sii gentile.* Lei digrignò i denti mentrepercorreva il corridoio verso la stanza dapranzoperprendere la busta che Cara aveva lasciato sul tavolo. Ritornando all'ingresso, gliela mise in mano e cominciò a chiudere laporta.

Lui la fermò con la mano. "Cara haprevisto che tu sia la mia accompagnatriceper laprima del mio nuovo film, la settimanaprossima." Aggrottando la fronte, lui mostrò la sua esitazione. "Tuttavia, sepreferisci non andarci, beh, lo capisco. Voglio dire, tu non mi conosci, e...non sei obbligata a farlo, voglio dire,posso andarci anche da solo. È solo unaprima, niente di che."

Lei strinse gli occhi mentre lo guardava con imbarazzo. *Quindi credi che io sia troppo bruttaper uscire con te, eh? Brutto coglione.* All'improvviso, l'espressione del suo volto cambiò. Il suo sguardo arrabbiato e ostile svanì all'improvviso, sostituito da un sorriso falsamente dolce.

"Perché dovrei essere entusiasta di accompagnarti a unaprima? Che meravigliosa opportunitàpoterti conoscere meglio! E tutti quegli altri attori, davveropiacevole!" ribatté lei, sbattendo le ciglia e guardando le gocce di sudore che gli scivolavano sulla fronte.

"Beh, allora...immagino che sia deciso," borbottò lui.

Lei sorrise. "Quando?"

"Sabatoprossimo, di sera. Circa...vediamo, il film comincia alle otto, quindi sarò qui alle sette e mezza."

"Perfetto. Saròpronta. Abbigliamento formale?" Lei gli sorrise, serrando le mani.

"Credo di sì. Questa è la miaprima volta." Il sudore del suopetto aveva leggermente inumidito la sua t-shirt.

Grace lo notò e sorrise. *Non hai ancora nemmeno cominciato a sentirti in imbarazzo, signorino.* "Credo che sia formale. Mapotrai chiederlo a Cara quando la vedrai."

"Quinn dovrebbe saperlo. Beh...ci vediamo," le disse lui, allontanandosiprima di voltarsi e mettersi quasi a correre lungo il corridoio.

Grace appoggiò la schiena sullaporta, scoppiando a ridere. Cara entrò nella stanza, sbadigliando. "Chi era?" le chiese, stiracchiandosi le braccia sulla testa.

"Jake Matthews."

"Hapreso il copione?"

"Certo. Mi ha detto che tu hai organizzato il nostro appuntamentoper la suaprima." Lei si appoggiò allaparete, lanciando a sua sorella un'occhiatapenetrante.

"Oh, già. L'avevo quasi dimenticato. Tipiacerà. Èperfettoper te."

"Perfettamente odioso epieno di sé," borbottò Grace tra sé e sé.

"Ancora unpo' di caffè?" Cara si diresse verso la cucina.

Avrà la sorpresapiù grossa della sua vita! "Cara! Hai ancora quel vestito rosa scuro?" Grace la seguì. "Vorreiprenderlo inprestito" Grace si leccò le labbra.

"Per il tuo appuntamento con Jake?"

"Già. Èperfetto. Gli farò rimangiare quelleparole."

"Qualiparole?"

"Non importa. Ne ho abbastanza degli uomini che credono dipotermi maltrattare...un dono di Dioper le donne. Il momento di unapiccola vendetta."

Cara si voltò verso Grace. "Non avrai intenzione di fare qualcosa di drastico, vero? Io devo lavorare con lui."

"Rilassati. Sarò estremamente attraente." *Gli farò solo rimangiare quelleparole. Sarò così bella che non gli sembrerà nemmeno che io sia la stessa donna. Tanto che mi implorerà di avere il bacio della buona notte.*

IL SABATO SERA, JANE e Sara aiutarono Grace a vestirsiper il suo appuntamento. Un sostituto avrebbe recitato alposto di Jakeperché luipotessepartecipare e Cara doveva essere al teatro. Ipreparativiper quello che Gracie aveva soprannominato "Lo sconvolgente appuntamento di Jake" erano iniziati venerdì mattina, quando Cara si era unita a Gracieper un trattamento facciale,perpoi andare al saloneper manicure e dalparrucchiere.

Le ragazze avevano ridacchiato come scolarette raccontandosi storie, vecchie e nuove, mentre le loro unghie venivano ricoperte di smalto e i loro capelli venivano acconciati. A Grace era mancatopassare il tempo con Cara e non vedeva sua sorella così rilassata e felice da tanti anni. Ringraziò silenziosamente Grantper l'apparente calma di Cara e il miglioramento del suo aspetto. Sarah fu unpiacere totalmente inaspettatoper Gracie, che si sentì sollevata di non essere lapiù giovane della famiglia.

In cittàper chiudere un affareper un cliente, Skip, l'agente di Cara, si era fermatoper la cena. Dato che lo spettacolo stava andando bene, non avevapiù bisogno di stare a New York ed era ritornato a Hollywood. Skip e Jane erano diventati amici. Anche Grant l'aveva accettato.

Gracie si meravigliòper il costante fervore di attività in casa Hollings. C'erano adulti e bambini che entravano e uscivano costantemente. Ipasti erano spesso molto abbondanti, con la frequentepresenza di ospiti dell'ultimo minuto. Il folle andazzo di questa nuova e calorosa vita familiare calmò i nervi logori di Grace, facendole riacquistare la capacità di sorridere.

Essendo dicembre, Grace aveva deciso di farsi intrecciare delle foglie di agrifoglio tra i capelli. Con quell'acconciatura tirata in alto, i capelli le scendevano con delle dolci onde lungo la schiena. Il vestito era attillato fino al ginocchio, ma non tanto da nonpotersi sedere,perpoi allargarsi sul fondo. Aveva delle bretelle sottili e la scollatura anteriore eraprofonda. Era di taffetà rosa scuro, quindi il vestito luccicava e frusciava mentre camminava.

L'abito era completato da unpaio di alti sandali di satin color argento, una mantella di lana bianca e dei lunghi guanti color argento.

"Sembri Cenerentola," disse Sarah.

"Non chinarti. Nemmeno se ti cadono cento dollari," la avvertì Jane ridacchiando.

"Lo so."

"Perché no, zia Jane? Nemmeno se le cadono cento dollari?"

"Beh, Sarah..."

"Tua zia intende dire chepotrei restare col sedere di fuori," le confidò Grace.

Sarah ebbe un sussulto,poi spalancò gli occhi inorridita. "Oh, no! Sarebbe tremendo! Imbarazzante!"

"Esattamente. Quindi dovrò restare dritta."

"Nonpuoi incollarti il vestito addosso?" le domandò la bambina. Le due donne scoppiarono a ridere.

"Lo vorrei tanto." Gracie arruffò i capelli di Sarah.proprio mentre Grace guardava l'orologio d'oro, ereditato da sua madre, suonò il citofono. Jane disse a Rex di far salire Jake.

"Non vedo l'ora di assistere alla scena.posso farlo entrare?" chiese lei, con gli occhi che le brillavano.

"Certo."

Dopo meno di un minuto, lui bussò allaporta. Jane siprecipitò all'ingressoper accogliere Jake. Sarahpreseposto al tavolo della stanza dapranzo. Jake entrò in sala e, quando vide Grace, rimase immobile. Il suo sospiro la fece voltare.

"Non mi sembra di averla mai incontrata," disse lui,palesemente stupito.

"Cosa? Io sono Grace!" esclamò lei, mettendosi le mani sui fianchi.

"No, davvero? Non ti avevo riconosciuta. Sabato scorso eri..." Lui iniziò a tossire e a strozzarsi. Jane corse aprendergli un bicchiere d'acqua.

Non mi hai riconosciuta? Ti sta bene, brutto coglione arrogante! Lui ne bevve un sorso e si riprese. "Hai un aspetto magnifico. Sei bellissima. Davvero bellissima. Non l'avrei mai immaginatoprima."

"Dici sempre tutto quello che ti viene in mente, senza filtrarloprima con il cervello?" gli chiese lei,prendendo la sua stola.

Lui arrossì. "Scusami. Non ho detto una cosa molto carina. Mi dispiace."

Ti dispiace? Ancora non sai quanto ti dispiacerà. Lui le tenne la stola.

"La indosserò nell'atrio," disse lei, respingendolo. Lui se la mise sotto il braccio.

Grant entrò in sala. "Non riportarla a casa tardi. Hai un autista?"

"Cara ci haprestato Bobbyper stasera," rispose Jake.

Grace sorrise. "Che bello, lo adoro!"

"Divertitevi." Grant si sporseper dare un bacetto sulla guancia a Grace. Sarah la abbracciò e Jane la salutò con un semplice gesto della mano.

Mentrepercorrevano il corridoio, Jake arrossì. "Volevoportarti dei fiori, mapensavo..." disse lui, affievolendo la voce.

Lei sentì le lacrimepunzecchiarle gli occhi. *Credeva che fossi troppo bruttaper avere dei fiori?* Si sentì ferita, come se lui l'avesse trapassata con una freccia. Il dolore fu breve, ma intenso. Lei non riuscì a dire niente e distolse lo sguardo da luiper nascondere il suo dolore.

Lui le mise una mano sulla spalla nuda. Il suo tocco la fece trasalire. "Ehi. Che succede?" Lui si abbassò e la guardò negli occhi.

"Niente," sussurrò lei.

"Intendevo dire che non sarei riuscito ad arrivare in orario se mi fossi fermato a comprarti un mazzo di fiori...cosa credevi che volessi dire?"

"Oh." Lei sospirò, guardandosi le mani.

Lui si fermò e le strinse le dita intorno all'avambraccio. Strattonandola leggermente, obbligò Grace a guardarlo. "Che cosa sta succedendo?" Lui la guardò, ma lei evitò il suo sguardo,perché lui nonpotesse vedere la verità.

"Niente. Credevo...credevo che tu volessi dire qualcos'altro. Mi sono sbagliata. Andiamo."

"Non avrai micapensato che non ti hoportato dei fioriperché credevo che tu fossi...brutta...vero?"

"Ma...l'haipensato, non è forse così? Sì che l'haipensato. Certo che l'haipensato. Non importa. Andiamo."

"Voglio chiarire questa situazione adesso..."

Carica di rabbia, lei lo guardò con un'espressione furiosa. "L'haipensato, non è vero? Non dirmi di non averpensato che io fossi brutta e di non aver cercato di tirarti indietro da quest'appuntamento.perché è esattamente questo che hai fatto...perché io stavopulendo la casa e tu haipensato che io fossi la cameriera. Così, hai semplicemente deciso che io nonpotessi essere la sorella di Caraperché non ero carina come lei. Non negarlo. Ho visto l'espressione sul tuo viso."

Jake rimase in silenzio, stupito.poi arrossì.

"Fai bene, arrossisci. Faiproprio bene. Dovresti sentirti estremamente in imbarazzo se tratti le donne nel modo in cui hai trattato me, senza nemmeno conoscermi. Dovresti vergognarti."

Lui abbassò la testa. "Preferisci cancellare il nostro appuntamento di stasera?"

"Non se neparlaproprio.piuttosto, ti dimostrerò quantoposso essere attraente."

"Me l'hai già dimostrato...mi hai smentito. Ora so che non è mai una buona idea giudicare così...in fretta."

"Bene. Andiamo. Non mi sono vestita di tuttopuntoper restare a casa. Mi haipromesso laprima di un film,persone famose, una festa...e devi mantenere lapromessa."

Lui le mise la mano sulla spallaper fermarla. Lei si rivolse a lui, cercando di ignorare il fremito causato dalle sue dita sullapelle. "Mi dispiace se ti ho offesa. Non avrei dovuto comportarmi in quel modo. È solo che mi aspettavo..."

"Tu ti aspettavi un clone di Cara. E invece hai trovato unapersona tutta sporca e non sei riuscito a guardare sotto lapolvereper vedere la donna che ci stava sotto. Lo capisco. Non sono ottusa e non sono stupida. Ma il modo in cui ti sei comportato...come se io fossi una delle brutte sorellastre e Cara fosse Cenerentola. Come se io fossi l'ultimapersona con cui avresti voluto trascorrere una serata...beh, mi hai fatto girare le scatole." Mentreparlava del loro incontro, aveva voglia dipiangere.

Perché mi importa così tanto? Non è nessunoper me. Che cosa mi importa quello chepensa di me? Che mi importa sepensa che io sia carina o no? Gracie, che fine ha fatto il tuo sangue freddo? Nonpermettere che Gunther Quill tiprivi della tua spina dorsale, ragazza.

"Che cosaposso fareper farmiperdonare?"

"Portami allaprima e nonparlarnepiù." Lei si voltò verso l'ascensore, mentre Jake la seguiva. Scesero in silenzio.

"Hai intenzione diparlarmi stasera, vero?" Lei colse sul suo viso la sua espressione leggermente ferita.

"Certo che sì. Non sono né un'idiota né una giocatrice che ti esclude dal gioco."

"Io non ti conosco affatto, non so cosa aspettarmi."

"Credo che lo scoprirai. Ecco Bobby." Lei lo salutò con la mano.

"È terribilmente bella stasera, signorina Gracie."

"Grazie, Rex," gli rispose lei, sorridendo.

Bobby scese dall'auto e le aprì lo sportello. Lei si fermòper abbracciarlo e lui scoppiò a ridere. "Lei non dovrebbe abbracciare il suo autista," le sussurrò. "Dovrebbe abbracciare il suo accompagnatore."

"Io abbraccio chi mipare," ridacchiò lei.

Grace scivolò sul sedile,per fareposto a Jake. Lui spostò la mano, mettendola sulla sua, ma lei la allontanò e guardò fuori dal finestrino.

"La tattica del silenzio?"

Lei osservò la sua espressione triste da sotto le ciglia truccate. *È comunque incredibilmente bello, anche quando mette il broncio. E con quello smoking. Wow, staproprio bene!*

"Parlami del film. Qual è la trama?" Lei si voltò verso di lui.

Quando arrivarono al cinema, era evidente che lei avesse bisogno di aiutoper alzarsi, con quel vestito attillato. Jake leporse la mano,poi la sollevò fino alle sue labbraper un rapido baciamanoprima di raggiungere il tappeto rosso. Un gruppo di teenager esultò sonoramente da dietro i cordoni.

Gracie sorrise e si spostò lateralmenteper non separarlo dalle sue fan. Jake salutò le ragazze con la mano epoi intrecciò le dita con le sue. Quando furono entrati, lui si fermòper asciugarsi il sudore dalla fronte.

"Haipaura delle tue giovani fan?"

"Del film. È il mioprimo ruolo importante. Speroproprio che vada bene."

Quasi mi dispiaceper lui.

"Sicuramente sarai stato sufficientemente bravo." Lei voleva evitare di farsi ossessionare da lui. *Non innamorarti di questo verme.*

"Grazie mille. Molto confortante. Non mi stupisce che tu non faccia lapsicologa."

Lei spalancò la bocca. *Di certo, il ragazzo è in grado di controbattere.* "Come fai a sapere che non faccio lapsicologa?" Lei strinse gli occhi.

"Me l'ha detto tua sorella. Mi ha detto che sei una sceneggiatrice di talento e che hai scritto un bellissimo copione.potrei leggerlo, una volta?" Il riferimento al suo copione le fece venire un groppo in gola.

"No. È orribile."prima che luipotesse rispondere, le maschere li accompagnarono ai loroposti e si offrirono diportare loropopcorn e bibite.

"Io sono troppo nervosoper mangiare, ma se tu vuoi qualcosa..." disse Jake. Lei scosse la testa. "Posso tenerti la mano?"

"Come un bambino che non vuole staccarsi dalla mamma?"

"Non importa. Non avrei dovuto chiedertelo. Scusami," borbottò lui.

Rilassati, Gracie. Lei mise la mano sulla sua e gli fece un lieve sorriso. Lui strinse le dita intorno alle sue e se le appoggiò sulla coscia. Lei si mise in unaposizione comoda.poco dopo, le luci si affievolirono e iniziò laproiezione del film.

CAVOLO! È STATO ORRIBILE. Jake erapessimo! Merda, come farò a fingere? Lei lo guardò e lui non stava sorridendo.

"Ben fatto. Ottimo lavoro," disse lei, dandogli unapacca sul braccio, cercando di sembrare sincera.

"Sono stato terribile." disse lui, abbassando lo sguardo.

"Io non direi così..." disse lei, addolcendo il suo tono di voce.

"Oh, non lo diresti?perché no? Sarebbe la tua occasioneperfettaper esultare," ribatté lui.

Grace si morse il labbroper trattenere la risposta boriosa che avrebbe voluto dargli. Mentre lui si alzava, lei cercò di sorridere. "Usciamo da quiprima che iproduttori mi facciano fuori." Grace si alzò inpiedi.

"Troppo tardi," sussurrò Jake, mentre tre uomini, nei loroperfetti abiti su misura,percorrevano il corridoio. Si fermaronoper stringergli la mano. Lei li sentì sussurrare "ottimo lavoro" e "grandioso". Lui non fece lepresentazioni e lei ne fu lieta.

Mentre si allontanavano, lei vide una figura familiare che si dirigeva verso di loro e il suo cuore si fermò all'improvviso. *Gunther Quill!* Lui fece un cenno a Jake, borbottando qualcosa che Grace non sentì, come se le sue orecchie avessero smesso di funzionare. Ogniparte del suo corpo aveva smesso di muoversi, tranne il suo cuore, che ora batteva al doppio della velocità diprima. Gunther guardò a destra di Jake e la notò.

Lei si sentì arrossire le guance mentre lui la guardava brevemente con uno sguardo brillante e un sorriso malizioso sulle labbra. Inizialmente affascinata, Grace ruppe l'incantesimo e si voltò. Quando trovò il coraggio di guardare di nuovo, Gunther era già andato via. Lei fece un sospiro di sollievo.

"Ehi, mi dispiace, quello era Gunther Quill. Avrei dovutopresentartelo.potresti dargli il tuo copione."

"No, davvero...nessunproblema. Questa è la tua serata." *Usciamo da quiprima che ritorni.*

"Andiamo. C'è una festaprivata a Westchester."

Bobby li aspettava fuori e,prima chepotessero battere ciglio, la macchina stavapercorrendo la West Side Highway, dirigendosi verso nord. La mente di Grace stava vacillando. *Quindi quell'orribile film era di Gunther. Mah. E io che credevo che fosse un tipo intelligente.*

"Secondo iproduttori non erapoi così male."

"Sei stato bravo, davvero," disse lei, con la mente da un'altraparte.

"Grazie. Adoro le finte lodi..."

"Non vorrai mica che io mi esalti, vero? Non sarei me stessa."

"L'avevo capito," disse lui, seccamente. "Sembra che aiproduttori siapiaciuto. Mi hanno detto che sono stato bravo. Immagino che, finché mi apprezzeranno, avròpiù lavoro."

"Esatto. Finché ti apprezzeranno," ripeté lei, grata di non doversi inventare altri bugie. Mentre la comprensione cresceva nel suo cuore, si avvicinò a lui. Una leggeraprotuberanza della strada li fece sobbalzare, facendo in modo che le loro dita si sfiorassero. Lui la guardò e mise la mano sulla sua.

"Seipersinopiù bella sotto la luce dei lampioni."

"Sono sempre io. Le luci fioche migliorano chiunque."

"Non sminuirti. Era un complimento."

Le sueparole la fecero riflettere. Il suo cuore soffriva. Dopo essere stata usata e rifiutata da Gunther, il suo ego era apezzi. Si considerava il tipopeggiore di donna,per aver fatto ciò che aveva fatto. Cercare di allontanare dalla mente le immagini di lei sul suo divano non aveva funzionato. *Mi meritoproprio di essere criticata.*

Lui la strinse a sé. Guardandolo negli occhi, mentre lui le fissava la bocca, sapeva chepresto avrebbe cercato di baciarla. Mentre lui le si avvicinava, tenendogli la mano appoggiata sulla spalla, riusciva a sentire il movimento di tutti i suoi muscoli. La sua mano intorno alla vita le fece ardere lapelle. *No, no, no! Non sei attratta da questo idiota. Allontanati.* Lei gli fissò le labbra, notando quanto fosseroperfette.

Cercò di allontanarsi, ma il suopetto era come un muro di ferro. Lui appoggiò la bocca sulla sua epresto fecero scintille. Inpreda alpanico, lei lo respinse. Ovviamente, lui colse il suo segnale e indietreggiò.

"Mi dispiace. Non sono mai stato bravo a capire le donne.pensavo che volessi che ti baciassi. Mi sono sbagliato di nuovo." Lui si sedette dal suo lato del sedile.

Lei sospirò e si ritirò nel suo angolino. *Non ti sbagliavi, sono una stupida.* Rimasero in silenzio, accompagnati solo dal suono delle ruote sull'asfalto, finché non arrivarono a destinazione. Bobby aprì lo sportello, facendo entrare l'aria fredda dall'esterno. Grace tremò, stringendosi intorno la mantella .

"Probabilmente, resteremo quiper unpaio d'ore, Bobby," disse Jake.

"Hoportato il mio e-reader. Nessunproblema."

La casa era enorme. La struttura ultramoderna aveva diversipiani di legno stagionato e vetro. Il giardino anteriore era terrazzato in tre livelli, fino all'ampiaporta nera. Grace si guardò intorno con ammirazione. *Vorrei che anche il nostro giardiniere fosse così bravo.* Il terreno era immacolato, con il suoperfetto muro dipietra che circondava il lungo vialetto d'accesso rotondo. Delle finestre a tuttaparete mostravano la folla dipersonepresenti all'interno. Dei brani di musica rock raggiunsero le loro orecchie.

"Wow! Questa sì che è una bella casa," disse Jake, spalancando gli occhi.

"Questa è una novitàper te, vero?"

"Abbastanza. Vengo da unapiccola città — conosci Willow Falls? Si trova a nord dello stato."

"Mai sentita."

"Lo immaginavo.", sorrise lui.

"Resta vicino a me. Ho giàpartecipato a feste simili."

"Ottimo. Io invece non ne so niente."

Non entusiasmarti. È un sempliciotto. Non faper te. E hapensato che tu fossi la cameriera!

Entrarono e Grace lo condusse verso il bar. "Aiuta avere in mano un bicchiere quando si cerca diparlare con le altrepersone," gli consigliò lei.

Un barista stava versando dei Cosmopolitan. Jake neprese due e neporse uno a Grace. Lei ne bevve un sorso. *Wow, è fortissimo!* Jake bevve un grosso sorso e sorrise. Una donna attraente, sui trentacinque anni, con un vestito scollato, tanto attillato da sembrare una secondapelle, si avvicinò. Grace la vide squadrare Jake.

"Tu sei il coprotagonista del film, vero? Jason, mipare che si chiamasse!"

Jake annuì. "E lei è..." Lui fece un gesto verso Grace, ma lei si limitò a sollevare un sopracciglio e si voltò. Lei gli toccò il braccio. Jake lanciò a Grace un'occhiata dispiaciuta mentre lei li seguiva con gli occhi. Quella donna continuava aparlare mentre Jake annuiva in risposta. Grace riusciva a malapena a trattenere le risate. *Ci staprovando con lui e lui non se ne rende nemmeno conto.*

Un'altra donna magrissima, dai corti capelli biondi, li raggiunse. "Mitzi si occupa di cercare i costumi al Metper il film storico di Gunther."

"Al Met?" domandò Jake.

"Non il Metropolitan Opera, tesoro. Il Metropolitan Museum. Of Art. Lo conosci?"

"Oh, oh, certo!" finse Jake, ma Grace non ci cascò. Riuscì a capire immediatamente che lui non avesse idea di che cosa stesseroparlando. Si scusòper andare aprendere un altro drink. Grace stava ancora bevendo ilprimo e lo osservò tornare da quelle donne sofisticate, fingendo di sapere di cosa discutessero. Grace si guardò intornoper cercare qualcuno dei suoi amici, ma non vide nessun volto conosciuto.

Si voltò e quasì si scontrò con Gunther Quill, che teneva la mano di una bionda mozzafiato, che indossava un vestito rosso molto sexy e un enorme anello di diamanti. Lei ebbe un sussulto, alla ricerca disperata di una via di fuga, ma Jake era ancora immerso nella conversazione.

"Non scappare, coniglietta mia," sussurrò Gunther,prendendole il gomito. "Permettimi di fare lepresentazioni."

La bionda strinse gli occhi e fissò Grace.

"Questa è la mia fidanzata, Elsa Marquette. Elsa reciterà nel mio nuovo film. Elsa, questa è Grace Brewster...la sorella minore di Cara Brewster."

Fidanzata! Elsa leporse la mano, senza lasciare a Grace nessuna scelta. Non riusciva a respirare, mentre i suoi occhi fissavano l'anello di fidanzamento che Elsaportava al dito. Il sudore iniziò a scivolare sul labbro superiore di Grace.

Elsa le fece un sorriso falsoprima diparlare. "Gunther adora le brune," disse lei. "Dimmi...sceneggiatrice o comparsa?"

"Sceneggiatrice," borbottò Grace, spalancando gli occhi.

"Ah, certo," annuì Elsa. "Sai come si dice...gli uominipreferiscono le bionde." Il suo sguardo era così freddo dapoter far congelarepersino l'inferno.

"Piacere di conoscerti," sussurrò Grace, cercando di ricordarsi ciò che le era stato insegnato crescendo. *Lei lo sa. Sa che lui è venuto a letto con me!* Gunther rimase fermo a fissarla, con uno sguardo ardente di desiderio. *Si staprendendo gioco di me. È fidanzato! Oh, mio Dio. Che cosa ho fatto?*

Lei sentì l'emozione crescerle inpetto. La rabbia le cresceva in gola e le lacrime lepungevano gli occhi. *Stupida, sei solo una stupida. Ovviamente è fidanzato. Dovrei essere sorpresa che non sia sposato. Scappa!* Lei trangugiò il resto del suo Cosmopolitan.

"Vogliate scusarmi," disse lei, indicando il suo bicchiere mentre si dirigeva verso il bar.

"Prego." Gunther si inchinò leggermente, sorridendo mentre lei si allontanavaper riempire il bicchiere e cercare un angolino dove nascondersi. Lei aveva la nausea. Appoggiandosi al muro, mandò giù una grossa sorsata. L'alcol le feceperdere il controllo e delle lacrime di rabbia iniziarono a scenderle sulle guance.

"Va tutto bene?" le disse Jake all'orecchio, con voceprofonda.

"Molto carino daparte tua stare con la tua accompagnatrice. È chiaro che hai in mente altre donne." Lei sipassò le dita sul viso.

"Non eri esattamente interessata a me in auto. Credevo chepreferissi restare da sola."

"Va beh," lei agitò la mano, fissando il suo drink.

"Sei sconvolta. Che cosa è successo?" Jake le tirò su il mentoprima di finire il suo Cosmopolitan.

"Niente." Lei evitò il suo sguardo.

"Ho bisogno di un altro drink."

"Credo che tu abbia bisogno di unpo' cibo. Dove si trova?"

Lui sollevò le spalle. Grace esitò a esplorare la casaperpaura di imbattersi in Gunther, opeggio di nuovo in Elsa. Tuttavia, Jake si stava ubriacando e lei doveva fargli mettere qualcosa nello stomaco. "Laggiù, laggiù," disse Jake, indicando.

Grace gliprese la mano e lo accompagnò al tavolo degli *hors d'oeu-vre*. Leiprese unpiatto.

"Che cosa tipiace?" lui borbottò qualcosa di incomprensibile. Il suo sguardo gelido le disse che l'alcol stava facendo effetto. "Unpo' di tutto, allora." Leiprese unpaio di molle e mise nelpiatto dei bignè al formaggio, dei gamberoni, dei funghi ripieni, una mini quiche e unpo' di *crudités*.

Poi, andò a cercare unposto dove sedersi. "Vieni qui." lopreseper il bavero e lo trascinò a un tavolo. Lui bevve un grosso sorso del suo drink.

"Questi sono magnifici," disse lui, leccandosi le labbra.

Lo sguardo di Grace si soffermò sulla sua linguaper un attimo. *Smettila di guardarlo in quel modo.* Gracie gli mise in bocca un bignè al formaggio.

Lui masticò velocemente e lo mandò giù. "Che cos'era?"

"Un bignè al formaggio. Tipiace?"

"Sì, ma non come il Cosmopolitan," disse lui, dirigendosi verso il bar seguito da Gracie. Lei gli mise una carotina in bocca mentre Jake si riempiva di nuovo il bicchiere.

"Non dovresti berne un altro." Lei gliprese il bicchiere.

Lui le strappò il drink dalle mani e lo tenne alto sopra la sua testa. "Sono un uomo adulto. Bevo quello che mi va. Epoi, che cosa te ne importa? Nemmeno tipiaccio."

"Non è quello che ho detto."

"Non ce n'era bisogno." Lui bevve un altro sorso.

"Forza, mangia qualcosa."

Lui la guardò storto. "Chi sei, mia madre?"

"Il cibo è buono."

"Alloraperché non lo mangi tu?" la sfidò lui.

Lei aveva lo stomaco totalmente chiuso. Vedere Gunther le aveva fattopassare l'appetito. Era riuscita a malapena a mandare giù una carotina. *Nonposso dirglielo.* "Non ho fame."

"Allora siamo in due."

Grace mise ilpiatto sul tavolo e si sedette su una sedia appoggiata al-laparete. La musica ad alto volume, la folla...tutto le dava sui nervi. Era stata umiliata di nuovo da quell'uomo e anche dalla sua fidanzata. Riac-quistando quelpoco di dignità che le era rimasta, si alzò inpiedi. "Io me ne vado."

Jake sollevò le sopracciglia. "La notte è giovane."

Con un gesto rapido, lui fece quasi cadere un drink dalla mano di una delle donne con le quali avevaparlatoprima.

"Credo che dovresti andartene anche tu," disse lei,prendendogli il braccio.

"Adesso mi vuoi, eh?" Lui ridacchiò,poi si scolò il resto del suo Cos-mopolitan. "Mi sembra di capire che stiamo andando via."

Quando l'aria fredda colpì il viso di Grace, l'effetto dell'alcol che aveva consumato si esaurì di colpo. Ma nonper Jake. Luiprocedeva inci-ampando, aggrappandosi a leiper evitare di cadere. Quando arrivarono alla limousine di Bobby, lui aprì lo sportello e Jake cadde al suo interno mentre Grace scivolava al suo fianco.

"Perché sei venuta con me se mi odi così tanto?"

"Io non ti odio... è solo che... tu sei statopiuttosto duro, cattivo..."

"Oh. Laprima volta che ti ho incontrata. Già. Sono statopiuttosto stupido, vero? Mi dispiace. Nessun rancore."

Bobby mise in moto la macchina e uscì dal dialetto.

"Diamoci un bacio e facciamo lapace." Jake la tirò rozzamente verso di sé e mise le labbra sulle sue. Grace si bloccò,permettendo a Jake di esplorare la sua bocca. *Anche quando è ubriaco, bacia benissimo.* Dopo un minuto, lei tornò in sé e si allontanò, stringendosi sul lato opposto dell'auto.

"Ecco. Un'altra volta. Non tipiaccio di nuovo." Lui si diede una bot-ta sulla gamba.

"Ti hopermesso di baciarmi. Che altro vuoi?"

Lui scoppiò a ridere. "Stai scherzando, vero? Tu...con quel vestito? E chiedi a me che altro voglio? Io voglio tutto,piccola. Voglio te."

Grace notò che Bobby li osservava dallo specchietto retrovisore. Si sentiva confortata dalla suapresenza. *Grazie al cielo, luipuò vedere ciò che sta succedendo.*

"Nonpreoccuparti. Non ho intenzione di saltarti addosso. Del resto, ho voluto molte donne che non sono riuscito ad avere. Nessunproblema."

Lei emise un sospiro e si rilassò, appoggiando la schiena sul sedile. "È la migliore notizia che io abbia avuto stasera."

"Ahi! Di certo sai come ferire un uomo."

"E tu sei ancora attratto da me?"

"Piccola, nonpuoi nemmeno immaginare quanto." rimasero seduti in silenzio, guardando entrambi fuori dai finestriniper quindici minuti, finché Gracepercepì il calore del suo sguardo e si voltòper guardarlo.

"Tu sei adorabile, davvero...adorabile." I suoi occhi sembravano due chiazze di caramello fuso. Lui esaminò il corpo di Grace con lo sguardo, soffermandosi sul suopetto. "Chi non vorrebbe fare l'amore con te?" sussurrò lui.

Lui le si avvicinò sul sedile. Lei si sentì attratta dall'espressione calorosa dei suoi occhi. Lui allungò un braccioper accarezzarle la guancia con la mano. "Eri sconvolta. Ti è successo qualcosa di brutto stasera, ma tu non ha intenzione di dirmelo.perché non vuoi dirmelo?"

La dolcezza della sua voce fece vacillare la spessa corazza che lei aveva costruito intorno a sé. Gracie non voleva altro cheperdersi tra le braccia di un uomo affettuoso e scoppiare apiangereper ciò che era successo. Desiderava davvero confessare il suo errore e la sua umiliazione,per sfogarsi riguardo al rifiuto del suo copione. Ma Jake aveva bevuto troppo. E l'aveva denigrataprima di vederla tutta in tiro. L'aveva ferita, forse involontariamente, ma anche un errore di giudiziopuò comunque far male.

Si ricordava il doloreprovato quando l'aveva trattata come il brutto anatroccolo. Sempre unpasso indietro rispetto alla sua magnifica sorella, le sue critiche erano state amplificate da tutti gli anni in cui era stata solo la seconda. E le attenzioni di quel ragazzo ubriaco, che lui avrebbe dimenticato il giorno successivo...opeggio, di cui si sarebbe*pentito* il giorno successivo, la rendevano solo*più* sospettosa. Lei non credeva che lui la volesse. Voleva una donna e lei era lì.

Jake era accanto a lei e le mordicchiava il collo. Grace sospirò*pro*fondamente, respingendo con le mani il suo*petto* robusto. "Sei bellissima." Lui le mise una mano sul seno e strinse le dita intorno alla sua*pelle* morbida. "Immagino che siano buone, oltre che belle." Lui abbassò la testa.

"Tieni le mani a*posto*." Grace lo spinse così forte da farlo sbattere contro lo sportello opposto. Stupito, lui non riuscì a fare a meno di fissarla.

"Grace? Va tutto bene?" domandò Bobby, il cui sguardo*preoccupa*to si rifletteva nello specchietto retrovisore.

"Va tutto bene. Grazie, Bobby. Sto bene."

L'espressione sorpresa di Jake le fece venire da ridere. "Non ti capita molto spesso di ricevere un rifiuto, vero?"

Bobby uscì dalla Westside Highway e imboccò la Settantanovesima Strada. Quando accostò davanti al suo*palazzo*, Jake insistette*per* scendere dall'auto e aprirle lo sportello. Fino a quel momento, il viaggio verso casa aveva avuto il suo effetto sullo stomaco di Jake,*pieno* solo di alcolici. Lei lo vide impallidire in viso.

"Scusami," le disse lui,*precipitandosi* verso le siepi che adornavano l'esterno dello Stanford e*piegandosi*. Udendo il rumore dei suoi conati, si sentì rivoltare lo stomaco. Jake si alzò e si asciugò la bocca col fazzoletto.

"Mi dispiace, Grace."

"Ci scommetto. La conclusione*perfetta* di un appuntamento*perfetto*." Lei ridacchiò,*poi*pronunciò un saluto di circostanza. Spike, il*portiere notturno, guardando storto Jake, tenne aperto il*portone.

"Posso chiamarti?"

"Perché non ti risparmi la fatica?" Gracie siprecipitò nell'ascensore, mentre le lacrime che aveva trattenuto infransero le sue difese. Quando entrò in casa, si diresse in silenzio verso la sua stanza.

"Solo un attimo, Cucciolotta," disse Cara, comparendo nell'oscurità. "Com'è andata laprima e com'è stato il tuo appuntamento con Jake?"

"Un fallimento totale," disse lei, brevemente. "Sono stanca. Non voglioparlarne"

"È andata così male?" le chiese Cara, aggrottando la fronte.

"Ho detto che non voglioparlarne" Grace entrò in camera sua e chiuse laporta a chiave. *Lei non ha colpa.*

"Buonanotte anche a te," disse Cara, da dietro laporta chiusa.

Grace si tolse le scarpe, si abbassò la cerniera del vestito e si buttò sul letto, singhiozzando. Dopo qualche minuto, si rialzòper finire di svestirsi. Spegnendo la luce, scivolò tra le lenzuola e tirò su la trapuntaper ripararsi dal freddo. Non riusciva a togliersi dalla mente Gunther, Elsa e Jake.

Non arrabbiarti, sta calma. Mentre aspettava che il sonno avesse il sopravvento, le venne in mente unpiano.poi, con un sorriso sulle labbra, Gracie si addormentò.

Capitolo Tre

Prima che sorgesse il sole, Grace si svegliòpresto, con la bocca secca, inpreda a un'enorme sensazione di sete. Il leggero mal di testa che le facevapulsare le tempie le fece capire che aveva bevuto troppo alla festa. *Almeno non mi sono ubriacata, come ha fatto Jake.* Entrò in cucina a bere un grosso bicchiere d'acqua,poipreparò la caffettiera. *Immagino di essere sveglia.*

Accendendo il suo laptop sul tavolo della cucina, aprì un nuovo blog dal nome *Appassionata di film*. Dopo aver riempito una tazza e aver bevuto qualche generoso sorso, si sedette apensare. Un sorriso cupo le comparve sulle labbra mentre iniziava a digitare. *È l'ora della vendetta, signor Quill.*

> Il film "Appena in tempo" *dovrebbe in realtà intitolarsi "Nonperdete tempo". La nuova commedia romantica di Gunther Quill non è né romantica né una commedia. Assomigliapiù a una commedia degli errori — errori nella scrittura, nella recitazione e nella trama.*
>
> *Jake Matthews interpreta Donnie, uno stupidotto innamorato dellaprosperosa modella dellaporta accanto...dov'è che l'abbiamo già sentito? Ah, semplicemente dappertutto! Nomino il signor Matthewsper ilpremio come attorepiù impacciato dell'anno. Avrei voluto toccargli ilpolsoper vedere se era ancora vivo.per un ruolo romantico, ha meno sex appeal di una lumaca. La suaperformance è stata un vero sonnifero.*

41

Il quoziente intellettivo di Rhonda Dowling è di gran lungapiùpiccolo della sua taglia di reggiseno. Ma non è colpa sua. Il copione manca di senso dell'umorismo, di dialoghi decenti e di una trama originale e credibile...ma chi sono ioper essere così esigente?

Si vergogni, signor Quill. Dopo averprodotto la favolosa serie di Joe Martin, con quel bravissimo e bellissimo attore, Quinn Roberts, cosa l'ha spinta aprodurre questa stupidagginepiena di cliché? Appena in tempo*puzzapiù di un uovo marcio in unpollaio inpieno agosto. Ehi, signor Quill, so che stanno cercando un barista allo Starbucks tra Hollywood Boulevard e Vine Street.*

Risparmiate il vostro denaro, cari amici che amate il cinema,persino guardare la vernice che si asciuga èpiù interessante di andare a vedere Appena in tempo.

Appassionata di film

Gracie cliccò su*ubblica.*poi andò su *Facebook* e *Twitter.*

Ho appena letto la revisione cinematograficapiù divertente di sempre!

Scrisse quelleparole aggiungendo un link al suo blog Appassionata di Film ovunque riuscisse apensare. *Forse non sono chissà chi, Gunther Quill, ma terrò unpo' dipersone lontane dal tuo film.* Dopo aver riempito di nuovo la sua tazza, spense il computer e aprì il suo *Nook.* Scelse un nuovo libro d'amore e si sedette sul divano.

Un'assillante sensazione di disagioper averparlato male di Jake catturò la sua mente, finché non si ricordò le sue ultimeparole, "Immagino che siano buone, oltre che belle" e il modo in cui l'avevapalpeggiata. Stranamente,prendersela con Gunther e Jake non la fece sentire meglio.

Gunther era comunque riuscito a umiliarla e Jake l'aveva fatta sentire brutta e scadente. Doveva riconoscere che Jake aveva cercato di farsiperdonare, prima di iniziare a vomitare tra i cespugli. Si mise a ridacchiare ricordandosi quanto lui si sentisse imbarazzato. Un'inaspettata comprensioneper la suapatetica ubriachezza lepervase il cuore. *E allora? Nessuno leggerà quel blog. È nuovo. Non ci sono follower. L'ho denigrato solo con una dozzina dipersone. Niente di che.*

Dopo aver lettoper unpo', Grace si addormentò. Sarah la svegliò alle undici, e si mise a chiacchierare con Grace mentre leipreparava una ciotola di cerealiper la sua nipotina. Si unì a lei a mangiare i suoi Cheerios e accese il suo laptop. *Voglioproprio vedere quantepersone hanno letto la mia critica.* Aprì il blog e controllò le statistiche. Cinquemila click in quattro ore. *Wow!poi* andò a leggere i commenti. *Oh, mio Dio, duecentocinquanta!*

Grazieper l'avvertimento. Mi hai fatto risparmiare dieci dollari.

La recensionepiù divertente che io abbia mai letto!

Adoro la tua recensione.

Tutti i commenti lodavano le sueparole feroci. Di tanto in tanto, unpaio dipersone la criticavanoper la sua crudeltà, ma la maggiorparte dei commenti eranopositivi. Li lesse tutti. *Uh. Non l'avrei mai immaginato!*

Appoggiò la schiena, unpo' confusa e unpo' sorpresa. Quando cliccò di nuovo sulle statistiche, circa mezz'ora dopo, i cinquemila click erano diventati quindicimila. *Accidenti! Sta diventando virale.*

Leggendo i commenti, ne vide uno di Tiffany Cowles, che le dava il suo indirizzo e-mailper farle unaproposta.

Vorreipubblicare questa recensione in Celebs R Us. *Lapagheremo duecentocinquanta dollari. Mi chiami a questo numeroperparlare in merito alla redazione regolare di recensioniper la nostra rivista.*

Grace si segnò il numero di telefono e l'e-mail. Lei buttò giù una rispostaper accettare laproposta di Tiffany, mandandogliene una copia. *Certo, signorina Cowles, mipiacerebbe scrivereper voi delle recensioni settimanali. Qual è lapaga?*

Gracepremette "invio" e appoggiò la schiena, sentendosi orgogliosa di sé. *Virale? Migliaia dipersone? Con* Celebs 'R Us *ne raggiungerò milioni. Ahah! Beccati questa, Gunther Quill!*

IN FONDO ALLA STRADA dello Stanford, in un appartamento a unpiano alto del Wellington Arms, Jake Matthews si trascinò fuori dal letto, con la bocca asciutta come unpozzo nel deserto. Aveva sete come se fosse nel deserto da mesi. Aveva mal di testa e lo stomaco gli brontolava, ma la sola idea del cibo gli dava la nausea.

Quanto ho bevuto ieri sera? borbottò, infilandosi l'accappatoio. Jake avevapassato la notte nell'appartamento di Quinn e Susanna Roberts. Si era ubriacato troppoper tornare a casa, così Bobby aveva chiamato Quinn, che gli aveva dato il via liberaperportare Jake a casa sua.

Jake sbatté laportaper aprirla,poi ebbe un sussulto mentre quel rumore gli rimbombava in tutto il corpo. Il brillante sole invernale che attraversava le finestre del salone colpì Jake dritto negli occhi.poi, lui si diresse verso il bagno degli ospitiper lavarsi.

Quando finalmente uscì, Quinn e Susanna erano seduti sul divano, con due tazze di caffè sul tavolo davanti al loro. Susanna stava leggendo il giornale, mentre Quinn navigava su Internet con il suo laptop. Quando lo sguardo di Quinn incontrò quello di Jake, lui capì che era successo qualcosa. Guardando l'espressione di Quinn, sembrava che fosse morto qualcuno.

"È solo una sbronza, Quinn. Starò beneprima dello spettacolo."

"Che cosa è successo ieri sera?"

Jake andò in cucinaperprendere il caffè. *Ho bisogno di berne almeno un litro.* Si mise in bocca due compresse di ibuprofene,poi le mandò giù. "Non mi ricordo tutto."

"Bobby ha detto che eri totalmente ubriaco."

Lui si sedette lentamente. "Forse ho bevuto un drink di troppo."

"Forse?"

"Ok, ok... Ero unpo'...ubriaco."

"Com'è andata con Grace?"

All'improvviso, i ricordi delpessimo appuntamento gli tornarono in mente. Jake si mise la testa tra le mani. "Oh, mio Dio."

"Non sembra niente di buono," disse Quinn. Susanna mise giù il giornale.

"Terribile. Orribile. Mi sono comportato come un cavernicolo. Che cosa ho fatto?"

"Non lo so, Jake, che cosa hai fatto?" ridacchiò Quinn.

"Non c'è niente da ridere. Ho sbagliato alla grande. Hai il numero di un fioraio?

"Perché?"

"Devo mandarle dei fiori, una dozzina di rose...no, magari due dozzine."

Susanna sorrise. "Quinn ha il numero di un fioraio tra le chiamate rapide."

"Ehi, è uno sbaglio così spesso,"protestò Quinn.

"Abbastanza spesso," disse lei, lanciando un'occhiata al vaso di rose rosa fresche sulla credenza della sala dapranzo,prima di riprendere in mano il giornale.

Quinn scrisse il numeroper Jake, che telefonò immediatamente. "D'accordo, lo Stanford. Messaggio? Mmm. Che nepensi di 'Mi dispiace moltoper ieri sera. Ti meritavi dipiù'?"

Quinn annuì.

"Va bene, allora. Quando verranno consegnate?potete consegnarle oggi? Ne ho davvero bisogno. Cosa? Ok,pagherò una tariffaprioritaria. Sì."

"Che cosa hai fatto esattamente, Jake? Se non ti dispiace che te lo chieda," disse Susanna.

"Già, sputa il rospo."

Raccontò quasi tutto quello che era successo durante la serata, ma si fermò al tragitto di ritorno in auto.

"Avanti, Jake. Questi non sono motivi sufficientiper mandarle una dozzina di rose. Che cos'altro è successo? Forza!"

Jake sospiròprofondamente e si strofinò con la mano il volto ispido. "Già, beh, è successa un'altra cosa..."

"Forza, Jake. Sono impaziente." Susanna distolse la sua attenzione dal giornaleper guardarlo direttamente.

"In un certo senso...l'ho quasi...assalita."

"L'hai assalita?" Quinn spalancò gli occhi e Susanna ebbe un sussulto.

"Non assalita veramente. Mi sono lasciato unpo' trasportare e ho cercato di arrivare dritto in...ehm...seconda base."

"E lei che cosa ha fatto?"

"Mi ha spinto contro lo sportello dell'auto."

"Ha fatto bene. A che cosa stavipensando?" Susanna raddrizzò la schiena.

"Stavapensando a cosa gli sarebbepiaciuto farle, vero?" ridacchiò Quinn.

"Immagino di sì. Non mi ricordo molto. Ho anche detto qualcosa. Qualcosa che l'ha infastidita molto."

"Che cosa?" chiesero entrambi all'unisono.

Jake si sentì ribollire in volto. Scosse la testa.

"Se non ce lo dici, ti butterò fuori a calci nel sedere, amico," disse Quinn, alzandosi inpiedi.

Jake si nascose il viso tra le mani. "Immagino che siano buone, oltre che belle," borbottò lui.

Quinn fece un fischio e Susanna scoppiò a ridere. "Se tu l'avessi detto a me, adesso cammineresti zoppicando."

"Hai un bel coraggio, Jake. Forse avresti dovuto mandarle due dozzine di rose."

"Non riesco nemmeno a credere di averlo detto. Come se ciò che avevo in testa fosse uscito direttamente dalla mia bocca. Lo so, avrei dovutopensarci, ma non ho mai detto niente del genere a una donna...almeno non alprimo appuntamento! Accidenti." Lui ebbe un sussulto. "Oh, c'è dell'altro..."

"Sì?"

"Ho vomitato tra i cespugli delpalazzo dove vive."

Quinn e Susanna scoppiarono a ridere,poi Susanna si alzò. "Forza, è ora di mangiare. Hai bisogno di mettere qualcosa nello stomaco."

"Non ho fame."

"Sforzati. Ti farà sentire meglio."

"Di certo, nonpotrei sentirmipeggio..."

"Davvero?pensa se dovessi affrontare lei, invece di noi."

Jake fece una smorfia. "Oh, mio Dio. Nonposso affrontarlaprima che le consegnino quei fiori."

Susanna si allontanòper andare in cucina.

"Quindi era sexy, eh?" Quinn lanciò un'occhiata a Jake.

"Sexy? Sarebbe riduttivo. Quel vestito...se fosse stato unpo'più scollato, l'avrebbero arrestata. Dopo quello che le avevo detto...avevo creduto che fosse la cameriera. Oh, accidenti. Sono stupito che sia uscita con me." Jake non ricevette risposta. Guardò Quinn, che aveva la fronte aggrottata. I suoi occhi scorrevano lungo unapagina sullo schermo del suo computer, semprepiù stupiti. "Quinn?"

"Oh, amico. La tua giornata è ulteriormentepeggiorata. Moltopeggiorata."

"Come?" Jake si sporse in avanti.

"*Il film Appena in tempo dovrebbe in realtà intitolarsi Nonperdete tempo...*" lesse Quinn.

GRACE STAVA GIOCANDO a *Monopoli* con Sarah sul tavolo della stanza dapranzo. Il suo laptop era acceso e, all'incirca ogni mezz'ora, lei lo guardavaper controllare le statistiche del suo blog Appassionata di Film. Le migliaia di visitatori erano diventate decine di migliaia. Dopo duemilacinquecento commenti, non sipreoccupòpiù nemmeno di leggerli. Quando i click diventarono centomila, si sentì frastornata, quasi stordita. *Credevo che nessuno ci avrebbe fatto attenzione. Non mi aspettavo una cosa simile.*

Cara si unì a loroper qualche minutoprima di uscireper andare al teatro. "Spero che il tuo appuntamento di ieri sera non sia andato troppo male,perché ho invitato Jake a trascorrere con noi la vigilia e il Natale. Dormirà sul divano."

"Cosa?" disse Gracie, raddrizzando la schiena.

"Avremo una matinééper la vigilia e uno spettacolo il giorno di Natale, quindi Jake nonpotrà tornare a casa dalla sua famiglia."

"E deveproprio venire qui?" Grace si mordicchiò il labbro. *Cavolo. Speravo di non doverlo affrontare.*

"Lui è mio amico ed è un mio collega..."prima che Carapotesse finire la frase, il custode citofonò. "Fallo salire, Rex." Un minuto dopo, qualcuno bussò allaporta. Caraprese quellaperfetta dozzina di rose rosse e le mise in un vaso. Loposò sul tavolo della stanza dapranzo e diede una mancia al ragazzo delle consegne.

"Rose!" squittì Sarah. "Le manda un tuo ammiratore, mamma?"

"Sonoper zia Gracie." Caraporse il biglietto a Grace.

Dopo aver letto il messaggio, lei borbottò tra sé, "Hai fottutamente ragione."

"Oh, oh. La zia Gracie ha detto unaparolaccia," commentò Sarah.

"Mi dispiace, ma la zia Gracie dice leparolacce, ogni tanto..." disse Cara.

"Chi è che dice leparolacce?" intervenne Grant. Con indosso i suoi jeans e una camicia di flanella, lui le raggiunse in sala dapranzo.

"Io. Cattiva influenza. Tutta colpa di Carol Anne," disse Gracie.

"Doveva essere mamma a insegnarti a non direparolacce." Cara si avvicinò a Grantper abbracciarlo. Lui si abbassòper darle un bacio.

"Allora, immagino che non ci sia riuscita," scoppiò a ridere Gracie. Cara le si avvicinò, le strappò dalle mani il biglietto e si allontanò.

"Ehi! Ridammelo." Grace si mise a inseguire Cara, che era unpasso davanti a lei, mentre leggeva il messaggio, inseguita da sua sorellaper tutta la casa. "Èpersonale!"

Cara si fermò. La sua espressione divenne seria mentre restituiva il biglietto a Gracie. "Che cosa è successo ieri sera?"

"Niente."

"Questo non è ilposto adattoperparlarne...ma voglio saperlo. Va tutto bene?"

"Perfettamente." Graceprese il vaso e lo mise sul tavolino da caffè.

"Ma il biglietto dice che —"

"Lo so." disse lei, interrompendo sua sorella. "Ed èpersonale. Niente spiegazioni."

"Forse non avrei dovuto invitarlo..."

"Va tutto bene! Cara,per favore! Fatti gli affari tuoi, ok?" Grace alzò la voce,prese il suo laptop e andò di corsa in camera sua, sbattendo laporta. Rilesse il biglietto.*puoi dirlo forte che mi meritavo di meglio.* Tuttavia, ora erapiù calma. *Almeno, si è scusato.*

Grace si vestì con unpo'più di attenzione del solitoper andare al teatro insieme a Cara. In quanto segretaria di Cara, si occupava di svolgere diversi compiti, dall'aiutarla a compilare le tasse alle consulenze di emergenza su cosa indossare e come truccarsi. Raggiunsero insieme il teatro in limousine, con Bobby al volante.

"Bobby, che cosa è successo ieri sera?" gli domandò Cara, sporgendosi in avanti e appoggiando la mano sul vetro divisorio tra l'autista e ipasseggeri. Grace trattenne il respiro.

"Io sono solo un autista, Cara. Nonposso guardare contemporaneamente davanti e dietro."

Cara si voltò verso sua sorella. "Forza, Cucciolotta, spara."

"Ok, ok. Sei davvero insistente!"

"Mipreoccupoper te."

"Sì, lo so, ma tipreoccupi troppo. Ho ventisette anni e so badare a me stessa."

"Non lo so, Cucciolotta. Questa è una brutta storia. Allora...?"

"Jake si è ubriacato e ha allungato unpo' troppo le mani sul sedile-posteriore."

Cara spalancò gli occhi. "In che senso?"

"Hai capito, ha fatto unpo' ilpolipone. Ci haprovato, insomma. Devo farti un disegnino?"

"Ho capito."

"Io l'ho messo subito aposto e lui si è fermato. Oggi, si è scusato mandandomi dei fiori.punto. Fine della storia."

"Questo è tutto?" le chiese lei, aggrottando la fronte.

"Oh, aspetta. Quasi mi dimenticavo. Ha anche vomitato ilpranzo tra i cespugli davanti al nostropalazzo," ridacchiò Grace.

Cara sorrise. "Immagino che fosse troppo carico...se capisci cosa intendo."

"Ancora doppi sensi?" Le due ragazze scoppiarono a ridere mentre Bobby accostava al marciapiede, davanti allaporta delpalcoscenico. Cara uscìperprima. Grace si fermò davanti al finestrino anteriore dell'auto. "Grazie di non averle detto niente, Bobby."

"Nessunproblema."

Grace si affrettòper raggiungere sua sorella e si imbattè in Jake. Lui la fermò, afferrandole gli avambracci. Lei lo guardò negli occhi e siparalizzò, sentendo il calore delle sue mani fino allapunta deipiedi.

"Hai ricevuto i fiori?"

"Sono bellissimi. Grazie." Lui la guardò dritto negli occhi, con i suoi occhi color ambra.

"Miperdoni?"

"Certo."

Lei sospirò. "Wow, bene. Non è stata una bella giornata e questo l'avrebbe resapeggiore." Lui si strofinò il collo.

"Oh? Cosa c'è che non va?" Grace si mordicchiò il labbro. *Spero che non siaper la mia recensione.*

"Qualche stronza ha scritto una recensione feroce di *Appena in tempo*. Mi ha fatto apezzi."

Il battito di Grace aumentò all'impazzata. "E chi è?" *Santo cielo, no.*

"Non lo so, si è firmata 'Appassionata di film.' Vigliacca, non aveva il coraggio di firmare col suo vero nome. Mipiacerebbe darle un…" disse lui, stringendo ipugni lungo i fianchi.

Grace gliprese il braccio eproseguì lungo il corridoio. "So che verrai a casa nostraper Natale". Lei cambiò argomentoprima che luipotesse capire qualcosa.

"Già. Willow Falls è troppo lontanaper tornarci."

"È il tuoprimo Natale lontano da casa?"

Lui arrossì. "Come fai a saperlo?"

"Ho tirato a indovinare." *Grezzo sempliciotto di campagna. Adorabile sempliciotto di campagna.*

"Ho due sorelle, unapiù grande e unapiùpiccola. E due nipotini. Il Natale non sarà lo stesso senza di loro."

"Cara è l'unicaparente che ho. Adesso, ho anche una nipote e un cognato…beh, un quasi cognato."

"Il fidanzato di Cara? Tipiace?"

"Grant è magnifico. Sono così carini insieme. Sono il simbolo dell'amore." Lei si fermò davanti al camerino di Cara.

Lui si appoggiò allaparete e la guardò. "Spero che tu abbia capito quanto mi senta dispiaciuto. La mia...libido, o qualunque cosa fosse, ha avuto la meglio su di me. Di solito non...miprendo tutte queste libertà e non mi ubriaco a unprimo appuntamento. Spero che mi darai un'altrapossibilità." Lui le mise una mano sulla spalla e lei si sentì di nuovo vibrare al suo tocco.

"Oh?" Lei sollevò un sopracciglio. "Di solito aspetti il secondo appuntamentoper ubriacarti?" ridacchiò lei.

Lui scoppiò a ridere. "Come minimo!" Grace aprì laporta. "A dopo. In culo alla balena."

Lui si voltò e iniziò apercorrere il corridoio. Grace sospirò e lo guardò allontanarsi. I suoi jeans erano abbastanza aderenti da sottolineare le sue lunghe gambe e il suo sedereperfetto. Lei notò che la sua camicia di flanella si sollevava leggermente, nel tentativo di coprire le sue spalle così larghe. Sembravano ancorapiù largheperché i suoi fianchi erano molto stretti.

Lo seguìper unpo' con lo sguardo, sentendo una scarica elettrica scorrerleper tutto il corpo. *Forse non èpoi così male. Nonpossopermettere che scopra che sono io Appassionata di film. Mai.*poi, entrò nel camerino di Cara.

"Eccoti. Haiparlato con Jake?potresti cucirmi quest'orlo?"

"Mi chiedo cosa faccia tu ai costumi di scena..." Grace scosse lentamente la testa. "Dovrebbe esserci una legge che vieti alle donne di essere così belle. Dammi il tuo costume. Dov'è il kit da cucito?" Gracie chiuse laporta e si mise al lavoro.

Capitolo Quattro

Gracie non riuscì a controllare le sue emozioni la vigilia di Natale, la prima festa in cui lei e Cara avevano di nuovo una famiglia. A Gracie mancava sua madre, che rendeva ogni festa un'occasione speciale, nel tentativo di farsi perdonare per il fatto che loro padre fosse sparito. Trudy Brewster aveva lavorato sodo, spesso destreggiandosi tra due lavori, perché le sue figlie potessero avere tutto. Carol Anne e Gracie avevano preso lezioni di danza e di canto...e avevano persino partecipato alle lezioni di arte dopo la scuola.

Il Natale era una questione importante in casa loro, già a partire dalla vigilia. Trudy aveva avuto moltissimi amici quindi, quando lei non lavorava, organizzavano una grande festa. Cucinavano tutte e tre insieme per giorni, cantando canzoni di Natale, discutendo su chi di loro fosse la più stonata e ricoprendosi di farina. I momenti passati con Trudy erano sempre stati momenti felici per Gracie. Lei adorava sua madre e sua sorella. Si prendevano molta cura di lei, considerandola la piccola di casa.

Alle scuole medie, sia lei che sua sorella avevano un lavoro part-time. Cara lavorava più di Gracie, perché lei era la più grande. Faceva la cameriera il venerdì e il sabato sera al caffè locale e la babysitter durante la settimana. Gracie era "il cervello" della famiglia, quindi Trudy si assicurava che il suo lavoro come assistente all'infanzia non interferisse con il percorso scolastico di sua figlia.

Quando Cara aveva avuto Sarah, Trudy si era trasferita a casa sua per aiutarla a prendersi cura di sua nipote. La loro organizzazione aveva funzionato perfettamente per il primo anno e mezzo, finché Cara si ammalò e Trudy rimase uccisa in un incidente d'auto. Grace si sentiva ancora sconvolta al ricordo di quella chiamata. Appena il giornoprima, si sentiva fiduciosa e ottimista, sostenuta dall'amore di sua madre, e il giorno dopo sua madre era morta e Gracie si sentiva distrutta.

Cara non avevapermesso a Gracie di lasciare il collegeper aiutarla con Sarah. Così, Cara aveva fatto l'unica cosa chepotesse fare, aveva chiamato Grant, ilpadre di Sarah, e l'aveva affidata a lui.

Quel Natale, sarebbero stati tuttipiù felici, come loro non eranopiù state dalla morte di Trudy Brewster. Sarah fece in modo che Gracie non si sentisse triste. La ragazzina sprizzava entusiasmo da tutti iporiper il Natale.

Sarah reclutò Graceper aiutarla apreparare le decorazioni natalizie, compreso l'albero,per andare a fare shopping di nascosto eper trascorrere del tempo cucinando insieme. Grace fu contagiata dal suo entusiasmoper il Natale. Le due si autonominarono gli elfi natalizi di casa Hollings.

La sorella di Grant, Jane, si era trasferita dal suo ragazzo, Gary Lawrence. Sarebbero venuti il giorno di Natale, dopo averpassato la vigilia con la famiglia di Gary. La casa sarebbe stata vivace epiena di bocche da sfamare, regali da aprire e battute alle quali ridere. Il cuore di Gracie era semprepiù entusiasta mentrepreparava la lista delle cose da fare, dei regali da comprare e dellepietanze da cucinare.

Dato che quel giorno ci sarebbe stata solo una matinée alle due, in onore della vigilia, i festeggiamenti sarebbero iniziati all'orario consueto. Grace avrebbe servito una favolosa cena alle sei e mezza.

"Jakeporterà la sua tastiera. Abbiamo bisogno di unpianoforte in questa casa." Cara si voltò lentamente, osservando il salone.

"Dove lo metteresti?" le domandò Grant, mettendole una mano sulla spalla.

"Ancora non lo so, ma ci stopensando."

"Jake ha una tastiera?"

"Sì. È un attore di musical. Sua madre è un'insegnante di musica. Lui suona ilpianoforte e cantapiuttosto bene. Mipiacerebbe molto fare un musical con lui." La conversazione fu interrotta dal citofono e Sarah lo raggiunse di corsaper rispondere a Rex.

"È Jake!" gridò la bambina.

Gracie siprecipitò nella sua stanzaperpettinarsi i capelli e rinfrescarsi il rossetto.*perché mi metto a correre?per farmi bellaper quel ragazzo di campagna?perché? Sicuramente, non andremo da nessunaparte. Due diversi stili di vita. Eppure, Cara mi dice sempre, "Cerca sempre di avere il tuo aspetto migliore."*

Sarah andò allaporta e lo accolse in casa. Lui era carico di regali di Natale, un borsoneper la notte e la sua tastiera. Graceprese la tastieraprima che cadesse a terra.

"Ti stai trasferendo qui?" gli domandò, con un sorriso malizioso sulle labbra.

"In camera tua, magari?" scherzò lui. Grace si sentì arrossire sul collo.

"Forza.puoi mettere il tuo borsone in camera miaprima di stanotte." Lei lo lasciò entrare nella sua stanzetta e Jake lo appoggiò sul suo letto.

"Carina.potrei stare molto comodo qui dentro."

Sta solo flirtando. Cresci, Grace. Epoi, che cosa te ne importa? Jake si abbassòper mettere le labbra sulle sue, ma lei lo respinse. "È stata mia sorella a invitarti qui, non io." *Resisti. È solo un bel ragazzo, niente dipiù.*

"Sei ancora arrabbiata con me?"

"No, ma questo non vuol dire che io voglia baciarti." *Bugiarda.*

"Forza, Grace. Sono completamente sobrio. Non senti la chimica tra noi due? Voglio solo un bacettoper Natale. È unproblema così grande?" lei rimase in silenzio, lottando dentro di sé. Uno sguardo di esasperazione comparve sul viso di Jake. "Non importa. Buon Natale, Scrooge," disse lui con un tono di voce acuto,passandole accanto.

Lui uscì dalla stanza, carico di doni avvolti nella carta colorata. Quando entrò in salone, Sarah lo abbracciò e Grant gli strinse la mano con decisione. Jake mise i suoi doni sotto l'enorme eprofumato albero di Natale, sapientemente decorato,posto nell'angolo accanto alla finestra. Grace esitò, appoggiandosi all'arco, fermandosi a guardare.

"Che buonprofumino!" disse Jake, evitando di guardarla.

"Staseraprosciutto, domani tacchino, tantissimi biscotti...alcuni li ho fatti io...e un mucchio di altre cose," disse Sarah, saltellando qua e là.

"Bevi qualcosa," glipropose Grant. " O forsepreferisci unpo' di vin brulé invece del solito drink?"

"Vin brulé? Non ne bevo da un sacco di tempo."

"L'ha fatto Grace." Jake la guardòper un attimoprima di rivolgere di nuovo la sua attenzione a Grant, che ne versò un bicchiere al ragazzo. La credenza della sala dapranzo era ricoperta dipiatti daportata. Un vassoio di *crudités* e olive con una salsina giaceva sul tavolino da caffè. Jake si rilassò sul divano, mentre Grace era occupata in cucina.

"Quinn e Susanna si fermeranno qui domani dopo lo spettacolo. Devono andare apine Grove a casa della sorella di Quinn stasera," disse Cara. "Suonaper noi, Jake."

Lui andò aprendere la tastiera, mentre Grant gliprendeva una sedia. "Con quale canto natalizio volete iniziare?"

Cara osservò Jake e Grace, che era ancora ferma sull'uscio.

"Che ne dite di 'Adeste Fidelis'?" disse lui, strimpellando leprime note. Grace impallidì. Quando sentì la voce di Cara, corse nella sua stanza e sbattè laporta, che rimbalzò, rimanendo socchiusa.

Grace si buttò sul letto, ma sollevò la testa quando sentì le flebiliparole di Jake dall'altra stanza.

"Accidenti, suono così male?"

"Non sei tu, è quella canzone. Era la canzonepreferita di nostra madre. Torno subito." Cara andò in corridoio e bussò dolcemente. "Cucciolotta, sono io.posso entrare?"

"Vattene via," disse Grace attraverso la fessura.

Cara entrò dolcemente.

"Non dare la colpa a Jake, lui non lo sapeva. Forza, cos'è che ti infastidisce davvero?"

"Niente. Sto bene. È solo che mi manca la mamma." Cara si sedette accanto a sua sorella,perpoter guardare Grace negli occhi.

"Cucciolotta, tu non stai bene. Sei turbata. È successo qualcosa, o forse sta succedendo, e io voglio aiutarti, ma devo sapere di che si tratta."

"Nonpuoi aiutarmi, Cara. Nonpuoi. Sono una stupida. Ho fatto un errore. Mi riprenderò...prima opoi.per favore, lasciaperdere." Grace si guardò le mani.

Cara sospirò. "Immagino che tu sia troppo grandeperché iopossa costringerti a dirmelo, ma vorrei che ti aprissi con me. Non c'è niente di così terribile che tu nonpossa dirmi.potremo superarlo insieme."

"Per favore, Cara. So che hai buone intenzioni, ma devo affrontare questa situazione da sola."

"Ha a che fare con Jake?povero ragazzo. Sta lì a gironzolarti intorno, ti guarda con desiderio e tu nemmeno lo noti. Èper quello che è successo allaprima?"

"È complicato. E non mi gironzola intorno. Quante volte devo dirti...non voglioparlarne."

Cara contrasse le labbra, sospirò e abbracciò Grace. "Di qualunque cosa si tratti, io ti voglio bene. Tu sei sempre mia sorella." Le due ragazze si alzarono. Grace fece un respiroprofondo, con un leggero sussulto.

"So che le canzoni di mamma ti fanno sentire la sua mancanza. Manca molto anche a me. Nonpensi che sarebbe orgogliosa di Sarah?" Gli occhi di Cara si inumidirono. Grace la abbracciò. "Abbiamo una casapiena dipersone che ci amano e che vogliono festeggiare. Tu e io dobbiamo scavare a fondo dentro di noi e trovare il modo di essere felici insieme a loro," disse Cara, asciugandosi gli occhi con la manica. "Pensi dipoterci riuscire?"

Grace annuì. Insieme, ritornarono in salone.

"Che ne dite di 'Jingle Bells'?" domandò Jake, alternando il suo sguardo tra le due sorelle.

Gracie riuscì a fare un leggero sorriso e un cenno con la testa, mentre Jake cominciava a cantare seguendo la musica della tastiera. Sarah e Grant si unirono al canto.poi, fu il turno di Cara e, in ultimo, di Grace, che si miseproprio dietro Jake, appoggiandogli la mano sulla spalla.

JAKE SUONÒ ALCUNE CANZONI fino all'ora di cena. Un magnifico buffet a base diprosciutto,patate al gratin, i famosi maccheroni al formaggio di Jane, cavoletti di Bruxelles, insalata, biscotti fatti in casa e una salsa di mele con l'uvetta fatta in casa riempiva la tavola e la credenza.

Lei non mi vuole qui.perché sono venuto? Che stupido a insistere con lei! Devo darle unpo' di spazio. Jake si riempì unpiatto di cibo epreseposto accanto a Sarah. Notò che Grace lo guardò aggrottando la fronte. *Se vuoi che mi sieda accanto a te, sii gentile con me.* Lui rivolse la sua attenzione alla bambina.

"Non seipreoccupato che babbo Natale non ti trovi se sei qui con noi?" gli chiese Sarah,prendendo una forchettata di maccheroni al formaggio.

Jake trattenne un sorriso. "Per quello che so, lui riesce a trovarci dovunque, quindi non sonopreoccupato."

"Bleah. Hai intenzione di mangiare quella roba? Puah[1]!" esclamò Sarah, indicando i cavoletti di Bruxelles nelpiatto di Jake.

"Sarah, nonprendere in giro gli altriper leproprie scelte alimentari," disse Grant.

"Io adoro i cavoletti di Bruxelles, Sarah. Lo farai anche tu, quando crescerai. È uno di quei sapori che si acquisiscono crescendo, soloper adulti," rispose Jakeprendendone una forchettata.

"Acqui - cosa?"

---

1.   http://www.wordreference.com/iten/puah

"Vuol dire che si sviluppano nel tempo, che non sono cose che tipiacciono fin dall'inizio," le spiegò suopadre.

"Quanteparole difficili!" Lei tornò a concentrarsi sul suopiatto.

"Questi sono i migliori maccheroni al formaggio che abbia mai mangiato," disse Jake.

"Li fa mia zia Jane. Già. Credo anch'io che siano i migliori." Sarah gli fece un sorriso leggermente sdentato.

"Qual è l'attualepaga della fatina dei denti?"

"L'ultima volta, mi ha dato due dollari."

Jake fece un fischio. "Wow! A meportava solo cinquanta centesimi."

Sarah lo guardò storto. "Questo vuol dire che seipiuttosto vecchio." Jake scoppiò a ridere.

"Sarah!" esclamò Cara, spalancando gli occhi.

"Rispetto a Sarah, sono vecchio. Hopiù del quadruplo della sua età."

La bambina annuì. "Quindi è vecchio davvero, mamma."

Grace fece un ampio sorriso, che le fece brillare gli occhi. Lo sguardo di Jake incontrò il suo. *Lei ha un sorriso bellissimo.* si fissaronoper un attimo,prima che lei distogliesse lo sguardo. *Non sarà un'opportunità eterna.*

"Allora, Jake, come hai cominciato a fare questo lavoro?" gli domandò Grant.

Jake mise giù la sua forchetta. "Ero molto bravo in recitazione alla Kensington State."

"E così..." continuò Cara. Jake vide che Grace fingeva di non ascoltare, ma notò che in realtà faceva molta attenzione.

"Ho avuto l'opportunità di fare la comparsa al teatro dipine Grove. La stagione successiva, mi hanno assegnato un ruoloprincipale e, fortunatamente, c'era unproduttore tra ilpubblico."

"È stato Gunther a scoprirti?" gli domandò Cara.

Grace si strozzò con unpezzetto diprosciutto e Grant le diede unapacca sulla schiena, finché leipoté bere dell'acqua.*perché il suo nome dovrebbe farla strozzare?*

"Proprio così."

"Ah, nonpensavo che Gunther Quill andasse in cerca di talenti nei teatri regionali."

"Quindi Quill ti ha scoperto tutto il resto è storia?" gli chiese Grant.

"Più o meno. Io vengo da Willow Falls, una cittadina universitaria diprovincia. Devo ancora abituarmi a Hollywood e a New York."

"Sei molto bravo nello spettacolo. Se non mi fidassi di Cara, direi che è innamorata di tepiù di quanto lo sia di me," scherzò Grant.

Jake arrossì. "Grazie."

"Mamma! Tu non ami Jakepiù dipapà, vero?"piagnucolò Sarah.

"Papà sta scherzando,patatina," Cara confortò sua figlia e lanciò un'occhiataccia a Grant. "Io amopapàpiù di ogni altra cosa."

Ancora una volta, lo sguardo di Jake incontrò quello di Grace. Il suo sguardo era affettuoso, ma quanto affettuoso? *Come un "siamo solo amici" o c'è qualcosa dipiù? Leiprova qualcosaper me? Che cosapensa davvero di me? Cavolo, è la donnapiù difficile che abbia mai conosciuto.*

La cena fu conviviale, con tutti che ridevano, scherzavano epraticamente divoravano quel cibo eccellente. Dopo ilpiattoprincipale, fecero unapausaper cantare qualche altra canzone. Un sorriso comparve sul volto di Jake quando Grace si mise dietro di lui e gli appoggiò di nuovo la mano sulla spalla. Il suo tenero gesto gli fece ribollire il sangue nelle vene.*potrò mai toccarla di nuovo? Anche soltanto mettere un braccio intorno alle sue spalle? O sarà sempre sospettosaperché sono stato un'idiota?*

Il suono melodioso della sua voce nel suo orecchio era eccitante,perché voleva dire che lei era vicino a lui. Lui si spostò leggermente all'indietro fino a sfiorarla, facendo accendere scintille dentro di sé. Lei non si tirò indietro. *Forse il suo divieto di toccarla non èpiù valido?*

Cara lesse *La notteprima di Natale,* dando una delle sue migliori interpretazioni. Sarah era affascinata. Subito dopo, Grant se la caricò sulla spalla come un sacco dipatate e laportò a letto, tra le sue grida diprotesta. Uno a uno, quando la ragazzina fu sotto le coperte, gli adulti andarono a darle la buonanotte.

Grant offrì a tutti del liquore o dello sherry e i quattro rimasero seduti a chiacchierare e a finire i loro drink. Dopo unpo', Cara e Grant si scusarono e andarono nella loro camera. *Deve essere bellissimo andare a dormire ogni sera con lapersona che si ama.* Un sospiro involontario gli fuggì dalle labbra mentre guardava la coppia scomparire dietro laporta della camera da letto.

"Pensi alle gioie del matrimonio?" lo interruppe Grace, leggendo i suoipensieri.

Jake si sentì arrossire le guance. "Deve essere bello...si amano così tanto. Voglio dire, andare a dormire ogni sera con lapersona che..." Lui si fermò, arrossendo ancora dipiù quando si rese conto di ciò che aveva detto.

"Sì, lo so. Solo il fatto dipotersi abbracciare vale tutto ilprezzo del matrimonio."

"Ilprezzo del matrimonio?" Jake inclinò leggermente la testa.

"Voglio dire...tutto ciò a cui si deve rinunciareper sposarsi." Il suo viso arrossì, rendendola ancorapiù bella agli occhi di Jake.

"Credevo che intendessi che si guadagnasse qualcosa, non che si dovesse rinunciare a qualcosa."

"Punti di vista diversi, suppongo."

Jake ne convenne e tra di loro cadde il silenzio. Lui guardò il suo orologio. *Le undici. È ora di andare a letto. Domani dovrò alzarmipresto.* Lui si alzò sbadigliando.

"Oh, io sono qui in camera tua e tu vuoi andare a letto. Scusa il disturbo!" Gracie balzò inpiedi e si allontanò all'improvviso, salutandolo con la mano e urlando "Buonanotte".

Jake sospirò. *Nemmeno un bacio della buonanotte.* Lui bussò alla suaporta, poi disse, "Il mio borsone?"

Gracie glieloporse. "Scusa se ti ho disturbato," le disse.

"Nessunproblema. Dormi bene. probabilmente Sarah si alzeràpresto. Meglio dormire, finché saràpossibile." Jake annuì, prendendo il suo borsone e dirigendosi verso il bagno.

GRACIE NON AVEVA MAI visto sua sorella così innamorata. L'evidente gioia che Grant e Cara condividevano nel ritrovarsi insieme dopo così tanti anni di distanza era contagiosa. Non si separavano mai. Si toccavano sempre, mettendo un braccio intorno alle spalle dell'altro, tenendosi le mani o semplicemente intrecciando i mignoli sul tavolo durante una cena.

Quelle scene toccavano il suo cuore e rallegravano il suo spirito. *Cara si merita di essere felice. Forse anch'io sarò fortunata un giorno e troverò qualcuno come Grant chepossa amarmi eperdonarmi.*

A letto, cercando di dormire, la mente di Gracie continuava apensare, nonostante il suo corpo fosse immobile. Lei guardò l'orologio. *Le tre inpunto.* Abbassò le coperte e si alzò inpiedi. Avvolgendo il suo corpo nudo nella vestaglia di flanella color avorio, raggiunse in silenzio l'ingresso.

Sebbene la stanza fosse illuminata solo dalla luce della luna, ilprofilo di Jake sul divano era inconfondibile. Si sentì sopraffatta dalla voglia di mettersi sotto le coperte insieme a lui. *Non lo conosci nemmeno!* L'aria fresca della notte le diede i brividi mentre entrava silenziosamente nell'ampio salone. Il suo sguardo fu attirato dal candore della neve che veniva giù fuori dalla finestra. Lei si fermò, appoggiandosi alla finestra e osservando la neve soffice.

Sentendo un rumore alle sue spalle, si voltò, sentendosi sobbalzare il cuore. Jake era dietro di lei, con il lenzuolo intorno ai fianchi e ilpetto nudo.

"Mi dispiace, non volevo disturbarti," sussurrò lei.

"Non l'hai fatto. Non stavo dormendo."

"No?" disse lei, deglutendo. *Oh, mio Dio.* Lei era attratta dalla meravigliosa vista del suopetto.

Lui scosse la testa. "Credo che sia colpa dei troppipensieri."

"Ancheper me." Lei distolse lo sguardo, evitando i suoi occhi chiari e la sua espressione inquisitoria. Il suopetto nudo la disturbava nel modopiù bello. *Dovrebbe mettersi qualcosa addosso.* Il cuore iniziò a batterle all'impazzata. Lui le si avvicinò e rivolse la sua attenzione alla vista esterna. "Nevica."

"Un bianco Natale.", disse Grace, mettendosi a canticchiare.

Lui sorrise. "Mipiace il Natale con la neve. Di certo, starà nevicando molto a nord dello stato. Domani i bambini andranno in slittino sulla collina McArthur," sospirò lui.

"Ti mancano, vero?"

Lui annuì.

"Ilprezzo della fama."

"Già. Questo lavoro..."

Lei vide i suoi occhi inumidirsi leggermente e gli mise la mano sul braccioper un momento. Jake sbatté alcune volte lepalpebre e le sorrise. Mentre si voltavaper guardarlo, nonpoté fare a meno di notare il suopetto, adombrato dalla luce di un lampione. Ricoperti da unapeluria color castano chiaro, i suoipettorali erano robusti e i suoi addominali erano snelli e ben definiti. I muscoli delle sue spalle la invitavano a toccarliper testare la loro robustezza.

Mi chiedo come sarebbe accarezzarlo con la mano! Gracie cercò di non guardarlo, ma sapeva che lui aveva visto la sua espressione stupita mentre esaminava il suo corpo.*per essere un uomo così timido, non sembra che lo intimidisca stare mezzo nudo qui con me.*

"Ti manca tua madre, vero?"

Lei distolse lo sguardo dal suo corpo e si soffermò sul suo viso, mentre annuiva brevemente in risposta alla sua domanda. "Si è impegnata moltoper noi, essendo una famiglia monogenitoriale. Con lei, era come avere due genitori. Le vacanze erano speciali. Tutte noi interrompevamo di lavorareper giocare insieme."

"Lavoravi quando eripiccola?"

"Sì. A tredici anni, aiutavo la mamma. A quattordici anni, ho iniziato a fare la baby-sitter."

"Anch'io. A undici anni consegnavo i giornali,poi ho iniziato a lavorare nell'officina meccanica di miopadre."

"Sai riparare le auto?"

"Non hanno segreti. Quando mi sono diplomato al liceo, miopadre voleva che lavorassi con lui."

"È deluso che tu non l'abbia fatto?"

"Nonpiù, da quando ho fatto unpaio di film, ma all'inizio lo era. Ci siamoparlatiper unpo'."

Gracie gli toccò la spalla, ignorando il brivido chepercorse il suo corpo al contatto con la suapelle. "Chepeccato!"

"Non è stato bello, ma io dovevo andareper la mia strada."

"Sono felice che tu l'abbia fatto. Sei un bravo attore," disse lei.

"Non secondo Appassionata di Film." Fece una breve risata. Al suono del suopseudonimo dipenna, Grace si irrigidì. *Merda!*

"Nonpreoccuparti. Non lepermetterò di denigrarmi," disse lui, cogliendo casualmente l'opportunità di metterle un braccio intorno. Lei non si allontanò dalle sue braccia.

"Forse il tuo ruolo in *L'amore è cieco* è un ruolo migliore." Grace fece un respiroprofondoper calmarsi i nervi. Lapaura che luipotesse scoprire che era lei Appassionata di film, unita al suo tocco, le fece aumentare all'impazzata il battito del cuore.

"Mipiace la commedia. E recitare ogni sera dal vivo è bellissimo. Gli applausi sono come una droga."

Le si avvicinò unpo', attratta dal suo frescoprofumo maschile, mescolato alla fraganza dipino. Lui approfittò del suo movimento e la strinse a sé. Un leggero sussulto le sfuggì dalle labbra, mentre guardavano in silenzio il manto di neve che ricopriva la città. Lei gli mise un braccio intorno alla vita e si strinse a lui.

Jake si abbassò e le diede un bacio tra i capelli. Il suo gesto intimo ruppe l'incantesimo, facendo allontanare leggermente Grace, che si mise a cercare i suoi occhi con lo sguardo. Lui alzò il braccio indicando il soffitto.

"Vischio.", sorrise lui. Gracie alzò lo sguardo e vide il rametto verde e rosso chependevaproprio sopra di loro. Con il mento alzato, Jake si abbassòper appoggiare dolcemente la bocca su quella di lei. Vedendo che non faceva resistenza, lui la strinse a sé. Abbassando la testa un'altra volta,premette le labbra sulle sue e rimase lì.

Al suo tocco, Grace sentì un fuoco accendersi dentro di lei. Non riuscì a resistere e lo abbracciò mentre lui la baciava. Quando lui si sollevò di nuovo, i suoi occhi brillavano dipassione. Grace cercò di controllare il suo respiro. *Nessuno mi ha mai baciata cosìprima.*

"Buon Natale, Gracie," sussurrò lui.

Lei si mise a fissare la sua bocca. Jake colse il suo invito e la baciò di nuovo, ma stavolta lepassò la lingua sulle labbra e lei le dischiuse. Lui inclinò la testaper approfondire il bacio e lei siperse tra le sue labbra. Con entrambe le mani occupate a tenerla stretta, la coperta scivolò sulpavimento e Jake rimase solo con i suoi boxer.

Mentre le accarezzava dolcemente la schiena con le dita, lei fece scivolare le mani sul suopetto, fermandosi sul collo. I loro corpi combaciavanoperfettamente. Con il desiderio che le scorreva nelle vene, Gracie voleva dipiù. La mano di Jake scivolò fino al suo sedere e glielo strinse.poi, lui fece unpasso indietro.

"Non hai niente addosso?" Gracie vide il suopetto muoversi mentre respirava.

Lei scosse la testa. "Io dormo nuda."

Lui arrossì sul collo mentre si allontanava da lei. "Non che non voglia...anzi, mipiacerebbe...ma questo non è né il momento né il luogo adatto..."

"Sono d'accordo.", affermò lei categoricamente, interrompendolo. Tuttavia, il suo corpo voleva che continuasse. Stringendosi le braccia intorno alpetto, lei si voltò di nuovo a guardare la finestra e cercò di riprendere a respirare normalmente, mentre Jake stava dietro di lei.

"Sei riuscita a sentirla? La chimica tra noi due?" le sussurrò all'orecchio.

Lei nonpoté negarlo,perché quella sensazione le scorreva ancora nelle vene. Alzando leggermente lo sguardo verso di lui, sorrise e annuì. Lui le accarezzò i capelli,poi le scorse le dita lungo la guancia. "Bellissima Grace...", sussurrò lui, così dolcemente che lei quasi non lo sentì.poi, la strinse tra le sue braccia.

Grace gli appoggiò la testa sulpetto, ascoltando il battito rapido e regolare del suo cuore,poi chiuse gli occhi. *Allora è questo cheprova Cara quando Grant la abbraccia?* Lei sospirò e si accoccolò tra le sue braccia. *È meraviglioso.*

Lapendola del nonno all'ingresso suonò le quattro, cogliendo di sorpresa i dueprobabili amanti. Si separarono con un balzo, sorridendo alla loro agitazione.

"Suppongo che dovremmo dormire unpo'," disse lei.

Jake sbadigliò. "Prima che domani si scateni l'inferno."

"Giusto." Gracie si strinse la vestaglia e lo guardò negli occhi. "Buona notte."

"Buona notte."

Lei tornò silenziosamente nella sua stanza, fermandosi davanti allaportaper guardarlo mentre risistemava la coperta sul divano. I loro sguardi si incrociarono,poi lei sollevò una mano e scomparve nella sua stanza.

Il mattino arrivòprima che lei fossepronta, quando la luce,passando attraverso le tende che aveva dimenticato di chiudere, la svegliò. Le grida di Sarah sull'arrivo di Babbo Natale svegliarono tutti in casa. Lei si alzò dal letto, indossò la camicia da notte e si diresse verso la cucina. Quando entrò, Jake stava mettendo l'acqua nella caffettiera. Non si era nemmenopettinato i capelli e aveva un aspettopiù che adorabile. *Quale uomo è così bello quando si sveglia?*

Lui andò alle sue spalle mentre lei apriva laporta del frigorifero. Mettendole un braccio intorno alla vita, si abbassòper darle un bacio sulla nuca, facendole venire lapelle d'oca in ogniparte del corpo. "Buongiorno, Grace. Buon Natale."

LUI FECE UN RESPIROPROFONDO, respirando il suo lieve e dolceprofumo di lillà. Lei siparalizzò tra le sue braccia,permettendo alle sue labbra di mordicchiarlaprima di riprendere vita. Lei ridacchiò e gli diede un colpetto. Lui indietreggiò. *Non qui e non adesso.* Graceprese dal frigorifero le uova e il latte.

"French toast!" esclamò lei, entrando in salone.

"Ti serve aiuto?" le domandò Jake.

"Sai cucinare?" gli chiese lei, mettendosi una mano sul fianco.

"Ho due sorelle, ricordi?"

"Ti facevano lavorare?"

"Sì, tutti noi aiutavamo in cucina quando eropiccolo." Graceprese due confezioni di bacon e leporse a Jake.

"Ecco qui. Sai cucinare il bacon?"

"È la mia specialità," scherzò lui.

Sarah entrò svolazzando in cucina. "Apriamo i regali, apriamo i regali," supplicò lei.

"Che ne dite di andare ad aprire...ehm..." iniziò Grace.

"Due regali. Sarah, che nepensi di aprire due regaliprima di colazione?", intervenne Jake.

"Mamma,papà...posso aprire due regaliprima di colazione?"

Il caos ebbe inizio. Sarah aprì due regali,poi Grace e Jakeprepararono la colazione mentre Cara e Grant sorseggiavano del caffè abbracciati sul divano. Dopo aver fatto colazione, iniziarono ad aprire i regali sotto l'albero. A Carapiacquero molto il maglione di cachemire regalatole da Grace e gli orecchini di diamanti daparte di Grant. Grace ricevette da Cara un ciondolo di smeraldo con gli orecchini abbinati, unpaio di guanti dipelle con il bordo inpelliccia da Grant e un magnifico braccialetto d'oro da Jake.

"Nonposso accettarlo," disse lei,provandoselo.

"Perché no? Siamo amici." Grace gli lanciò un'occhiataccia.

"Cosa c'è? Che cosa ho detto?" Lui sollevò le spalleperprovare la sua innocenza.

"Tieni il braccialetto, Cucciolotta, ti sta davvero benissimo."

"Cucciolotta?" Jake sorrise e aggrottò la fronte. Grace gli diede un colpetto sulla spalla,prima di dargli il suo regalo. Lui aprì ilpacchetto, che conteneva unpaio di gemelli d'oro.

"Per tutte le tue serate di apertura."

Lui si avvicinò e le diede un bacio appena accennato. "Grazie. Sonoperfetti."

Tutti in salotto si fermarono di colpo quando luiposò le labbra sulle sue. Grace diventò di tutti i colori, ma le era sembrata la cosapiù naturale da fare. *Siamo come due coppie, che festeggiano il Natale insieme. Se vivessimo insieme, succederebbe tutto il tempo. Vivere insieme? Nonpensarciproprio, ragazzo!*

Inpassato, soltanto l'idea di vivere insieme a una donna, qualunque donna, gli faceva venire l'orticaria. Quandopensò a vivere con Grace, entrò nelpanicoper un attimo,poi si calmò. Indicò il soffitto. "Vischio."

Cara lo fissò,poi si guardò intorno nella stanza. "Non mi ricordavo di aver appeso tutto questo vischio," disse lei, spostando lo sguardo tra i vari ramoscelli appesi in giroper l'appartamento. Jake si sentì arrossire sul collo e sul viso. "Ti ho aiutata io ad appenderli."

Grace spalancò la bocca mentre Grant ridacchiava,perpoi dire "Sei stato molto utile, Jake."

All'improvviso, il cellulare di Jake iniziò a squillare. La sua famiglia lo stava chiamandoper ringraziarloper i regali che aveva spedito. Lui andò in sala, dove ebbe una vivace, seppur breve, conversazione con tutti, compresi i suoi due nipotini,prima di andare a vestirsi. Fece un forte sospiro mentre li agganciava. *Non avrei maipensato che mi sarebbero mancati così tanto.*

Per un attimo, si appoggiò allapareteper recuperare la sua allegria nataliziaprima di riunirsi agli altri. Si asciugò un occhio colpalmo della mano e si incollò un sorriso sul viso. Si accorse che Grace lo stava guardando mentre tornava in salone e si chiese cosapensasse.*probabilmente,pensa che io sia uno smidollato. Unpappamolle a cui manca la sua famiglia. Forse lo sono.*

Mentre gli altri sparecchiavano, Cara e Jake uscironoper andare al teatro. Dopo la matinée, il resto della giornatapassò velocemente. Buttare via tonnellate di carta da regalo, cucinare e aiutare a risistemare erano attività natalizie tipiche della sua famiglia. Quell'anno, aveva fatto la stessa cosa conpersone diverse. *Sono una famigliaproprio come la mia.*

L'evidente affetto tra Grace e Cara era il legame che li teneva tutti insieme.pur avendo temuto che glipotesse mancare il Natale a Willow Falls, quello si era rivelato il miglior Natale dopo quello trascorso con la sua famiglia.

Quella sera, lui e Grace arrostirono un tacchino, completando la cena con i contorni rimasti dalla seraprima epreparando dei contorni freschi, mettendo su un gustosissimo buffet.

Sarah era così stanca cheperse lapazienza e le ci volle unpo' di temper calmarsi. Grace svolazzava da un membro della famiglia all'altro,probabilmente nel tentativo di evitare Jake.

All'incirca alle dieci, lui raccolse le sue cose, ringraziò tutti e si diresse verso laporta. Grant e Cara stavano lavando ipiatti, mentre

Sarah era a letto. Grace lo seguì all'ingresso. *Non credo di aver fatto deiprogressi con lei.* Una sensazione di delusione lo avvolgeva come una nebbia grigia. Lui sollevò le spalle.

"Perché sei così triste? Ti manca la tua famiglia?" gli chiese Grace, appoggiandosi al muro.

"Stare con la tua famiglia è quasi come stare con la mia."

"Sono meravigliosi, vero? Sono molto fortunata," sorrise.

"Già. Speravo che tu e io..."poi, gli mancò il coraggio.

"Tu e io cosa? Non c'era nessun 'tu e io'prima, ma forse adesso c'è?" La speranza gli crebbe nelpetto. "Lopensi davvero?"

"Forse."

"Ti va di uscireper la vigilia di Capodanno?"

"Non hai nessuno con cui uscire quella sera?" gli domandò lei,prendendolo in giro.

"E tu?"

"Adesso sì."

"Oh. Chepeccato!" esclamò lui, rassegnato.

"Mi riferisco a te, stupidino.", disse lei ridacchiando.

"A me?"

"Non me l'hai appena chiesto?" Lei gli accarezzò dolcemente la guancia con la mano. "Ooh, mipiaci con la barba incolta."

"Quindi questo è un sì?"

"Quante volte devo dirtelo? Sì.però hopromesso di badare a Sarah. Cara e Grant sono stati invitati a una festa super elegante. Hopromesso loro che sarei stata con Sarah. Se ti vapuoi venire a casa epossiamo bere unpo' di champagne qui. Tipiacerebbe?"

"Cavolo, sì!preferisco comunque restare a casapiuttosto che uscireper la vigilia di Capodanno." *Forsepossiamo fare l'amore.* "Ma sarà dopo lo spettacolo."

"Hai uno spettacolo la vigilia di Capodanno?"

"Già. E ho anche una matinée il giorno di Capodanno."

"Che sfiga!"

"Non se dopo starò con te." Lui lepassò le dita tra i capelli setosi.

Jake le mise la mano dietro il collo, tirandola dolcemente verso di sé. Appoggiò le labbra sulle sue. Lei non oppose resistenza, ma si lasciò andare. Jake lasciò cadere le sue borse e la strinse tra le braccia. Lapassione gli scorreva in tutto il corpo mentre la teneva stretta ed esplorava la sua bocca.

Un leggero gemito le uscì dalla gola, dicendogli tutto ciò che aveva bisogno di sapere. Lui fece unpasso indietro, cercando i suoi occhi con lo sguardo. Osservò i suoi occhi blu, carichi di desiderio. "Vorrei che fossimo in unpostopiù appartato," sussurrò lui.

Lo squillo del suo cellulare rovinò l'atmosfera come una secchiata d'acqua fredda. Era Gunther Quill. "Buon Natale, Gunther. Cosa c'è?"

"Hai letto quella critica feroce di *Appena in tempo?*"

"Sì. Che stronza! Mipiacerebbe sapere chi sia davvero questa Appassionata di Film."

"Ti ho chiamatoproprioper chiederti se lo sapevi."

"No ma, se lo scoprirò, tu sarai ilprimo a saperlo."

"La sistemerò io. Se scopro chi è, la rovinerò. Nessuno attacca Gunther Quill facendola franca."

"Fammi sapere. Mipiacerebbe dirgliene quattro anch'io.", ridacchiò Jake.

"Buon Natale, Jake. E nonpreoccuparti. Non daremo alcuna attenzione alla sua crudele recensione."

"Bene, buona notte.", disse lui, mettendo giù il telefono. "Guntherpensava che conoscessi la stronza che ha scritto quell'orribile recensione. Vorrei tanto che fosse così."poi, alzò lo sguardo e vide Grace irrigidirsi, apochi centimetri di distanza, con gli occhi spalancati epallida in viso, con la fronte aggrottata. "Certo ha rovinato l'atmosfera, non è vero?"

Lei annuì.

"Nonpreoccuparti, tesoro. Recupereremoper Capodanno. Tra di noi c'è molta chimica," sussurrò lui. Lui si abbassòper darle un rapido bacio e notò quanto fosse rigida. "Va tutto bene?"

"Tutto bene. Ci vediamoper Capodanno."

"Certo, e anche al teatro, va bene?"

"Va bene."

"Buon Natale, Gracie." Jake si voltò e si diresse verso l'ascensore, canticchiando "Jingle Bells."

Capitolo Cinque

Magia Nera *dovrebbepiuttosto intitolarsi Ma 'Quale magia?'
Già, un'altraperdita di tempo. Identità confuse ed elementiparanormali mi hanno fatta letteralmente sbadigliare. Il dialogo è ilpeggiore che io abbia sentito da...oh, sì, dalla scorsa settimana!*

G racie scrisse un'altra recensione crudele. Tiffany lapubblicò tra leprime recensioni.

Le ricerche mostravano che il quarantaper cento dei lettori stessero andando immediatamente a leggere la sua recensione. Il suo accordo con Tiffany le impediva dipubblicare le sue opinioni sul suo blog, ma non le importava. Lei venivapagata e le sue recensioni venivano accolte in modo molto favorevole.

Tuttavia, quei commenti crudeli diventavano semprepiù difficili da scrivere e lei iniziava a sentirsi molto in colpa di dover rovinare le vendite di altri colleghi. *Come mi sentirei se qualcuno scrivesse qualcosa del genere sul mio film? Ne sarei devastata.* Lei cercò di ammorbidire le sueparolepungenti, ma Tiffany rifiutò quella recensione e si rifiutò dipagarla.

Aveva deciso che,prima di Capodanno, avrebbe concluso il suo accordo con Tiffany, ma lei era l'unicapersona che conosceva l'identità segreta di Appassionata di Film. Grace avevapaura che quella donna dal cuore di ghiacciopotesse rivelare la sua identità. Era un vero dilemma.

Decise di nonpensarciper Capodanno. Lasciòpresto il teatroper giocare a un gioco da tavolo con Sarah,prima che la bambina andasse a letto. Grant si stavapreparandoper andare alla festa. Grace aveva cucinato qualcheprelibatezza da condividere con Jake.

Dopo aver raccontato a Sarah una storia della buona notte, Gracepreparò un vassoio con gamberoni e salsa cocktail, gli involtiniprimavera del suo ristorante cinesepreferito, funghi ripieni e funghi avvolti nel bacon, da un'antica ricetta di famiglia. Su un altro vassoio vi erano delle fragole giganti immerse nel cioccolato, cannoli e deipiccoli millefoglie che aveva comprato allapasticceria francese in fondo alla strada,per aggiungerli ai suoi biscotti con le gocce di cioccolato fatti in casa.

Grace aveva l'acquolina in bocca mentre disponeva il cibo sui vassoi. Grant entrò in cucina. "Devo indossare lo smoking questa sera e Cara mi ha detto che tu sei brava a fare il nodo alpapillon. Ti dispiacerebbe aiutarmi? Ehi, cos'è tutta questa roba?"

"Niente di che," disse Grace, avvicinandosi. "Hopreparato qualcosaper me e Jake dopo lo spettacolo."

"Credoproprio che stiamo andando alla festa sbagliata. Tutto questo ha un aspetto magnifico."

"Servitipure, c'è cibo in abbondanza." Lui afferrò un involtinoprimavera, mentre Grace gli annodavaperfettamente ilpapillon.

"Jake è un ragazzo fortunato.", disse lui,prendendo un gambero e immergendolo con attenzione nella salsa cocktail.

"È decisamente un buongustaio."

"Intendo dire, a uscire con te."

Lei sorrise, compiaciuta dal suo complimento. "Lopensi davvero?"

"Certo che sì. Tu sei una su un milione, Grace, e non soloperché sei la sorella di Cara."

"Tuttavia, questo non guasta, vero?"

"Non esistepiù il vostro stampo."

"Fatto!" esclamò lei, stringendo ilpapillon. Grantprese un altro gambero e se lo mise in bocca mentre si guardava allo specchio della stanza dapranzo. "Cara aveva ragione. È davveroperfetto. Grazie."

Dopo una rapida doccia, Grace indossò una maglia di velluto turchese dalla scollatura ampia e unpaio dipantaloni abbinati. Lasciando i capelli sciolti, si truccò leggermente e si mise il suoprofumo di lillà. Eraprontaper Jake, che sarebbe arrivato insieme a Cara da un momento all'altro. Grantpasseggiava nel salone, controllando spesso il suo orologio. Quando lei lo raggiunse, alzò lo sguardo. "Sono le undici meno un quarto e dobbiamo arrivare lìprima di mezzanotte."

"Dovrebbero essere qui trapoco."

"Times Square sarà un delirio. Spero che non ci sia il traffico bloccato sulla Cinquantatreesima Strada."

Prima che Graciepotesse rispondere, laporta si aprì e Cara entrò, seguita da Jake. "Mi dispiace tantissimo, tesoro. Il traffico era tremendo. Bobby ci sta aspettando giù. Devo cambiarmi. Ci vorrà solo un minuto." Lei si fermòper dargli un bacioprima di scomparire in camera da letto. Grant la raggiunse.

Jakeporse a Gracie una busta che conteneva una bottiglia di champagne freddo, delle rose rosa, una grossa scatola di cioccolatini Fleur de Lis, i cioccolatini francesipiù costosi di tutta Manhattan, e un film romantico, *Capodanno a New York.p*oi, appoggiò le labbra sulle sue.

"Felice anno nuovo, Gracie," disse lui, togliendosi la giacca e appendendola all'attaccapanni. Leiportò la busta in cucina eprese i vassoi che avevapreparato, mettendoli sul tavolino da caffè.

"Cosa sono tutte questepietanze?" le chiese.

"Solo qualcosa da sgranocchiare mentre guardiamo il film." Il suo sguardo si illuminò quando vide i gamberi e i funghi ripieni.

"Le hai fatte tutte tu?"

Lei annuì. "Immagino che siano buone, oltre che belle," disse lei, con un bagliore negli occhi.

Jake iniziò a sputacchiare e a tossire, strozzandosi con unpezzetto di cibo. Grace gli diede unapacca sulla schiena, ridendo. Lui arrossì in viso,poi finalmente si riprese.

"Non è stato divertente," ansimò lui.

"Pensavo che lo fosse. Avrei dovuto *aspettare* che tu inghiottissi."

"Davvero?" ribatté lui, sorridendo.

"Impossibile dimenticare una frase come quella."

"Vorrei che lo facessi."

"Ci scommetto.", rispose lei,prendendolo in giro.

"Sei una donna stupenda.", disse Jake, seguendola in cucina.presero i cioccolatini e lo champagne. Jake stappò la bottiglia e lo versò, mentre lei metteva il film.

Poco dopo, Cara uscì indossando un vestito lungo, di velluto nero, con le maniche lunghe e la scollaturaprofonda. Indossava gli orecchini di diamanti che Grant le aveva regalatoper Natale. Le due coppie si scambiarono gli auguri di Capodanno,poi Grace e Jake rimasero da soli. Si sedettero comodamente sul divano con una coperta rossa, arancione, nera e dorata, fatta a mano all'uncinetto, aperta sulle ginocchia.

Gracie si appoggiò alla sua spalla mentre lui le metteva un braccio intorno. Jake non riusciva a concentrarsi sul film, essendo intento a osservare Grace. Giocherellando con i suoi capelli, baciandole la mano e avvicinandosi a lei, alla fine lui ebbe la sua totale attenzione. Lei mise inpausa il film quando le labbra di Jake iniziarono a cercare le sue,poi gli offrì la sua bocca. Sembrava che Jake non avesse fretta mentre le esplorava lentamente la bocca con la lingua.

Man mano che i baci si facevanopiù intensi, lui la fece distendere, fino a ritrovarsi sopra di lei. Grace gli mise le mani intorno al collo,poi gli fece scivolare le dita tra i capelli. Quando le loro labbra si allontanarono, lui iniziò a baciarla dolcemente sul collo. Lei iniziò a tremareper ipiccoli baci che lui le dava, spostandosi dal lobo del suo orecchio alla sua spalla. Lei si mise ad ansimare. Lui lasciò scivolare la mano sotto la sua maglia, fino a sfiorarle ilpetto.

"Non avrai intenzione di colpirmi, vero?" le sussurrò lui all'orecchio, mentre le stringeva le dita intorno al seno.

"No no," borbottò lei, mentre il suo tocco la faceva ribollire dentro. Non faceva ilpolipone come aveva fatto la sera dellaprima, ma era gentile epremuroso. Iniziò a massaggiarla,prendendosi del tempo a cercare il suo capezzolo sotto il reggiseno. Gracie si rilassò,permettendo alle sensazioni che lui le stavaprovocando diprendere il sopravvento, spegnendo la sua mente. Lui iniziò a baciarlapiù intensamente. Dopo essersi messo sopra di lei, evidentemente eccitato, lei inarcò la schiena. Si mise a mordicchiarle il collo, sussurrando il suo nome. Afferrandogli le spalle, lei gli mise una gamba intorno alla vita. Lui strinse le dita intorno alla sua coscia e iniziò a muoversi, quando una fredda brezza e un leggero sussulto fecero capire loro che non eranopiù soli. Grant e Cara erano tornati.

I due amanti si separarono in un batter d'occhio. Grace si sistemò i vestiti con le mani e si allisciò i capelli. Jake appoggiò la schiena sul divano, tirandosi la coperta sulle gambeper nascondere la sua erezione. I due amanti si asciugarono la bocca. Una risatina divertita di Grant risuonò all'ingresso, dove la discreta coppia rimase in attesaper qualche istante.

Cara tossì e abbassò lo sguardo mentre entrava nel salone. "Scusate. Non hopensato di avvertirvi quando abbiamo lasciato la festa," disse lei.

"Tranquilla. Nessun danno, nessunproblema." Grace scosse la testa.

Jake si schiarì la voce e bevve un sorso del suo champagne. "È rimasto dello champagne, se volete unirvi a noi."

"Grazie, Jake, ma è già l'una e mezza e domani abbiamo uno spettacolo. Buona notte." Cara e Grant andarono in camera da letto e chiusero laporta.

"Oh. Bene." Lui si alzò inpiedi e Grace fece lo stesso. Da soli all'ingresso, lui la tirò verso di sé. "Abbiamo quasi fatto l'amore?" chiese lui.

"Direi unapomiciata. Nienteper cuiperdere la testa." Lei evitò il suo sguardo.

"Capisco," disse lui, annuendo, ma il bagliore dei suoi occhi mandava un messaggio diverso.

"Considerati fortunato," disse lei, accarezzandogli ilpetto con le mani.

Lui la tirò verso di sé con un braccio mentre le sue labbra la bacia-
vanoproprio sotto l'orecchio. "Lo faccio. Molto fortunato. Avrò unaprima a Los Angeles il meseprossimo. Vieni con me," sussurrò lui.
"Dovrò badare alla casa. Tupotrai stare nella camera degli ospiti."
Lei si diresse verso laporta d'ingresso.

"Camera degli ospiti?"

"È unproblema?" Lei scosse la testa.

"Preferirei stare con te, ma la camera degli ospiti è la mia seconda
scelta."

"Non sfidare la fortuna," disse lei, sorridendo.

"Non ci sto nemmenoprovando." Lui indossò la giacca mentre lei
apriva laporta.

"Grazieper le rose e i cioccolatini."

"E grazieper l'ottimo cibo e...tutto il resto." Lui le fece un sorrisetto
malizioso.

"Felice anno nuovo, Jake," disse Grace, sporgendosiper baciarlo. Si
abbracciarono a lungoprima di separarsi. Quando lui entrò nell'ascensore, Gracie ritornò in camera sua. Scivolando tra le lenzuola e tirando
su la coperta fino al mento, chiuse gli occhi e sognò di Jakeperpochi secondiprima di addormentarsi.

*"Legame di libertà" non crea alcun legame colpubblico. La tra-
ma è innaturale e la recitazione molto rigida. Hannoperso ogni legame con me dopo meno di dieci minuti,perché lapremessa
era davvero ridicola.*

*Credevo che il film fosse una commedia, unaparodia dei film di
spionaggio. Immaginate la mia delusione nel vedere che il film
eraproprio un film di spionaggio...opiuttosto avrebbe dovuto es-
serlo.*

LE RECENSIONI DIVENTAVANO semprepiù brevi e difficili da scrivere. Tiffany la spingeva a fare dipiù, ma Grace resisteva. Esasperata, Tiffany la minacciò di rivelare la sua identità se non avesse fatto ciò che doveva. Così, le brutte recensioniproseguirono,per quanto diventasseropiù difficili, e Grace rimpianse il giorno in cui aveva cercato vendetta e aveva fatto un accordo con *Celebs 'R Us.*

Passarono diversi giorniprima che lei avesse il tempo di fermarsi aparlare con Jake al teatro. Bussò allaporta del suo camerino. Quando lui le aprì, lei indugiò sull'uscio, intimidita di avvicinarsi a lui. Lui accese il rasoio elettrico che teneva in una mano, mentre con l'altra le fece cenno di entrare.

Apetto nudo, con addosso solo i suoi jeans, Jake andò davanti allo specchio e continuò a radersi. Grace gli si avvicinò, affascinata, come una falena attirata dalla luce. *Quanto è sexy!* Volevapassargli il dito sulla guancia, seguendo ilpercorso che lui stava facendo con il rasoio.

"Che succede?" le chiese lui, facendo una smorfiaper tenere lapelle tesa epermettere al rasoio di fare il suo lavoro.

"Cultura..." Lei aveva la bocca asciutta mentre esaminava il suo corpo con lo sguardo.

"Che cosa intendi dire?" Lui fece un'altra smorfiaper radersi il labbro superiore. Grace lo fissò, con gli occhi incollati sul suo viso.

"Musei...è lì che c'è la cultura. Vuoi visitare qualche museo?"

"Musei?" Lui sipassò la mano sulla guancia.

Ce la farò. Lei deglutì.

"Sì, sai, quelli grandi, come il Met e il MOMA. Così, quando qualcuno li nominerà in una conversazione, tu...noi sapremo di cosa stannoparlando."

"Oh, come è successo allaprima? Mipiacerebbe dimenticare quella serata."

"Anche a me. Eppure, dovremmo sapere di cosa stesseroparlando."

"Di certo, non guasta." Lui si voltòper guardarla. "C'è qualcosa che non va? Sembri...strana. Sto sanguinando o qualcosa del genere?"

Grace si accorse che il calore che avevapercepito si era trasformato in rossore, rivelando i suoi sentimenti. "Sto bene."

"Sembra che tu stiaper svenire," disse lui, avvicinandole una sedia. "Siediti."

Gracie si accasciò sulla sedia e fece un respiroprofondo. "Sto bene, davvero."

"Ne sei sicura?" Lei annuì. "Cominciamo domani?"

"Cominciamo domani cosa?"

"Con i musei!" esclamò lui.

"Perfetto. Vieni aprendermi alle undici." Lei si alzò inpiedi. Lui le diede un rapido bacio sullapunta del naso e sorrise con entusiasmo. Il suo sorriso illuminò tutto il camerino e il corridoio esterno. Gracie indietreggiò nel corridoio. Jake indugiò sull'uscio, riempiendolo con la sua figura snella e muscolosa. Si fissarono finché la suoneria del telefono di Grace spezzò la magia. Era Dorrie, la sua amica ballerina. Jake andò nel suo camerino e chiuse laporta.

"Ehi, Dorrie, che mi racconti?"

"Sono a New York!"

"Davvero? Stupendo!"

"Un'amica che gestisce una scuola di danza si è slogata la caviglia e mi ha chiesto di sostituirla. Quindi insegnerò ballo da sala...e vorrei chiederti di venire a iscriverti."

"Ballo da sala? Il jazz èpiù nel mio stile."

"Lo so, ma ho bisogno di riempire questa classe.parteciperemo a una gara alla fine. È soloperpoche settimane."

"Ho bisogno di unpartner?"

"Non dirmi che una bella ragazza come te non ha un ragazzo a New York?"

"Beh, in un certo senso, ma non credo che sia un ballerino."

"Portalo. Glielo insegneremo. Sarà divertente.per favoreee..."

"Ok, ok. Immagino che un'ora di esercizio alla settimana non mi farà male."

"Sarà tutti i giorni, apartire dallaprossima settimana. Allenamento intenso. Ti manderò tuttoper email."

"Ok. Vedrò cosa ne dice."

"Sarà bello rivederti. Come va il tuo tendine?"

"Perfettamente guarito."

"Bene, non vedo l'ora. Sonoproprio curiosa di conoscere il tuo ragazzo."

"Non è veramente il mio ragazzo...èpiù un amico."

"Un amico speciale?"

"Solo un amico."

"Oh, chepeccato! Ci vediamo la settimanaprossima." Grace raggiunse Cara in tempoper sistemarle i capelli. "Prenderò lezioni di ballo da sala con Dorrie."

"Si trova qui?" le chiese Cara, mettendosi il rossetto.

"Sì."

"Hai bisogno di unpartner?"

"Lo chiederò a Jake. Credi che sia una buona idea?"

Cara si voltò verso di lei. "È un'ottima idea. Deve saper cantare e ballare. Con il canto è aposto, ora tocca al ballo!"

"Dorrie glielo insegnerà."

"Tu glielo insegnerai, Cucciolotta." Grace finì dipettinare Cara e si affrettò aprendere il suopostoper guardare lo spettacoloper quella che le sembrava la milionesima volta. *Non mi stanco mai di guardarla recitare e di vederle ricevere tutti quegli applausi. Epoi, non guasta nemmeno guardare Jake. È davvero bravo.* Lei si sedette sulla sua sediapieghevole con la sua bottiglia d'acqua e diresse il suo sguardo verso ilpalco.

Alla fine dello spettacolo, Grace indugiò, aspettando diparlare con Jake. Mentre luipercorreva il corridoio, lei gli afferrò il braccio. "Ehi..."

"Ehi." Lui aggrottò la fronte. "Qualcosa che nonpuò aspettare fino a domani?"

"Ehm, sì. In un certo senso. Una mia amica farà delle lezioni di ballo da salaper alcune settimane e vuole che iopartecipi. Io ballavo. E ho bisogno di unpartner...che nepensi?" Le sueparole vennero fuori rapidamente.

"Aspetta un attimo. Vuoi che io faccia lezioni di ballo con la tua amica?"

"Non si tratta di balletto. Ballo da sala."

"E vuoi che io sia il tuopartnerper delle lezioni di ballo da sala?"

"Sì. Cara dice che, se vuoi diventare un bravo attore, devi saper cantare e ballare. E siccome sai già cantare..."

Un sorrisino gli comparve sul volto. "Mmm, stare vicino a teper un'ora? Certo che mi va."

Lei si mise a saltellare su e giù. "Magnifico! Dorrie ne sarà entusiasta." *Ma non sei l'uomopiù dolce della terra?*

"Ci vediamo domani alle undici." Lui si abbassòper darle un veloce bacio di saluto e scomparve in un lampo.

Cara fece capolino. "Allora?"

"Ha detto di sì!"

Le sorelle Brewster si misero a braccetto epercorsero ridendo il corridoio fino alla limousine di Bobby.

FACEVA STRANAMENTE caldoper una giornata di gennaio, mentre Grace e Jake attraversavano Centralpark, diretti al Metropolitan Museum of Art. Grace lesse qualcosa da alcunepagine che aveva stampato. "Da dove vuoi cominciare: dipinti, sculture, armature, mummie egizie, arredamento?"

"Scegli tu."

"Non so che cosa ti interessa."

"Sarebbe anche ora che tu lo scopra..." Lui le sorrise e lei si sentì sciogliere il cuore.*perché mipiace così tanto?*

Lui intrecciò le dita con le sue. "Andiamo semplicemente in giro."

"Ok." La sua forte stretta riscaldava la sua manina. Il sole illuminava i rami grigi e spogli degli alberi, il cui grigiore si abbinavaperfettamente a quello del sentiero che si snodava attraverso ilparco. Nonpassò molto tempoprima che notarono il retro del museo, il quale si ergeva maestosamente sulla Quinta Strada. L'enorme muro inclinato in vetro era inconfondibile.

"Porca miseria! Questo museo è davvero grande!" disse Jake. Lui si fermò e la strinse a sé, mentre le metteva un braccio intorno alle spalle.

Dopo essere entrati e averpreso due mappe dell'imponente struttura, trascorsero la maggiorparte della mattinata cercando di trovare la strada eperdendosi continuamente.

Un rapido nascondino tra le tombe egizie fece ridacchiare Grace, tra le occhiatacce degli altri visitatori.

Jakeportò Gracie apranzo nella caffetteria,poi tornarono nel West Side. Tornando verso casa lungo il sentiero tortuoso, Grace tirò fuori una bustina di noccioline col guscio e si fermò alcune volteper dar da mangiare agli affamati scoiattoli grigi. Jake ne lanciò alcuni agli scoiattolipiù timidi, che si nascondevano al sicuro tra i grandi tronchi degli alberi.

Quando si avvicinarono all'ingresso del Centralpark West, lui la strinse a sé e le diede un bacio sulle labbra. "Grazieper oggi."

"Ma se abbiamo trascorso la maggiorparte del tempo aperderci e non abbiamo visto quasi niente!"

"Sì, ma ora sappiamo dove sono alcune cose epossiamo tornarci."

"Domani mattina cominciano le lezioni di ballo."

"Allora ritorneremo il giorno dopo...oops, no, ho una matinée. Giovedì?"

"Ci sto."

Lui la accompagnò al suopalazzo, fece un discreto inchino di saluto e raggiunse il suopiccolo appartamento. Grace non riusciva a smettere di sorridere. *Il miglior appuntamento che io abbia avuto in tanti anni...forse il migliore in assoluto.* Entrò in casa canticchiando.

Cara si fermò a guardarla. "Sei di buon umore."

"Mi sono divertita al Met."

"Oh, certo. L'appuntamento con Jake. Visto? Ti avevo detto che sarebbe statoperfettoper te."

"Certo, signorina so-tutto!" Gracie lanciò un cuscino a sua sorella.

"Non cominciare una battaglia che non riuscirai a finire," disse Cara, sorridendo. "Vieni con me. È ora di andare aprendere Sarah."

"Vacci tu. Io sono unpo' stanca." Grace si ritirò in camera sua e chiuse laporta. Stendendosi sul letto, si mise apensare alla sua vita. *Jake è cambiato. Non èpiù ilpolipone ubriacone che avevo conosciuto. Che cosa è successo? Forse non lo conoscevo. Non voglio che mipiaccia, ma è così. Cosa farò se scoprirà chi sono davvero...quello che ho fatto?*

Lei ebbe un fremito mentre una sensazione di tristezza allontanò le belle sensazioni del suo appuntamento. *Quando lo scoprirà, finirà tutto.* Un senso di depressione alpensiero dipoterperdere il suo affetto la butto giù. Chiuse gli occhiper allontanare il senso diperdita che temeva tanto e si addormentò.

UNA SETTIMANA DOPO, Grace stava tornando dalle sue lezioni di ballo insieme a Jake. Avevano lavorato sul valzer viennese. Scivolare sulpavimento tra le braccia di Jake era statoparadisiaco. Lei aveva rinunciato a costruire un muro intorno al suo cuore e aveva cominciato lentamente ad aprirlo a lui.poi, Cara sganciò una bomba.

"Non c'è bisogno che resti dopo lo spettacolo stasera."

"Perché no?"

"Gunther Quill sarà in cittàper unpaio di giorni. Si fermerà aparlare di un nuovo film che staproducendo."

Grace fece cadere ilpiatto che stavaportando in cucina, il quale si frantumò in millepezzi. "Gunther Quill?"

"Gracie! Ti sei fatta male?" Le due donne si fermarono a ripulire i cocci.

"Sto bene." Tuttavia, il suo stomaco in subbuglio diceva tutt'altro. *Andrà al teatro?* Una sensazione di nauseaprese il sopravvento e lei dovette correre a vomitare.

"Ti senti male?" le domandò Cara, davanti allaporta della camera di Grace.

Lei scosse la testa.

"Non sei incinta, vero?" Grace lanciò un'occhiataccia ostile a sua sorella. "Pfff! Meno male. Magari è stato qualcosa che hai mangiato."

"Sto bene, Cara. Dammi un minuto." Grace chiuse laporta e si asciugò le lacrime. Le gambe le tremavano come se fossero di gelatina, costringendola a sedersi sul letto.*posso farlo. Lo farò. Non crollerò. Ciò che è stato è stato, ma adesso èpassato. Basta. Devo andare avanti. Non lo sa nessuno e nessuno lo saprà mai.*

Dopo un'ora, le due donne erano in auto e Bobby si faceva strada nel traffico dell'ora dipuntaper accompagnarle al teatro. Gracie obbligò la sua mano a smettere di tremareperpoter aiutare Cara a truccarsi.

Mentre si dirigeva verso il frigoriferoperprendere il succo di frutta, Jake le afferrò il braccio e la trascinò nel suo camerino. "Sei stupenda."

"Con una maglietta e unpaio di jeans?"

"Sì." Il bagliore dei suoi occhi accese un fuoco dentro di lei. "Dobbiamo esercitarci col nostro valzer."

"Lo so. Dorrie aprirà la scuola domani mattinapresto."

"Presto? È difficile alzarmipresto quando non torno a casaprima delle undici. Quantopresto?"

"Diciamo alle sette?"

"Cavoli!"

"Vediamo. Magari lunedì?"

"Il mio giorno libero?"

"Vuoi migliorare, non è vero?"

"Voglio diventare bravissimo. Voglio che vinciamo." Lui la strinse a sé, mettendole le mani sulla vita. "Mi auguri buona fortunaper stasera?"

"Io ti auguro buona fortuna ogni sera." Si mise inpunta dipiedi e gli diede un bacio. Lui la tirò verso di séper un bacio appassionato,poi inclinò la testaper approfondirlo. Gracie non riusciva a respirare, il cuore le batteva all'impazzata e si sentiva accaldata.

Quando riprese i sensi, si allontanò dolcemente. "Ehi, risparmia le energieper ilpubblico." Ma il suo respiro era ansimante ed era arrossita in volto.

"Sei bellissima dopo averti baciata," sussurrò lui. Grace si avvicinò e gli toccò la guancia con un dito,poi con la mano. *Saresti sempre così dolce se sapessi chi sono davvero e che cosa ho fatto?*

"Ti va di mangiare unapizza con me stasera?"

Lei annuì,poi guardò l'orologio. "In culo alla balena. Lo spettacolo staper cominciare."

Jake fece un respiroprofondo e le sorriseprima di uscire dallaporta e raggiungere ilpalco. Graceprese la sua solita sedia e si concentrò sullo spettacolo, cercando di dimenticare che la sua nemesi, Gunther Quill, sarebbe stato nel backstage dopo lo spettacolo.

Due inchini finali. Niente maleper un giovedì. Gracie erapronta con una bottiglia d'acquaper Cara. Jake scomparve dall'altraparte.

"Che ore sono?"

Grace guardò l'orologio. "Le dieci e un quarto."

"Oh, Dio,probabilmente Gunther e già qui!" Carapercorse in fretta il corridoio fino al suo camerino. Grace sentì una voce familiare non appena Cara aprì laporta.

"Dammi un minutoper cambiarmi..." disse Cara, lasciando Gunther in corridoio.

Lui guardò Grace come un leone che ha appena notato un coniglio.poteva vedere il bagliore nei suoi occhi, anche iniziando a indietreggiare. "È unproblema, Cara.prenditi tutto il tempo che ti serve. Ho tutta la notte."

Il bagliore dei suoi denti bianchi e del suo sorriso serio le diede i brividi. Lei indietreggiò, fino a trovarsi sulpalcoscenico vuoto. I membri della troupe erano andati viaper ritornare nelleproprie case. Il teatro era deserto e silenzioso.

Gunther avanzò verso di lei. "Bene, bene, signorina Grace Brewster. Sei molto attraente stasera. Eproprio lì vedo un tavolo vuoto..." Con la grazia di unapantera, lui le si avvicinò rapidamente. Grace rimase immobile, come un cervo sotto i riflettori. "Se ti cipiegassi sopra,potremo rinnovare la nostra conoscenza."

Si sentiva la bocca asciutta e il cuore le batteva così forte che le sembrava che volesse uscirle dalpetto. Gracie scosse la testa.

"Perché no?posso farti rilassare...inpochissimo tempo. Solo qualche spintarella e inizierai a urlare il mio nome."

Grace indietreggiò, ma non sapeva dove andare e non c'era nessuno. Mentre lui avanzava, lei riuscì a dire qualcosa. "Vattene, Gunther."poi, sollevò la mano.

"Non fare così. Sei un bel bocconcino, mia cara. E io ho intenzione di fare il bis." Lui continuò ad avvicinarsi a lei, mentre i suoipassi si facevanopiù lunghi e la distanza tra di loro si riduceva.

"Sta lontano da me." disse lei, cercando di conferire un tono convincente alla sua voce tremante.

"Non mipiacciono i rifiuti." Quando si ritrovò apochissimi centimetri, balzò su di lei e le strinse gli avambracci come in una morsa. Lei si ribellò, cercando di divincolarsi, ma lui la teneva stretta. Lei si contorse, cercando di allontanare il viso dalla sua bocca,poi sentì una voce familiare.

"Grace! Grace! Gracie, dove sei?" Jake salì sulpalcoscenico e rimasepietrificato. Il suo volto si rabbuiò. "Che cosa stai facendo, Gunther?"

"Sto cercando di fare l'amore con questa sgualdrinella, ma lei fa la difficile."

"Allontanati da me!" urlò Gracie, continuando a divincolarsi.

"Lasciala andare!" gridò Jake, facendo tre lunghipassi verso di loro. Mentre si avvicinava, Gunther abbassò le braccia. Grace si strofinò le braccia nelpunto in cui la sua stretta le aveva bloccato la circolazione.

"Bene, bene. Vuole recitare laparte della verginella...maprima non lo faceva. No, questo bel bocconcino non ha avutoproblemi ad abbandonarsi tra le mie braccia a Los Angeles. Non è vero, cara Grace? Quindi adesso hai iniziato a recitare con Jake, vero?"

Gracie indietreggiò, sconvolta. Jake la guardò con un'espressione dura. "È vero?"

Lei rimase in silenzio, con ipiedi inchiodati alpavimento, non volendo mentire a Jake, ma incapace di ammettere la verità. Jake le mise le mani sulle spalle e le diede una lieve scossa. "Gracie?" Lei annuì una volta. L'espressione sorpresa e delusa sul volto di Jake era come unpugno che le stringeva il cuore. Lui distolse lo sguardo da lei e guardò Gunther, che si avvicinò a Grace.

"Lasciala inpace. 'No' vuol dire 'no.'" Jake si insinuò tra Grace e Gunther, affrontandolo.

Poi, si udì un'altra voce. "Gunther! Adesso sonopronta. Vieni,parliamo." Era Cara, che si ritrovò in mezzo a quella scena di tensione.

All'improvviso, l'espressione dura eprovocatoria di Gunther svanì, sostituita da un'espressioneplacida e accomodante. "Ah, Cara. Arrivo subito."

Cara aggrottò la fronte quando vide Grace che si riparava dietro le spalle di Jake. "Che cosa sta succedendo? Gunther, hai fatto qualcosa a Gracie?"

"Solo unpiccolo malinteso. Tutto qui. Nonpreoccuparti, Cara, tesoro. Andiamo." Gunther mise la mano sotto il gomito di Cara e la scortò fino al suo camerino.

"Gracie?" urlò Cara, voltandosi leggermente.

"Sto bene. Vapure." Grace fece cenno a sua sorella di andare. Quando si furono allontanati, Jake si voltòper guardarla. "È vero quello che ha detto?" Il suo tono di voce era basso, calmo e molto serio.

Loperderò! Ma nonposso mentirgli. Lei annuì, sbattendo rapidamente lepalpebre. Lui si voltòper andarsene, ma lei gli afferrò il braccio. "Aspetta! C'è anche qualcos'altro."

"Di solito, è così. A meno che tu non sia solo una zoccola..." Lei fece unpasso indietro, mentre le sueparole lapungevano come un migliaio di api. "Ma, se tu lo fossi, saresti venuta a letto con me alprimo appuntamento. Sei andata a letto con quel depravato, ma non con me." Jake scosse lentamente la testa. "E lui è fidanzato. Grace, chi sei veramente?"

"Ho fatto un errore. Lui mi avevapromesso —" L'emozione le bloccò leparole in gola.

"Oh, lui ti avevapromesso qualcosa? Tu sei andata a letto con luiper ricompensarlo?però! Sei veramente una zoccola!" esclamò lui, indietreggiando.

"No, aspetta. Non è che...io...io..." Non riuscendopiù a trattenerle, le lacrime cominciarono a scorrerle sulle guance. *Non lasciarmi.* Lei lo vide ammorbidirsi unpo'. "Per favore, non andartene.per favore. Lascia che ti spieghi. Sono stata una stupida. Lui, lui...per favore." Singhiozzando tra le mani, Gracepensò che il suo cuore si sarebbe spezzato, finché unpaio di braccia forti la strinsero.

Alzando lo sguardo, vide lo sguardopreoccupato e inquisitore di Jake.

Appoggiandogli la testa sulpetto, lei continuò apiangere sommessamente. *Adesso dovrò spiegargli tutto. Forse nonproprio tutto...ma qualcosa. Nonposso fermarmi. Nonposso continuare con le bugie.*

"Lui ti stava obbligando. Me ne sono accorto." Luiprese un fazzoletto dalla tascaposteriore e glieloporse. Lei si asciugò il naso e gli occhiprima di stringere disperatamente il fazzoletto bianco tra le mani.

"Posso spiegarti?possiamo trovare unposto tranquillo in cui andare?"

"Certo. Lapizzeria a due isolati da qui ha una salaprivata. È quasi sempre vuota."

Si diressero verso laporta, ma Gracie si fermò all'improvviso. "Aspetta! Il mio cappotto è nel camerino di Cara. Gunther è lì dentro. Non voglio vederlo."

"Vado aprendertelo io. Di che colore è?"

"Magenta."

"Magenta?" sorrise lui. "Ehm...cioè, rosa o rosso?"

"Scusa. Rosa scuro."

Quando raggiunsero il camerino di Cara, Jake bussò allaporta. Cara la aprì e lanciò un'occhiata inquisitoria a Grace. "Tutto bene, Cucciolotta?"

Grace evitò il suo sguardo e si mise a fissare ilpavimento. "Sto bene."

"Siamo venuti aprendere il suo cappotto. Stiamo andando a mangiare unapizza." Jake entrò nel camerino, cercando il suo cappotto con lo sguardo. Loprese e lanciò un'occhiata arrabbiata a Gunther, che sollevò le spalle. Jake loporse a Gracie. "Non faremo tardi, Cara," disse Jake,prendendo la mano di Grace e trascinandola verso l'uscita.

"A dopo, Cucciolotta," disse Cara.

GRACE INTRECCIÒ LE dita con quelle di Jake mentre camminavano, ma lui ritrasse la mano da lei e se la mise nella tasca della giacca. La sua reazioneper lei fu come unapugnalata con unpiccolo coltello appuntito. *Se non mi crede,perché vuole ascoltare la mia versione?*

Per Jake, due fette dipizza con una birra.per Gracie, solo un bicchiere di vino. Quando era turbata, il suo appetito scompariva. Mentre lui mangiava, lei espirava e inspirava, organizzando i suoipensieri.

"Mi sembra che tu ti stia tirando indietro, che tu sia...sospettoso.perché siamo qui?"

"La verità? Tu mi hai dato una secondapossibilità dopo che io mi sono comportato da idiotaper il nostroprimo appuntamento. Ho deciso di ascoltartiprima di lasciarci."

Con un groppo in gola, il suo cuore smise di battere.*prima di lasciarci?* Gli occhi di Gracie la allertarono minacciosamente delle lacrime in arrivo, ma lei batté lepalpebre rapidamenteper respingerle. *Non ho intenzione di manipolarlo con le lacrime.* Lei strinse le mani tra loroper evitare che tremassero. *Ha deciso di scaricarti, allora? Se non sei innamorata di lui,perché fa così dannatamente male?*

Dopo aver bevuto un sorso di vinoper trovare il coraggio, Grace iniziò a raccontare la sua storia, cominciando con il suggerimento di Skip di inviare il suo manoscritto a Gunther.

"E tu non sapevi che era fidanzato?" Jake le lanciò un'occhiataccia fredda.

"Comeprima cosa, controllo sempre se un uomoporta la fede.poi, osservo se sulla sua scrivania c'è una foto della sua famiglia. Gunther non aveva una foto della sua fidanzata, né di nessun altro essere umano" disse lei, giocherellando con un tovagliolo.

"Ti ha sedotta? Veramente? Vorresti farmi credere che questo genere di cose accade ancora?" Jake balzò indietro sulla sua sedia.

"Sono stata ingenua...ok, forse semplicemente stupida. Mi ha detto che avrebbe letto il mio copione, e io mi sono impegnata molto...e ho aspettato tantoper avere la mia opportunità. Così gli ho creduto. Cara ha tanto successo, mentre io non riesco nemmeno a cominciare," disse lei, battendo un'altra volta rapidamente lepalpebreper respingere l'invasione di un altro fiotto di lacrime, con la voce semprepiù fioca.

"Volevo solo unapossibilità, che leggesse il mio copione. Nessunapromessa di farne un film. Solo unapossibilità. Il copione è buono. Skip mi ha detto che si sarebbe venduto. Mi aspettavo che Gunther dicesse che lo avrebbe letto, almeno il trattamento, forse in seguito anche il copione. Ma non l'ha fatto...non ne aveva intenzione...e mi ha...ingannata, tradita, detto bugie...e, sì, mi ha sedotta."

Grace si guardò le mani, temendo di vedere un'espressione fredda sul suo viso. Lo sentì mettere giù la sua birra, ma continuò a non alzare lo sguardo. Lui allungò il braccio e le sollevò il mento con un dito. Lei non riuscì a evitare il suo sguardo e lo guardò con tutta la sicurezza e l'audacia che riuscì a trovare, cioè non molta.

"Hai venduto il tuo corpoper un'opportunità."

"Sì. Non ne vado fiera. È stato un errore, ma...sì. Non sei mai andato a letto con qualcunoperpoipentirtene?" Lei cercò i suoi occhi con lo sguardo.

"Sì, ma non ho mai fatto sessoper...ottenere un favore o qualsiasi altra cosa. Ho solo scelto lapartner sbagliata."

"Tu sei un uomo. È diverso."

Lui tenne gli occhi su di lei, con un'espressione solenne. Grace fece scivolare le braccia nel suo cappotto e finì il vino rimasto nel suo bicchiere.

"Ora devo andare..." Lei spinse indietro la sua sedia ma,prima dipotersi alzare, lui le afferrò ilpolso con la mano.

"Non ho finito."

"Oh?" Lei lo guardò, alzando un sopracciglio. "Qualunque cosa tu debba dire, me la sono già detta migliaia di volte. Grazieper il vino, ma ora è tardi. Devo andare a casa. È stato bello conoscerti." Ma la forte stretta di Jake la trattenne.*per favore, lasciami andare con un brandello di dignità.*

"Non andartene."

"Perché vuoi continuare? Mi hai già etichettata. Sono una zoccola.*per favore, lasciami andare.*" Lei non riuscìpiù a trattenere le lacrime e fece crollare tutte le sue difese.

Lui allungò la mano con un tovagliolo di carta e le asciugò le guance. Leprese il mento con la mano. "Non una zoccola. Una vittima." Lui scosse la testa. "Gunther...quel maledetto bastardo, bugiardo...farabutto! Fottuto stronzo." Lui borbottò a voce così bassa che Grace quasi non riuscì a sentirlo. "Mi dispiace che sia successo...e che tu abbia avutopaura di dirmelo."

Lui mi crede?

Lui alzò lo sguardo all'altezza dei suoi occhi, mentre leprendeva le mani tirandola verso di sé intorno al tavolo. Lei si sedette sulle sue gambe e lui le strinse le braccia intorno. Lei si mise a singhiozzare sul suopetto mentre lui le dava un bacio sulla testa. Dopo un minuto, si calmò, sprofondando il viso tra i suoi robustipettorali, sulla sua morbida camicia di flanella. Respiròprofondamente il suo odore, mescolato alprofumo del suo dopobarba legnoso. Il calore del tessuto sulla guancia la calmò.*posso restare cosiper sempre?*

Lui sospirò. "Cosa devo fare con te?"

"Sono incorreggibile, lo so. Resti con me?" Lei cercò, senza successo, di non farglipercepire il tono di speranza nella sua voce.

"Non c'è neanche bisogno di dirlo." Lui le accarezzò i capelli.

"Dici davvero?"

Lui la guardò. "Certo. Ascolta, tu sei stata ingenua, io mi sono comportato da idiota, ma Gunther è stato ilpeggiore. Ovviamente, sono situazioni diverse, ma dimentichiamoci tutto. Sei d'accordo?"

Lei si avvicinò e gli abbassò la testa, finché le loro labbra si incontrarono. "Grazie," sussurrò lei.

"Non ringraziarmi. Non ti sto facendo un favore," le disse lui, continuando a baciarla.

"Sta zitto." Lei lo baciò conpassione.

"Ehi, amico,prenditi una stanza. Questo è un luogopubblico." Un uomo che indossava uno sporco grembiule bianco, con una scopa in mano, gli indicò laporta.

Jake ridacchiò, la aiutò ad alzarsi e si mise il cappotto. Quando uscirono dal locale, Jake chiamò un taxiper Grace. "Ci vediamo domani alle undici." Lei sporse la mano dal finestrinoper toccargli il viso e gli sorrise.

"È IN MOMENTI COME QUESTO che vorrei essere una fumatrice," disse Cara a Grant, camminandoper il salotto.

"Perché mai Grace non te l'avrebbe detto se le fosse successo qualcosa di terribile?" disse lui, seduto sul divano intento a sorseggiare un bicchierino di brandy. Cara bevve un sorso dal suo bicchiere, poi lo mise giù. "Non lo so. È sempre venuta da me quando era nei guai."

"Ma adesso ha Jake. Forse farai bene ad abituarti al fatto che lei si confidi più con lui che con te."

Cara gli rivolse la sua attenzione. "Non è sposata con lui. E, per quanto ne so, lui non le piace nemmeno molto."

"Veramente?" Lui sollevò le sopracciglia. "Secondo me, lei sembra un'ottima imitazione di una donna innamorata."

"Innamorata?"

"Già. So perfettamente com'è una donna innamorata," ridacchiò lui.

"Oh, mio Dio," disse lei, sprofondando sul divano accanto a lui. "Credo che tu abbia ragione. Gracie non ha mai disprezzato nessuno quanto Jake. Deve essere amore."

"Wow, cosa?"

"Certo. Ha perfettamente senso. Quando un ragazzo non le piace, non parla di lui. È come se lui non esistesse. Invece, quando sbraita contro di lui, io so che lui è riuscito a superare le sue barriere e ha iniziato a ossessionarla."

"Quando lui non c'è, non fa altro che criticarlo e prenderlo in giro."

"Deve proprio essere amore," disse Cara, con un sorrisino sulle labbra.

La porta si aprì e Grace camminò in punta di piedi dall'ingresso fino alla sua camera. Cara si alzò in piedi e la chiamò con la sua voce da palcoscenico, "Ah, ah...no, no, non credo proprio. Vieni subito qui, Cucciolotta."

Grace alzò lo sguardo, stupita. "Non sapevo che voi due foste ancora svegli."

"Non penserai mica che io possa andare a dormire dopo quello che è successo...qualunque cosa fosse...stasera al teatro, vero? Voglio una spiegazione. Subito!"

Grace entrò lentamente in salotto e si sedette. "Che cosa vuoi sapere?

Cara strinse gli occhi. "Voglio sapere che cosa sta succedendo, ecco cosa. La verità. Tutta la verità. Subito!"

Capitolo Sei

Il boato del motore mentre l'aereo correva sullapista aveva sempre elettrizzato Grace. Questa volta, con Jake seduto accanto a lei inprima classe, il suo cuore era colmo di un entusiasmo che non aveva niente a che fare con il decollo.

Stare in casa insieme. Senza interruzioni. Jake mise la mano sulla sua mentre il velivolo si sollevava dal suolo. La felicità le scorreva nelle vene. *Non riesco ancora a credere che non mi odiper Gunther.* Spaventata di rendere i suoi desideripiù concreti, riportandoli alla mente e immaginando un futuro con Jake, cercò di allontanarli. *Concentrati sul weekend. Un weekend insieme a Jake. Sii felice di questo. Fattelo bastare.*

Sprofondando sul suo sedile, gli strinse la mano. Lui si voltòper guardarla. "Haipaura?"

"Adoro volare."

"Anch'io."

Lei esaminò il suo viso, la crescita notturna della sua barba, lapienezza del suo labbro inferiore e i capelli castani che gli scivolavano sulla fronte. Una sensazione di calore le attraversò tutto il corpo, mentre indugiava con lo sguardo sulle sue lunghe e agili dita.

Si ricordò come fosse stato sentirle intorno al suo seno e il suo respiro si fecepiù rapido alpensiero delle sue carezze sulle altreparti del suo corpo. Anche immaginarle mentre le sbottonavano la camicetta o le abbassavano la cerniera dei jeans le fece balzare il cuore in gola. Lei si mordicchiò il labbro inferiore nel tentativo di calmarsi, ma non ci riuscì.

"Saremo da soli in casa tua?"

"A casa di Cara? Sì."

"Bene." Il suo sguardo sensuale le fece venire i brividi, in attesa del suo tocco.

Lei ricambiò il suo sorriso appassionato, così lui si sporse per baciarla. La dolce pressione delle sue labbra sulle sue alimentò il fuoco che le ardeva dentro.

Lei gli accarezzò la guancia, facendo scorrere il pollice sul suo viso.

"Scusa. Non mi sono fatto la barba stamattina. Faccio fare una pausa alla mia pelle."

"Mi piace molto. Ti sta bene la barba incolta."

L'aereo si livellò e gli assistenti di volo iniziarono a servire lo champagne. Chiesero a Jake alcuni autografi e lui fu felice di accontentarli. "Autografi. pensavo che non sarebbe mai successo." Lui scoppiò a ridere e scosse la testa. "Le mie sorelle vorranno accertarsi che non mi monti la testa per questo."

"Posso farlo anch'io, se vuoi," si offrì Grace.

"No, grazie. Mi piaci così come sei."

Davvero? potrei darti un bacio per questo. per me, vale lo stesso nei tuoi confronti.

Quando arrivò il loro champagne, brindarono e iniziarono a sorseggiarlo.

"Spero che questa prima vada meglio della precedente."

"Spero che tu sia felice della tua performance in questo spettacolo."

"Dio, se sbagliassi, Appassionata di Film probabilmente sarà lì ad annunciarlo tutto il mondo."

No, non lo sarà. Grace gli strinse la mano. "Non preoccuparti per lei. Andrà tutto bene. Ci divertiremo alla festa e andremo a nuotare. La nostra piscina è riscaldata."

"Una piscina riscaldata? Non ho portato il costume da bagno."

"Magari non ti servirà," Lei fece un sorrisino sexy, che gli fece illuminare lo sguardo.

Lui spalancò gli occhi. "Davvero?"

"Potrai sempre nuotare in boxer...dopo tutto, saremo solo noi due."

"Oh.pensavo che avessi qualcos'altro in mente." La sua espressione mortificata la fece scoppiare a ridere. "Mi staviprendendo in giro?"

"Dovrai aspettareper scoprirlo."

Lui si raddrizzò la schiena sul suo sedile. "Se io avrò solo i boxer, tu cosa indosserai?"

"Te l'ho detto...aspetta e vedrai."

"Filet mignon o scampi?" La hostess interruppe la loro intensa conversazioneperprendere il loro ordineper ilpranzo. Dopo aver mangiato, Jake tirò fuori un manoscritto dal suo bagaglio a mano sotto lapoltrona.

"Altri copioni da leggere?" gli domandò Grace.

"Il tuo." Lei spalancò gli occhi. "Perfetto da leggere adesso." Lui lo aprì allaprimapagina. Grace immerse il naso in un libro, impaurita di vedere la sua reazione, ma il sonno laportò a mettere un segnalibro tra lepagine, appoggiare la testa sulla spalla di Jake e chiudere gli occhi. Quando si risvegliò, l'aereo stavaper iniziare l'atterraggio. Lei guardò fuori dal finestrinoper vedere ilpanorama di Los Angeles dall'alto. Jake si stiracchiò e chiuse il copione. "Siamo quasi arrivati," borbottò lui.

"Cosa nepensi?" Lui le lanciò un'occhiata stranita. "Del copione, ovviamente!"

"Oh! Sì. Lo adoro."

"Davvero?" disse, non riuscendo a trattenere il suo tono di disperazione.

"È fresco. Originale. Hai un orecchio eccellenteper i dialoghi."

Il suo complimento la fece arrossire e sorridere. "Grazie. Questo significa moltoper me."

"È la verità. Mi conosci abbastanza bene da sapere che il mio cervello non filtra sempre le mieparole. Se non mipiacesse, non riuscirei a nascondertelo."

"Sarebbe una bellaparteper il giusto attoreprincipale."

"Quinn sarebbeperfetto.pensi che lo farebbe?"

"Ma ioparlavo di te!"

"Oh!" Lui scoppiò a ridere, mentre un attraente rossore gli colorava le guance. Lei fece scivolare la mano sulla sua, tenendola stretta fino allo spegnimento del segnale della cintura di sicurezza. Un'auto li stava aspettando epoco dopo stavano giàpercorrendo la Benedict Canyon Drive. Le luci della casa venivano accese da un timerper tenere lontani i ladri. Grace inserì la chiave nella serratura, allo stesso tempo nervosa ed entusiasta all'idea che Jake avrebbe dormito in casa con lei. Luiportò in casa i loro bagagli.

"Questa è la tua stanza," disse lei, accendendo la luce nella stanza degli ospiti. "Io sono quaggiù."

Jakeposòperprima la sua valigia,poiportò quella di Grace nella sua stanza. "Questa casa è bellissima. La miaprima villa." Lui si guardò intorno, osservando lepareti bianche, lepiastrelle colorate, alcune verdi e turchesi, altre sui toni dell'arancione e del marrone.

"Non so se la definirei una villa. Qui ci sono molte casepiù grandi della nostra."

Aprendo laporta a vetri scorrevole del terrazzo, Graceprese la mano di Jake e loportò fuori. Alcune chaises longues erano sparse sul terrazzo. Sul tavolo di vetro, circondato da quattro sedie bianche in ferro battuto, vi era un ombrello chiuso.

"Wow," disse lui. "È ilposto idealeper fare il bagno nudi." Un suono li fece trasalire. Jake, controllò il suo telefono,poi l'orologio. "L'auto verrà aprenderci tra un'ora."

"Tra un'ora? Oh, mio Dio!"

Quarantacinque minuti dopo, Grace dava le spalle a Jake, tenendosi il vestito. "Per favore, alzami la cerniera...poi ti farò il nodo alla cravatta."

"Sai come si fa?" le chiese lui, mentre cercava la cerniera del suo luccicante abito lungo di jersey celeste.

"Sono un'esperta. Chiedilo a Grant." Gracie fece qualche respiroprofondoper calmarsi, mentre le sue dita le sfioravano la schiena nuda.

Dio, lo voglio. Lei chiuse gli occhi, concentrandosi sulle sensazioni che lui le facevaprovare. Lui le baciò dolcemente la spalla.

"Non è che non mipiacerebbe continuare...ma è meglio che finisca," borbottò lui, tirandole su la cerniera. Gracie si sistemò il seno nelle coppe cucite nel vestitoprima di voltarsi verso di lui. "Wow! Seipersinopiù bella col vestito affibbiato." Lo sguardo di Jake scivolò sul suo corpo come la carezza di una mano calda.

"Dici delle cose dolcissime."

"Leparole...non sono esattamente il mio forte. Le azioni...ah, quelle sono brillanti." Gli occhi gli brillavano dipassione.

Sembrava molto sexy con i capelli che gli ricadevano sulla fronte e la cravatta allentata, in attesa che lei facesse la sua magia. *E così che sarà quando si spoglierà. Quando torneremo a casa stasera.* Un leggero brivido le attraversò la schiena. "Avvicinati," disse lei, facendogli un cenno.

"Non me lo farò ripetere due volte." Lui si avvicinò, finché il suopetto fu apochi centimetri da quello di Grace. Lei deglutìprima di avvicinarsi e afferrare entrambi i lembi del suopapillon. Qualche secondo dopo, il nodo era fatto. "Dovresti indossare sempre lo smoking. Ti dona."

"Oh? Dovrei indossarlo anche a letto? Mentre facciamo l'amore? O mentre facciamo il bagno?"

Lei scoppiò a ridere. "Uno smokingpigiama!"

Ora fu lui a mettersi a ridacchiare. Lui si abbassòper darle un bacio. "Grazie," le disse, toccandosi ilpapillon.

Il suono di un clacsonproveniente dal vialetto catturò la loro attenzione. Grace afferrò uno scialle trasparente e seguì Jake fino allaporta. Lui la aprì con un gestoplateale e, facendo un cenno col braccio davanti a lei, disse, "La sua carrozza la attende, milady."

"Non sei bravo con leparole. L'ho notato," ridacchiò lei.

"Grazie mille!"

"Ma non vedo l'ora di vedere le azioni che mi haipromesso." Lei gli sorrise.

"Siamo in due," ridacchiò lui, chiudendo laporta alle loro spalle.

MENTRE L'AUTO SI AVVICINAVA al teatro, Grace intrecciò le sue dita con quelle di Jake. Lui si voltò verso di lei.

"Nonpreoccuparti. Gunther non ci sarà.per fortuna. Dovrei stenderloper quello che ti ha fatto.", disse lui con un'espressione di rabbia.

"Nonpensiamo a luiper stasera. Le tue fan ti stanno aspettando. Qui ci vuole il tuo sorrisopiù sexy."

Lui fece una smorfia, mostrando i denti. "Che nepensi di questo?" Lei scoppiò a ridere e lui la seguì così, quando laporta si aprì, lui stava sorridendo in modo genuino, con un'espressione di felicità negli occhi. Le offrì la sua mano e camminarono insieme sul tappeto rosso. Le fan impazzirono quando lo videro e lui rispose loro sorridendo e salutando.

Improvvisamente, Grace si rese conto di essere fortunata a stare con lui. *Jake La stella del cinema? Jake il mio amico e forse fidanzato.* La sua fama stava crescendo e, tra non molto, avrebbepotuto avere l'opportunità di recitare in una serie come Quinn o essere abbastanza fortunato da ottenere delle ottimeparti, come Cara, ed essere costantemente sotto i riflettori. *È una bella cosa?per lui,probabilmente sì. Maper me? Ne dubito.*

Lui le si avvicinò dicendo: "Sembra che stavolta ci sianopiù fan. Immagino che Appassionata di Film non abbia danneggiato la mia carriera." Lei fece un sospiro e gli strinse la mano. *Grazie a Dio!*

Raggiunsero i loroposti. Jake intrecciò le dita con le sue e appoggiò le mani sulla sua coscia, come aveva fatto l'ultima volta. Grace si rilassò e si strinse a lui, abbassandosiper mettersi comoda. Le luci si affievolirono e il titolo *Forza trainante* apparve sullo schermo. Lei sussurrò "In bocca al lupo." Lui siportò di Grace alle labbra.

Alla fine del film, l'applauso fu assordante. Grace fece un sospiro di sollievo. *È stato bravo, davvero bravo.* Lei si voltò verso di lui, che aveva un'espressione evidentemente sollevata. "Sei stato bravissimo."

"Davvero?"

"Davvero," disse lei.

Si alzarono entrambi quando il regista e uno deiproduttori esecutivi si avvicinarono a loro. Gli diedero unapacca sulla spalla, sussurrando "Ottimo lavoro," "Ben fatto," e "Eccellente". Jake sorrise alle loro lodi. Una sensazione di orgoglio nei suoi confronti crebbe nel cuore di Grace, confondendola.*perché sono orgogliosa di lui? Non è il mio ragazzo. È solo un amico o forse una breve avventura...giusto?*

La limousine li accompagnò a una grande festa al Limoges West sulla Rodeo Drive. Jake aiutòo Grace a scendere dall'auto e leporse il braccio.

"Hai intenzione di abbandonarmiper laprima donna disponibile che sipresenta?"

"L'ho mai fatto?"

"Certo che l'hai fatto!"

Jake arrossì in viso. "Mi dispiace. Sembra che io debba continuare a dirtelo costantemente."

"Che cosa?"

"Che mi dispiace."

"Abbiamo detto di dimenticarci ciò che è successo quella notte, giusto?" Grace si strinse a lui, aggrappandosi al suo colletto.

"Già, giusto."

Lei sollevò la testa e gli diede un bacio. "Questo dovrebbe essere un messaggioper le donne qui intorno."

Jake sorrise. "Ti va un Cosmopolitan?" Lui avvistò il bar e lo raggiunse insieme a lei. Grace si guardò intorno, cercando un buffet, ma non lo trovò.

"Vaccipiano con questi," lo avvertì lei, mentre lui beveva un sorso.

Un cameriere con un vassoio di *hors d'oeuvres* si fermò vicino a loro. Graceprese dal vassoio due bignè al formaggio, mettendone uno nella bocca di Jake e uno nella sua.poiprese due mini quiche,prima che il cameriere si allontanasse. "Mangia," gli disse. "Altrimenti ti ubriacherai...e farai qualcosa di stupido."

Attricette,produttori e membri del cast si fermaronoper congratularsi con Jake. Nonostante lei cercasse di stringersi a lui, furono separati. Grace si consolò con un secondo Cosmopolitan e con unpo' di cibo di un buffet che trovò nascosto in un'altra stanza.preparò unpiattoper Jake, ma sembrava che lui fosse scomparso.

Uscì sullapedanaposteriore appena in tempoper vederlo abbracciare una ragazza che non riconobbe. Si fermò a guardare mentre lui afferrava gli avambracci della ragazza, spingendola lontano da sé. Grace fece un sospiro di sollievo, che nemmeno si era accorta di trattenere, quando notò il suo sorrisopreoccupato e l'espressione delusa sul volto della ragazza.

Vuole tenersi liberoper me? Ho conquistato il suo cuore?

Grace si avvicinò a Jake e gli diede un bacio sulla guanciaprima diparlare, rivolgendosi a lui ma guardando direttamente la ragazza. "Eccoci, tesoro. Ti ho cercato dappertutto." Lei gliporse ilpiatto.

"Grace, lei è...puoi ripetermi il tuo nome?" disse Jake,prendendo un gamberetto.

"Non importa," disse la ragazza, facendo un cenno con la mano mentre si allontanava.

Gracie iniziò a ridere, senza riuscire a trattenersi "Ti ho salvato?"

"Certo che sì. Grazie. Erapeggio di unapiovra!" Jake si sistemò ilpapillon e il colletto.

"Quanti Cosmopolitan hai bevuto?"

"Non lo so. Sono molto buoni.", disse lui, masticando un fagiolino.

"Forse dovremmo andare,prima che succeda qualcosa di brutto."

"Ad esempio?"

"Ad esempio,prima che tu ciprovi con qualcuno."

Jake mise giù ilpiatto, laprese tra le braccia e la baciò. "Tu sei l'unica con cui voglioprovarci."

"Il tragitto in limousine sarà come quello dell'ultima volta?" Lei lo respinse.

"Spero di no."

"In che senso?"

"Nel senso che stavolta non mi dirai di no?", le sussurrò lui all'orecchio.

Lei si mise a ridere. "Se ti metterai apalpeggiarmi sul sedileposteriore, avrai di nuovo lo stesso trattamento."

"Non lo farei mai. Intendo dire a casa." Lui si abbassòper darle un bacio sul collo.

"Oh, questa è un'altra storia. Aspetta e vedrai." Jake riuscì a mandar giù un altro Cosmopolitan,prima di accettare di salutare i suoi colleghi e di dirigersi a casa. Erapiuttosto alticcio, ma non ubriaco come l'ultima volta. *Forse si sentepiù sicuro di sé dopo questo film. O forse èperché tu non ti stai comportando male con lui. Ehi, non è una mia responsabilità se lui si ubriaca. Mi fapiacere che adesso non sia ubriaco.*

In auto, Jake strinse Grace alla sua spalla e rimasero cosìper l'intero tragitto verso casa. Una volta a casa, lei si tolse immediatamente le scarpe, lasciandole accanto allaporta d'ingresso.

"Accidenti, ti sei abbassata."

"Quelle scarpe mi stavano uccidendo," disse lei, massaggiandosi ilpiede.

"Tipiace fare il bagno la notte?" le domandò Jake, tirando ilpapillon finché il fiocco si sciolse.

"Certo, andiamo" Grace uscì in terrazzo e accese la luce sul fondo dellapiscina,poi le luci soffuse intorno ad essa.

"È stupendo," disse Jake, fissando l'acqua che risplendeva sotto le luci. "Fanno cambiare il colore dell'acqua." Grace avvicinò una chaise longue al bordo dellapiscina. "È romantico," ridacchiò lui.

"Ti dispiace? Senza tacchi, questo vestito è decisamente troppo lungo. Inoltre, voglio mettermi comoda." Grace indietreggiò verso di lui.

"Vuoi che ti abbassi la cerniera?"

Lei annuì. Le sue lunghe dita sipresero il loro tempo ad abbassarle la cerniera. Lei abbassò le braccia sui fianchiper evitare che il vestito senza bretellepotesse cadere. Quando finì, lui le mise le mani sulle spalle e iniziò a baciarle il collo. Lei rabbrividì. "Fa freddo qui fuori." disse lei, cercando di nascondere la sua reazione.

Jake si tolse le scarpe e i calzini e sfiorò l'acqua colpiede. "Ma l'acqua è tiepida."

"Ho aumentato il riscaldamentoprima di uscire. Immaginavo che volessi fare un bagno a febbraio."

Lei raggiunse la chaise longue e si voltò con calma, fissandolo. Lui si fermò e ricambiò il suo sguardo. All'improvviso, lei lasciò scivolare il vestito, che cadde ai suoipiedi, rivelando il suo corpo nudo. Jake deglutì. Lui iniziò a sudare sulla fronte mentre osservava la sua figura. Grace fece duepassi verso il bordo dellapiscina e si tuffò. Quando riemerse, fece un cenno a Jake, che si stava già togliendo i vestiti, ilpiù velocementepossibile.

Inpiedi sul bordo, lui lasciò cadere i suoi boxer e si tuffò. La raggiunse a nuoto, ma lei andò sott'acqua e nuotò via, sfidandolo a un divertente inseguimento. A un certopunto, mentre lui nuotava rapidamente, lei lo raggiunse alle spalle e gli diede unapacca sulla schiena. Lui si fermò immediatamente. "Allora vuoi la guerra!" esclamò lui.

Grace spalancò gli occhi e cercò di allontanarsi, ma stavolta Jake fu troppo veloce. Balzò su di lei, mettendole la mano sulla testa e spingendola sott'acqua. Lei riemerse sputacchiando e ridendo.

Era intrappolata nell'angoloprofondo dellapiscina, cercando di nuotare all'indietro, mentre Jake attraversava rapidamente lapiscina, raggiungendola inpochi secondi. Lui sporse le sue lunghe bracciaper nonpermetterle di scappare. Si avvicinò lentamente, osservando con gioia il suo corpo nudo, con gli occhi lucidiper il desiderio. "Questo vuol dire sì?"

Lei annuì, guardandolo negli occhi. Lui abbassò la testa,pretendendo le sue labbraper un bacio appassionato. Con una mano, la strinse al suopetto, mentre con l'altra leprese il sedere. Quando la sollevò, lei gli mise le gambe intorno alla vita e le braccia intorno al collo.

"Ti voglio," sussurrò lui, massaggiandole il seno con la mano. "Ti voglio tremendamente."pQuando le loro labbra si staccarono, lei cercò di riprendere fiato. "Anch'io." *Non ho mai voluto nessuno come voglio lui. Dio, oh Dio. È così bello.* Grace fece scivolare la mano tra ipeli castani che aveva sulpetto robusto. Le sue mani sembravano vivere di vitapropria sul suo corpo, toccandolo, accarezzandolo, sfiorando i suoi capelli, la suapelle e i suoi muscoli. *È un vero uomo. Stupendo.* Lei osservò i suoi addominali ben definiti, seppur non in modo eccessivo.

Il suo sguardò le faceva ardere lapelle. Lui sollevò unpiede, lo appoggiò su un gradino e la fece sedere sulla sua coscia. Con le mani libere, iniziò a esplorare il suo corpo, cominciando dalpetto e scendendo verso il basso. Col viso sul collo di lei, Jake iniziò ad ansimare il suo nome.

Grace si sporse all'indietro e Jake mise immediatamente il braccio dietro di leiper non farla cadere. La baciò dal collo fino al seno, richiudendo le labbra intorno al suo capezzolo. Ora fu Gracie a mettersi ad ansimare. Gli strinse le dita intorno alle spalle, stringendosi ai suoi muscoli mentre sentiva il calore aumentare dentro di lei.

Jake sollevò la testa. "Sei incredibilmente bella." Sentì qualcosa che le sfiorava il sedere e si rese conto che era la sua erezione. Una risatina le sfuggì dalla gola. "Che cosa c'è?" le chiese, con lo sguardo carico dipassioneper lei.

"Seipronto..."

Lui ridacchiò. "L'hai capito, eh?"

"L'ho sentito."

Lui scoppiò a ridere. "Allora andiamo. Avevo bisogno di metterti al corrente." La sollevò come se fosse unapiuma e laportò fuori dallapiscina. La adagiò lentamente sulla chaise longue. Essendoci quindici gradi di temperatura, iniziarono entrambi a tremare e si avvolsero nei teli da bagno che trovarono accatastati su un tavolino.

Con le labbra blu, Gracieprese la mano di Jake e loportò nel bagnopadronale. L'enorme cabina della doccia aveva due soffioni sulle duepareti opposte. Lepiastrelle, bianche con decorazioni celesti e lavanda, andavano dalpavimento al soffitto. Lei li aprì entrambi e dopopochi secondi la stanza si riempì di vapore caldo.

"Raggiungimi," disse lei, mettendosi sotto il gettò d'acqua calda. Jake non esitò

"Prima le signore," disse lui, afferrando il sapone, insaponandosi le mani e spargendole il sapone su tutto il corpo. Gracie lo guardò sorridendo, mentre lui la accarezzava col sapone alla lavanda. Le sue mani le scivolavano sullapelle, senzaperdersene neanche un centimetro,poi si fermarono tra le sue gambe. Lei gli insaponò ilpetto,poi continuò a scendere fino a stringere le dita intorno a lui. Era duro come il marmo.p"Asciugati. Nonposso aspettare ancora molto," disse, accarezzandola con un ritmo sempre crescente.

Grace inclinò la testa all'indietroper appoggiarla allaparete dipiastrelle e chiuse gli occhi mentre l'acqua tiepida scivolava sul suo corpo. "Oh, Dio. Non fermarti." Il fuoco dellapassione cresceva dentro di lei mentre le sue dita la accarezzavano.

Lui le sostenne il sedere con una mano mentre lasciava scivolare le sue dita dentro di lei. Leiperse il controllo. Mentre la stimolava, i fianchi di Grace si muovevano al ritmo della sua mano. Lui gemette il suo nome. Jake le mise le labbra sul collo e sussurrò, "Seiprotetta?"

Lei spalancò gli occhi e scosse la testa. "Va bene, nessunproblema," disse lui, mettendola giù e uscendo dalla doccia. Jake afferrò un asciugamano e se lo mise intorno alla vita, mentre correva nella sua stanzaperprendere unpreservativo. Lui ritornò in un lampo. Mentre lui armeggiava con l'involucro di alluminio, Grace si chinò e loprese in bocca.

"Santo cielo!" esclamò lui, lasciando cadere l'involucro mentre si appoggiava allaparete della doccia.

Grace sollevò la testa e gli sorrise. "Tipiace, vero?"

"Ma dove...?"

"Preservativo?" lo interruppe lei. Jake si chinòper raccogliere ilpiccolo involucro. Dopopochi secondi, l'aveva già indossato e si voltò a guardare Grace. Lei gli fece cenno di avvicinarsi,poi leprese il sedere con le mani e la sollevò. Lei si sorresse aggrappandosi alle sue spalle mentre lui la abbassava sul suopene in erezione.

Sentirlo dentro di lei le fece aumentare di nuovo il battito del cuore.*porca miseria!* Lei chiuse gli occhi mentre si concedeva totalmente a lui,perdendosi tra le sue braccia. Jake la reggeva con facilità, muovendola su e giù,prima lentamente,poi semprepiù veloce.

Sentire il suo corpo scivoloso a contatto con quello di Jake la faceva fremere. Inarcando la schiena, lei spinse il seno contro il suopetto solido, eccitandosi ancora dipiù. Il gemito di Jake fu la sua risposta alla sensazione dei suoi capezzoli duri a contatto con la suapelle. Gracie sentì i loro gemiti e i loro respiri affannosi, insieme al rumore dell'acqua.

È così forte e avvolgente... le dita di Gracepercepirono la tensione che si accumulava tra i suoi muscoli, mentre la loropassione cresceva rapidamente a ogni spinta. Jake non erapiù il timido ragazzo di campagna che non sapeva cosa fare. Ora era l'amante esperto che la conduceva in luoghi dove non era mai stata. La sua forza la avvolgeva,permettendole di lasciarsi andare come non aveva mai fattoprima.

Dopopochi minuti, unpotente orgasmo ebbe il sopravvento su di lei, facendole appoggiare la testa sulla sua spalla, mentre gli succhiava lapelle con le labbra e gli stringeva fortemente la schiena con le unghie.

"Jake...io..."poi, Grace non riuscìpiù aparlare.

ALCUNI SECONDI DOPO, lui urlò il suo nome, stringendola a sé mentre le appoggiava la testa sul collo. Jake chiuse gli occhi e vide delle scintille di colore, come deipiccoli fuochi d'artificio, mentre ilpiacere raggiungeva ogni angolo del suo corpo. Fare l'amore con lei era stata un'esperienza senzaprecedenti. La soddisfazione che gli scorreva nelle vene riempì anche il suo cuore benprotetto,portandogli una sensazione di gioia.

Allentando la sua fortepresa, strinse Grace tra le braccia, mentre riprendeva a respirare normalmente. Lui le accarezzò i capelli bagnati e le diede un tenero bacio sulla guancia,poi sulla bocca. Aprendo gli occhiper guardare i suoi occhioni blu, dall'espressione innocente e inquisitoria, lui sentì una stretta al cuore. La trattenne tra le sue braccia, riluttante di lasciarla andare.

"Gracie...Io..." sussurrò lui. Tuttavia, leparole d'amore che avrebbe voluto dirle gli si bloccarono in gola. Jake non dichiarava spesso il suo amore a una donna. Sopraffatto da una sensazione di vulnerabilità, all'improvviso, si sentì nudo come non si era mai sentitoprima, e non era una bella sensazione. Lentamente, la lasciò andare. Lei allungò il braccio e gli mise la mano sulpetto,poi gli diede un dolce bacio.

Allungò di nuovo il braccio e chiuse il soffione della doccia,poi chiuse anche l'altro. Avvolsero i loro corpi, orapuliti e soddisfatti, con degli asciugamani freschi e soffici. Una sensazione di imbarazzo si insinuò tra di loro. Grace arrossìper la sua nudità, coprendosi rapidamente.

"È tardi," disse lei. Lui si diresse verso la sua stanza, ma lei gliprese la mano. "Resti con me stanotte?"

"Credevo che non me l'avresti mai chiesto," rispose lui. *Non resto mai la notte. Dopo aver fatto l'amore, torno a dormire a casa mia. Stanotte, voglio restare con lei.* Si diressero nella sua ampia camera da letto color orchidea. Lei tirò giù le coperte del letto queen size e si distese, spostandosiper fare spazio anche a lui. Lui la seguì, tirò le coperte su di loro e si avvicinò a lei.

Lei era distesa sul fianco, lasciandogli unpo' di spazio dietro di lei. Lui le si avvicinò ancora e le mise un braccio intorno, stringendola a sé e facendola sentire al sicuro.

"Passi sempre la notte con le donne con cui hai fatto sesso?"

"Raramente...veramente mai."

"Oh?"

"Voglio stare insieme a te tutta la notte. Va beneper te?"

"Più che bene."

"E tupassi sempre la notte con gli uomini con cui...?"

"Non vado a letto con molti uomini. Ho avuto un ragazzo fissoper tre anni al college. Non voleva maipassare la notte con me. Era difficile trovare unpo' diprivacy a scuola, comunque."

"Che cosa gli è successo?"

"Gli hanno offerto un lavoro a Hong Kong e quella è stata l'ultima volta che l'ho visto."

"Ti ha spezzato il cuore?" Jake le accarezzò il braccio.

"Unpo'. Tuttavia, nonpenso di essere innamorata di lui. Era una situazione comoda, ma il mio orgoglio si sentiva ferito."

"Lo capisco.peggioper lui e buonper me. Non riesco a immaginare di non trascorrere la notte con te dopo aver fatto l'amore."

Lei sorrise. "Sono d'accordo."

"Quindi, se avessi trovato una scusa e fossi fuggito nella mia stanza, tu avrestipensato che."

"Ti avrei spezzato il collo.", ridacchiò lei.

Jake le si avvicinò,piegando le ginocchia dietro le sue. Avvicinò il viso al collo di Grace e fece un respiroprofondo. "Hai sempre un buonissimoprofumo."

"Davvero?"

"Davvero. Quellaprima notte in limousine...Dio. Cheprofumo era? Mi faceva impazzire."

"Oh, quindi è colpa del mioprofumo se mi haipalpeggiata?"

"Pensavo che avessi dimenticato quell'episodio e che mi avessiperdonato."

"Oops. Hai ragione. Scusami." I due si fusero insieme in unaposizione confortevole. Grace ruppe il silenzio. "Sei stato magnifico stanotte. Dove hai imparato a fare l'amore in questo modo? No, non rispondere!"

"Sei tu che mi ispiri." Lui le strofinò il naso sul collo. "Se non andiamo a dormire, altrimenti temo che mi farai eccitare di nuovo e io dovrei approfittarne di tanto in tanto."

"Davvero?"

"Che ne dici di domani mattina?"

"Oh, sì. Il sesso del risveglio."

"Bello, quasi come fare sessoper farepace."

"Con te...è sempre bello." Luipercepì la sua voce assonnata.

Le diede un bacio sulla testa. "Dormiamo adesso, Gracie, tesoro."

"Mmm, già. Ti amo, Jake."

Lui smise di respirare. *Ho sentito bene? Ha detto che mi ama?* Ma il suo respiro regolare gli fece capire che era troppo tardiper avere conferma di ciò che aveva sentito. Grace stava dormendo. *Sì,piccola, anch'io ti amo.* Lui chiuse gli occhi e si addormentòpiù facilmente epiù velocemente di quanto avesse fatto negli ultimi mesi.

Il mattino dopo, Jake aprì gli occhi allo spuntare del sole e si voltò dall'altraparte.per sua gioia, Gracie dormiva accanto a lui, con i lunghi capelli arruffati che incorniciavano il suo bel viso, con una spalla e un seno quasi scoperti. Lui si mise su un fianco, approfittando di essere ilprimo a essersi svegliato,per osservarla.

Il suo sguardo viaggiò dal suo viso dolce e sereno al suopetto. Lentamente, tirò leggermente giù il lenzuoloper vedere un altropezzetto del suo corpo nudo. Divorandola con gli occhi, le sue dita e le sue labbra fremevanoper toccarla eper baciarla.

Lei si stiracchiò le braccia sopra la testa, emise unpiccolo gemito e sbatté lepalpebre. Un sorriso le spuntò lentamente sul volto quando notò che lui la stava guardando. *Ricorda, ha detto di amarti. Vuoi la conferma? E se dovesse negarlo? Meglio che resti zitto.*

"Buongiorno."

"Buongiorno," rispose lui. "Sei bellissima quando dormi."

"È da molto che mi guardi?"

"Solo dapochi mnuti. Sembravi la bella addormentata." Sentendosi all'improvviso imbarazzata, lei tirò su le coperte. "Non farlo," disse lui, tirandole di nuovo giù. "Lascia che ti guardi."

Lei rimase ferma, arrossendo dalpetto fino al collo. Allungando la mano, lei spostò con le dita i suoi capelli ribelli, che gli ricadevano sulla fronte. Il suo tocco amorevole e gentile lo fece rilassare. *Lei ti ama. Anche tu la ami. Diglielo.* Ma non riuscì apronunciare quelleparole, sopraffatto da una gelida ondata dipaura. Lei sembrava vulnerabile,portandolo a rivelare i suoi sentimenti. *Comincerò lentamente.*

"Io...ehm...non hoprovato questo con nessunoprima," disse lui.

"Davvero? Non sei mai...ehm...venuto con una donna?" Lei spalancò gli occhi, arrossendoper l'imbarazzo.

"Certo che sì. non intendevo questo. Intendevo...tutto il resto."

"Sentimenti?"

"Già.proprio questo." Lui abbassò lo sguardo.

"Non hai maiprovato sentimentiper un'altra donna?"

"Non come quelli cheprovoper te."

"Che genere di sentimenti?" Lei gli mise una mano sulla spalla.

"È stato speciale...diverso."

"In che senso?" continuò a chiedergli lei,pur facendo fatica aparlare.

"Come se ci fosse qualcosa inpiù." Lui la guardò,poi distolse di nuovo lo sguardo.

"Inpiù?"

"Non solo sesso." Lei leprese la mano.

"Lo spero.", disse lei.

"Sai cosa intendo."

"Intendi amore?"

"Sì. Diciamo, amore."

"Stai cercando di dirmi che mi ami, Jake?" Luì arrossì all'improvviso. Lei gli accarezzò la guancia. "Io te l'ho già detto, quindi non saresti tu a dirloperprimo."

"Non eri mezza addormentata quando l'hai detto?"

Lei ridacchiò, "Nonproprio. Non dico che ti amo mentre dormo. Solo quando sono sveglia."

Lui si avvicinòper baciarla. "Anch'io ti amo, Gracie."

Lei si avvicinò a lui e lui le mise la mano sulla schienaper un attimo,poi iniziò a scorrere le dita su e giù sulla suapelle liscia e setosa. "Meraviglioso."

"Come te." Lei gli appoggiò la mano sulpetto.

Il tocco della sua mano accese un fuoco dentro di lui. Spostò le mani sui suoi seni, avendo accesso libero al suo corpo. Una sensazione travolgente tra le gambe gli fece capire che era giàpronto e in erezione. *Ora dovevaportarla allo stesso livello.*

Capitolo Sette

Grace dovette mantenere il controll0per non mettersi a saltare dalla gioia quando Jake ammise di amarla. Lei sorrise, ma non si mise a urlare e non gli saltò addosso. Non era facile. Si sentiva il cuore gonfio di gioia, mentre batteva forte e ritmicamente.

Lui mi ama? Lei decise di non chiederglielo, ma di limitarsi ad accettarlo. Oltre a qualche cotta, non era mai stata veramente innamorataprima ed era una sensazione inebriante. Lei si stiracchiò, avvicinando il suo corpo a quello di Jake, guardando i suoi occhi dorati, con un'espressione di adorazione e desiderio.

Lui la baciò a lungo e lentamente. Un sospiro le sfuggì dalla bocca mentre si arrendeva al desiderio, sentendosi ardere al tocco delle sue mani. Lui le mise le labbra sul collo,poi scese fino alpetto, iniziando a baciarle il seno. Lasciando scivolare la sua mano tra le gambe di Grace, le sussurrò qualcosa.

"Io sonopronto, ma tu non lo sei. Aspetta un minuto." Le labbra di Jake scivolarono sui suoi addominali,perpoi scendere semprepiù in basso. Quando lui si fermò con la testa tra le sue gambe, lei ebbe un sussulto. "Oh, mio Dio!" esclamò lei, quando la sua lingua iniziò ad accarezzare la sua morbida carne.

Dopo venti minuti, Jake si lasciò cadere su di lei, emettendo un ultimo gemitoprima di crollare. Gracie stava ancora sognandoper ilpiacere che lui le aveva fattoprovare. Gli scorse dolcemente le dita lungo la schiena, leggermente ricoperta di sudore.

"Oh,piccola," sussurrò lui. "Sei stupenda." Guardandolo negli occhi, il suo cuore si riempì d'amoreper quel ragazzo, timido e imbranato, che faceva l'amore come nessun altro. Aveva avuto delle esperienzepiacevoli al college, ma mai una esplosiva e travolgente come quella con Jake.

"Allora, è di questo cheparlano," sussurrò lei, quando lui si mise su un fianco, voltandosi verso di lei.

"Di cosa?"

"Tutte le chiacchiere su quanto sia bello il sesso. Immagino che non sia così con tutti."

"Non tipiaceva fare sessoprima? È difficile da immaginare. Tu sei così...così...reattiva."

Lei arrossì sulle guance. "Grazie."

"No, davvero? Non tipiacevaprima?"

Lei scosse la testa. "Mipiaceva, ma non come con te." Lui sorrise. "Suppongo che tu sia un vero esperto."

Jake ridacchiò. "Non mipiace vantarmi, ma so il fatto mio in camera da letto."

"Sembra di sì. Quante donne hai avuto?" Lei si sollevò su un gomito e lo guardò.

Lui impallidì. "Non lo so."

"Dammi solo un'idea generale, centinaia? Migliaia?" All'improvviso, lui diventò rosso come unpomodoro. "Migliaia, davvero?"

"No, no."

"Che sollievo!"

"Abbastanza. È così importante?"

Lei scosse la testa. "Sto solo scherzando."

"Oh?" Lui sollevò un sopracciglio, mentre un sorrisetto diabolico gli illuminava lo sguardo. "Che ne dici di questo?" Lui iniziò a farle il solletico, fino a farle urlare di fermarsi,perché le mancava il fiato. "Ecco cosa succede quando mi fai queste domande." Lui sorrise.

Grace si distese sul letto, inspirando e calmandosi. "Sono sempre quelli timidi..."

"Cosa?"

"Già. Sono sempre quelli timidi ad averepiù successo. Le donne non li vedono arrivare."

"Tuperò mi hai visto venire."

"Difficile non accorgersi di un camion!" esclamò lei, ridacchiando.

"Oh, è divertente, eh? Ora ti faccio vedere cosa è davvero divertente," disse lui, spingendola sul letto e tra le sue braccia. Grace gli mise una gamba intorno alla vita e accolse il suo bacio intenso epossessivo. "Adesso sei mia, Gracie Brewster. Tutta mia."

Il suo cuore cantò sentendo quelleparole e il suo corpo si fuse con quello di Jake. "Sì, signore. Tutta sua."

Interrotta dal brontolio del suo stomaco, si allontanò dalle sue braccia. "Sto morendo di fame. Colazione!"

"Posso fare la docciaprima?"

Lei annuì. "Ci vediamo in cucina." Dopo averpreparato la caffettiera, Gracie mise sul fuoco lapadellaper le uova. Si mise davanti ai fornelli,per girare il bacon, indossando il negligé blu di Cara. Jake, indossando solo i jeans, si unì a lei. Lui andò dietro di lei e la abbracciò.

Lei indietreggiò verso di lui e chiuse gli occhiper un attimo. Il suoprofumo, dopo essersi appena rasato, si mescolava al fresco aroma del sapone e al suo dopobarba leggermente dolce. *Non aveva mai sentito unprofumo buono come quello di Jake.*

"Bacon e uova? I mieipreferiti." Lui le diede un bacio sulla testa.

"Anche i miei."

Jake la liberò e si mise a frugare nella credenza. Trovando ipiatti e gli utensili, apparecchiò la tavolaper due,poi riempì due tazze di caffè. "Come lo vuoi il caffè?" le chiese.

"Leggero, con un cucchiaino di zucchero.perché?"

Lui lepreparò la sua bevanda e mise la tazza sul bancone accanto ai fornelli. Mettendole un braccio intorno alla vita, sussurrò "Voglio sapere tutto di te. Anche i dettagli."

Lei sorrise. *Che dolce! Ti parlerò di tutto, tranne che di Appassionata di Film.* La colazione fu pronta in pochi minuti. "La nostra prima colazione insieme," disse lei, prendendo un pezzo di bacon. "La prima di molte, spero." Lui prese una forchettata di uova.

"Che cosa vuoi fare oggi?" Il luccichio nei suoi occhi la fece ridere.

"Capito. Ma solo quello? Non possiamo passare tutta la giornata a letto."

"Non possiamo?"

"C'è una bella giornata. Andiamo sulla spiaggia."

"C'è troppo freddo per fare il bagno."

"Che ne dici di un picnic sulla spiaggia?"

"Perfetto. Hai mai fatto l'amore sulla spiaggia?"

Lei scosse la testa.

"Beh, c'è sempre una prima volta. Ma fa attenzione alla sabbia. Ahi!"

"Perché ti ubriachi quando hai una prima? Non mi sembra che tu beva molto nelle altre occasioni. E non mi pare che tu abbia un problema di alcolismo."

"Quelle persone mi rendono nervoso." Lui si guardò le mani.

"Perché?" gli chiese Grace, spazzolandosi i capelli.

"Sono professionisti esperti e famosi. E io sono un novellino."

"Sono solo persone."

"Non per me."

"Vivendo insieme a Cara, io sono abituata a loro. Non mi spaventano."

"Ma all'inizio?"

"Sì, ok. Forse all'inizio."

"È così che mi sento. A proposito, grazie per avermi fermato prima di ubriacarmi."

"Nessun problema."

"Mi hai preservato per qualcosa di decisamente migliore." Lui le fece un sorrisino sexy, mentre le accarezzava la mano con le dita.

Quando finirono di mangiare, Jake la strinse tra le bracciaper abbracciarla. "Perché non ti vesti mentre iopulisco qui?"

Gracie lo guardò, mentre un sorriso le spuntava sulle labbra. "Un uomo che si offre spontaneamente di lavare ipiatti? Sono tua!" Lui scoppiò a ridere.

Grace scomparve dentro il bagno e aprì l'acqua della doccia. Il suo corpo era carico di soddisfazione e tutta la tensione era andata via. Sotto la doccia, lei iniziò a cantare la sua canzonepreferita, "Summer Rain". Dopo essersi asciugata, indossò unpaio di jeans e una sensuale T-shirt rosa scuro con la scollaturaprofonda epieghettata.

Quando lei tornò in cucina, Jake stava asciugando il ripiano. "Ottimo lavoro!"

"Le mie sorelle mi hanno addestrato bene." Lui esaminò il suo corpo con lo sguardo. "Sei magnifica."

"Ora,prepariamociper ilpicnic." Lei aprì il frigorifero,poi il freezer e gli stipetti.

"Mmm, èpassato unpo' di tempo...non c'è molto qui. Che ne dici di sandwich con burro d'arachidi e marmellata?"

"Sono i mieipreferiti, come facevi a saperlo?" Lui le si avvicinò e le diede un bacio sul collo.

Dopo mezz'ora, misero in auto il loropiccolo cestino dapicnic epercorsero Mulholland Drive verso la spiaggia. Alla guida della sua Mercedes rossa a dueposti, attraverso quelle strade familiari, Grace fece in modo di rispettare il limite di velocitàperché Jakepotesse ammirare ilpanorama.

"Questa sì che è una macchina. Mipiacerebbe dare un'occhiatina lì sotto."

"Però, dopo aver 'dato un'occhiatina' sotto di me, vuoi farlo anche con Nellie! Vedo che ti dai da fare."

"Nellie? Hai dato un nome alla tua auto?"

"Sì."

"Dare un'occhiatina lì sotto? Non so di cosa tu stiaparlando."

"Certo, come se me lo fossi appena inventato."

"Beh,potrebbe essere, sei una scrittrice." Lei gli sorrise,poi riprese a guardare la strada.

Jake appoggiò la schiena e le mise la mano sulla coscia. "Ti dà fastidio se lo faccio?"

"Unpo', ma lo adoro." Lui scoppiò a ridere.

Arrivarono alla spiaggiaprima delle due e si misero a mangiare. Dopopranzo, Jake si distese sulla coperta, intrecciando le mani dietro la testa. Grace si avvicinò a lui, accoccolandosi al suo fianco. Lui le mise un braccio intorno. "È bella la vita qui."

"Niente neve."

"Decisamente molto meglio degli inverni congelachiappe di Willow Falls."

Lei si sedette e lo guardò. "Congelachiappe?"

"Nonpossiamo essere tutti scrittori," ridacchiò lui.

"Anche a mepiace qui. Mipiacerebbe stare qui se mai dovessi riuscire a vendere un copione."

"È difficile.probabilmentepiù difficile che trovare un lavoro come attore."

"Direi che siamopari."

Lui si abbassòper darle un bacio. "Sei bellissima sotto il sole." Tenendole il viso tra le mani, lui approfondì il bacio. Grace lo sentì avvicinarsi, scivolando sopra di lei. Lapressione del suopetto contro il suo la faceva ardere di desiderio. Lei sollevò le gambe, appoggiando lepiante deipiedi sulla coperta, dandogli l'opportunità di mettersi tra di loro, come fece. Le mise la mano sul seno.

La spiaggia erapiuttosto vuota, ma c'erano alcunepersone intorno. *Grazie a Dio siamo vestiti, altrimenti sarebbe già dentro di me.* Mentre la lingua di Jake stuzzicava la sua, ilpetto di Grace si alzava e si abbassavaper i suoi respiri affannosi. Lei sollevò leggermente i fianchiper toccare i suoi, facendolo gemere. Lui sollevò la testaper guardarla negli occhi. La sua erezione la stuzzicava attraverso i jeans. Il calore del suo sguardo la riempiva di desiderio.

"Dovremmo andare," disse lui con voce rauca, sollevandosi sulle mani.

Cavolo! Che cosa avevi intenzione di fare, spogliarlo e fare l'amore sulla spiaggia? Non credoproprio.

"Giusto. Andiamo." Aspettò che lui abbandonasse la suaposizione,poi si sistemò la maglietta e si spazzolò i capelli.

"Non riesco a toglierti le mani di dosso," sussurrò lui, raccogliendo i loro rifiuti.

Gracieprese il cibo rimasto e rimise il tappo sul thermos di limonata. *Nemmeno io riesco a togliergli le mani di dosso.* Dopo un quarto d'ora, tornarono in macchina, diretti verso casa di Cara. Grace fece guidare Jake. Era evidente che glipiacesse, mentre faceva con ammirazione diversi commenti sulle caratteristiche dell'auto. Lui leprese la mano e se la mise sulla coscia, mentre lei appoggiava la schiena sul sedile, lasciando che il vento giocasse con i suoi capelli.

Una sensazione diprofonda soddisfazione la travolse. Stare con Jakeprovocava in lei un senso di sicurezza. Era una novitàper lei, essere amata da un uomo e sentirsi allo stesso tempo a suo agio con lui. Inpassato, i ragazzi con cui si era sentitapiù a suo agio si erano rivelati solo amici. Mentre quelli con cui aveva avuto una relazione, avvicinandosi al suo cuore, la rendevano nervosa. Non sipreoccupava di avere il trucco e i capelliperfetti quando stava insieme a Jake.

Nonostante non capisse che cosa la entusiasmasse così tanto, lepiaceva ascoltarlo. *Il Jake dellapiccola città, non il Jake attore famoso.parlare dei suoi hobby.*

Lei si mise a fissarlo e, di tanto in tanto, il suo sguardo incrociava i suoi occhi quando la strada era dritta. Lui le sorrise di traverso, con gli occhi oscurati dai suoi occhiali da sole. Un sorriso smagliante rese le sue labbra ancorapiùperfette. *Tutte da baciare. Come ho fatto a essere così fortunata?* Grace spense la mente epermise ai suoi sensi diprendere il sopravvento. La felicità le invase il cuore mentre il solepicchiava forte, ma la fresca brezza la faceva sentire a suo agio. *potrei continuare a viaggiare con luiper sempre.*

Arrivarono a casa nel tardopomeriggio. Dopo aver sistemato tutto, Jake lapreseper il gomito e la fece sedere accanto a lui sul divano dello studio, di fronte allapiscina. "Vorreiportarti a cena nel ristorantepiù elegante della città."

"Senza vestirci eleganti, comunque, va bene?"

"Preferirei non farlo, ma lo farei."

"Ok. Mojave sulla Rodeo Drive."

"Bene. Abbiamo bisogno di unaprenotazione?"

"Ovviamente, eprobabilmente anche di lasciare comepegno il nostroprimogenito. È costoso, molto costoso."

"Niente è troppo costosoper la mia ragazza."

Grace gli si avvicinò.

"Sono la tua ragazza?"

Lui le mise un braccio intorno e la strinse a séper abbracciarla. "Certo che lo sei." Jake cercò il numero con il suo cellulare e si allontanòper telefonare.parlòper unpo' con qualcuno del ristorante,prima di tornare da Grace. "Sembra che Appassionata di Film ci sia stata d'aiuto," ridacchiò lui.

Il suo cuore si fermò. Le si congelarono le mani e si sentì la bocca secca. "Oh? In che senso?" squittì lei.

"La donna al telefono non aveva mai sentitoparlare di meprima di leggere quella recensione maligna. È stata comprensiva...e ha riconosciuto il mio nome. Senza tutta quella cattiveria, forse non avremmo avuto unaprenotazione all'esclusivo ristorante Mojave!" Afferrò Grace e si mise a danzare con leiper la stanza.

Lei emise il sospiro che aveva trattenuto.

"Hai le mani ghiacciate," disse lui, mettendole la sua felpa sulle spalle.

Lei evitò il suo sguardo.

"Laprenotazione èper le otto. Esercitiamoci a ballare. Hai della musica?"

"Valzer o samba?" Lei andò verso l'armadietto che conteneva la loro collezione di CD.

"Il valzer ora, la samba dopo cena." Lui iniziò a muoversi senza di lei.

"Perché?"

"La samba ti farà scaldareprima della danza tra le lenzuola," disse lui, volteggiando.

"Sempre in camera da letto..." Lei scosse la testa. "Abbiamo solo unpaio di settimaneprima della gara di ballo."

"Saremopronti."

"Sei molto fiduciosa."

Lui la tirò verso di sé,prendendole la mano e mettendole l'altra mano sulla vita.poi, iniziò la musica. "Sì. Siamo natiper vincere."

Gracie spalancò gli occhiper un attimoprima di lasciarsi trascinare dalla raccolta di valzer Strauss e dalle sue braccia forti, che la conducevanoper la stanza in un valzer viennese quasiperfetto.

QUANDO ENTRARONO AL Mojave, ebbero la sensazione che tutti si voltasseroper guardarli. Grace indossava una lunga gonna bianca trasparente con un gilet dipiqué bianco, molto scollato. I suoi sandali argentati la avvicinavano dipiù all'altezza di Jake, ma lui la superava ancora diparecchi centimetri. Lui indossava una camicia sportiva a strisce blu, una giacca sportiva blu scuro e unpaio dipantaloni kaki.

Il capocameriere li fece accomodare al tavolopiù intimo all'angolo. Jake si sedette accanto a lei. Il bassista e il chitarrista iniziarono a suonare mentre il cameriereprendeva la loro ordinazione.

I colori tenui del beige, del rosa e del turchese chiaro conferivano al ristorante un'aria sud-occidentale. Il menuproseguiva conprelibatezze come le enchiladas all'aragosta e i tacos al filet mignon. Due margarita ghiacciati alla fragola arrivarono velocemente.

"Chi guiderà al ritorno?" gli chiese lei, bevendo un sorso del suo drink.

"Io ho intenzione di berne solo uno.posso guidare io."

"Vuoi farmi ubriacare?" Lei lo guardò, sollevando un sopracciglio.

"Dovrei? Mi sembra che tu non ne abbia bisogno."

"Non essere troppo sicuro di te."

"Pensavo di farti bere ciò che vuoi e di mettermi io alla guida. Ma se dovrò farti ubriacareperportarti a letto stanotte..." ridacchiò lui.

Lei gli mise una mano sul braccio. "Nonpenso che sia necessario," sussurrò lei, subitoprima di avvicinarsi a luiper dargli un bacio, riuscendo quasi a evitare il flash. Quando aprì gli occhi, un reporter scattò altre due foto,prima di sparire dietro un tavolo sul retro.

"Dannazione! Nienteprivacy. Nemmeno in unposto come questo," disse lei.

"Non mi importa sepubblicano delle foto di noi due insieme. E a te?" Lui sorseggiò il suo drink. "Infatti, sono orgoglioso di essere visto in giro con te. Sei la donnapiù bella di questoposto.probabilmente, anche lapiù intelligente."

Grace rimase in silenzio, stupitaper la sua adorazione. Si nascose dietro il suo drink, mentre cercava di raccogliere i suoipensieri.

"Non l'hai ancora capito?" sussurrò lui.

Lei inclinò leggermente la testa.

"Io ti amo." Lui intrecciò le dita con le sue. "E voglio che tutti lo sappiano."

"È laprima volta che...ti senti così?" gli chiese.

"No. La seconda. Ma questa volta è molto meglio dellaprima."

"Per me è laprima, in realtà."

Lui spalancò gli occhi. "Non sei mai stata innamorataprima?"

"Affetto, desiderio...ma mai amore."

Il suo viso si illuminò mentre un ampio sorriso gli sorgeva sulle labbra. "Ne sono onorato." Lui le diede un bacio sulla mano e vide lo scatto di un altro flash.

Dopo un minuto, il capocameriere si avvicinò al loro tavolo. "Viprego di scusarmi. Non sapevo che ci fosse un reporter qui dentro. L'abbiamo fatto uscire dal locale. Spero che non vi abbia disturbati."

"Stiamo bene. Nessunproblema," disse Jake. L'uomo fece un leggero inchino e, quando la sua espressionepreoccupata svanì dal suo viso, si allontanò. In quell'atmosfera romantica, Jake insistetteper ordinare alcuni deipiattipiù costosi. Si divisero unpiatto di enchiladas all'aragosta, imboccandosi a vicenda. Jake mise unpo' di guacamole,preparata direttamente al loro tavolo, su unapatatina e la mise in bocca a Grace, la quale ricambiò il favore.

Si avvicinavano sempre dipiù e sussurravano. Grace ridacchiò alcune volte alle storie divertenti di Jake sull'essere cresciuto in unapiccola città. Dopo un drink, lei era già euforica. Di certo non aveva niente a che fare con l'alcol, ma con il fascino di Jake. Il sorriso di Gracie illuminava costantemente il suo volto.

Mentre gustavano i loro dessert, un tortino al cioccolato col cuore caldo e un crème caramel, Grace sentì un brivido lungo la schiena, inprevisione di ciò che la aspettava. Jake le accarezzò una guancia con ilpollice e le diede un bacio. "Mmm, adoro il sapore del cioccolato sulle tue labbra." Gli occhi di Jake brillavano di desiderio e una sensazione di calore cresceva dentro di lei a ogni suo tocco.

Se sto sognando, non svegliatemi. Lei sospirò.

"Stanca? Non troppo stanca...vero?" Lui aggrottò la fronte.

"Solo felice. Il...ah...uh...dessert che ci aspetta a casa sarà..."

"Eccitante,"proseguì lui.

"Esattamente."

Jake chiese il conto eprese rapidamente la sua carta di credito. La mano gli tremava leggermente e Grace nascose un sorriso, notando il suo nervosismoper ciò che stavaper succedere.

"Grazieper l'ottima cena." Grace gli diede un bacio,poi si alzaronoper andarsene.

Lui arrossì e le strinse la mano. Ilparcheggiatore andò aprendere la loro auto e aprì lo sportelloper Grace. Il tragitto verso casa fu tranquillo. Quando tornarono a casa di Cara, Jake mise la musica e si esercitarono a ballare la sambaper un'ora. Dimenare i fianchi insieme a lui e sentire le braccia di Jake intorno a lei mentre ballavano la fece eccitare. Il calore che sentiva iniziò a diffondersi in tutto il suo corpo, fino al collo e alle guance.

"Sei tutta accaldata, vuoi fare unapausa?" le chiese.

Grace lo strinse a sé e si sollevòper baciarlo.poi, abbassò il colloper approfondire il bacio.premendo i fianchi contro i suoi, lasciando che lapassioneprendesse il sopravvento, unprofondo gemitoprovenne dalle labbra di Jake. Lui le afferrò il sedere, stringendolo e spingendo con i fianchi. Lei sentì la sua erezione, che la fece eccitare ulteriormente.

Avvinghiatiper il forte desiderio, sussurri e gemiti erano gli unici suoni che riempivano la stanza, finché Graceperse totalmente il controllo. Jake laprese in braccio e laportò in camera da letto. Con le mani leggermente tremanti, le sbottonò il gilet, liberando i suoi seni.

"Niente reggiseno?" sospirò lui, sfiorando la suapelle nuda. "Mutandine?"

Lei annuì.

"Peccato," disse lui.

Lei abbassò le braccia e sfilò via le mutandine, togliendosele con un calcio. "Ora nonpiù."

Con uno sguardo ardente dipassione, lui lasciò cadere la sua gonna sulpavimento e fece un breve fischio. Grace gli sbottonò la camicia e gliela abbassò sulle spalle, mentre lui si toglieva i jeans. Lui tirò giù le coperte e le fece cenno di distendersiperprima.poi la seguì, scivolando sopra di lei e cercando la sua bocca.

Unapassione che non aveva maiprovatoprima le scorreva nelle vene. Si sentiva ardere dal desiderio e solo Jake Matthews avrebbepotuto soddisfarla. Afferrandola con forza, iniziò a stuzzicarla con la bocca. Grace gli accarezzava la schiena e ilpetto, con le gambe strette intorno alla sua vita, e i due avidi amanti diedero libero sfogo ai loro bisogni.

"Prendimi,prendimi, oh, Dio,prendimi," ansimò lei. Jake entrò con forza dentro di lei. Lei ebbe un sussulto.

"Ti ho fatto male?" Lui alzò lo sguardo, cercando i suoi occhi.

Lei scosse la testa. "Non fermarti, oh, Jake...non fermarti Dopopochi minuti, la loropassione travolgente ebbe il sopravvento. Jake le sollevò una gamba,piegandole il ginocchio e spingendolo al massimo. I suoi fianchi spingevano contro i suoi in un ritmo crescente, mentre leiperdeva il controllo. Urlando il suo nome, lei iniziò a muovere i fianchi, mentre un dolce orgasmo invadeva tutto il suo corpo.

Piegandosi, Jake iniziò a baciarla e a leccarla fino alpetto e iniziò a gemere sonoramente. Dopo qualche altra spinta intensa, i loro due corpi sudati, scivolosi e soddisfatti vennero insieme in un impetuoso abbraccio. Ansimando, Jake sollevò la testaper dare un dolce bacio sulle labbra di Grace. Lei gli spostò i capelli dalla fronte con le dita.

"Magnifico," sussurrò lui.

"Stupendo," ribatté lei.

Rimasero a guardarsiper unpo'prima che Jake cadesse sopra di lei. Lui guardò l'orologio. "Domani, si ritorna alla realtà," sussurrò lui.

"Non ricordarmelo." Grace tirò su le coperte sopra di loro. Lui spense la luce. La luce della luna illuminava leggermente la stanza. Lei si strinse a lui. "Mi abbracci?"

Jake la fece accoccolare al suo fianco destro, con la testa sulla sua spalla, tenendola stretta a sé con un braccio. Grace si strinse a lui e sospirò. *Mi sento al sicuro con lui. Tra le sue braccia, nonpuò succedermi niente di brutto. Appassionata di Film e Tiffany Cowles non esistono. Siamo solo noi due.per un'altra notte, almeno.* Sopraffatta dalla contentezza, un sorriso accarezzò le sue labbra.

"Ti amo tantissimo, Gracie." Lui le accarezzò i capelli.

"Tu hai cambiato la mia vita, Jake."

"Non voglio che torni tutto comeprima a New York."

"Che cosa intendi dire?" Lei sollevò la schiena e si rivolse a lui.

"Vieni a vivere con me."

"Come?" Lei si tirò la coperta sulpetto.

"Vieni a vivere con me. Cosìpotremo stare insieme tutte le notti."
Lui abbassò le coperte scoprendo il suo seno, baciato dal bagliore della
luna.

"È unpasso importante."

"Lo so."

"Ne sei sicuro?"

Lui annuì.

"Lasciamipensare."

"Allorapensaci," disse lui, stuzzicando il suo capezzolo con le dita,perpoi ricoprirlo con le sue labbra. Lui sollevò la testa e ripeté dolcemente, "Ogni notte."

"Seproprio insisti..."

"È un sì?" Lei annuì mentre lui la stringeva a séper abbracciarla.
Jake tirò la coperta su di loro e chiuse gli occhi. "È un sogno che si
avvera," sussurrò lui.

Gracie si accoccolò tra le sue braccia. *Al sicuro...con Jake.* lei sospirò
mentre il sonnoprendeva il sopravvento.

Capitolo Otto

Il mattino dopo fu come una commedia dei Keystone Kops. Grace e Jake dimenticarono di puntare la sveglia, quindi dormirono troppo. Correndo tra le stanze per pulire e fare le valigie, sistemarono la casa, che sarebbe rimasta inutilizzata per alcune settimane, o forse più a lungo. Jake aveva il battito accelerato. Lui odiava arrivare in ritardo in ogni occasione, soprattutto quando doveva prendere un aereo.

Quando arrivò il loro taxi per l'aeroporto, Jake portò i bagagli fino alla macchina, mentre Grace prendeva la camicia di Jake, la sua e le loro giacche pesanti. Mentre il taxi usciva dal vialetto, lei si stava ancora abbottonando la camicia.

"Pff! Non riesco a credere che ce l'abbiamo fatta," disse Grace, rilassandosi.

"Non siamo ancora arrivati." Lui le lanciò un'occhiata preoccupata. Lei intrecciò le dita con le sue.

"Andrà tutto bene. Arriveremo in tempo per lo spettacolo di martedì."

Jake appoggiò la schiena, le mise un braccio intorno e sorrise. "Probabilmente hai ragione." Durante il volo, lo steward offrì loro dello champagne e ne presero un bicchiere ciascuno. Jake si schiarì la voce. *Non ho mai vissuto insieme a una ragazza. È come vivere con le mie sorelle, aggiungendo il sesso? Oh, è disgustoso.* Lui fece una smorfia.

"Che cosa c'è che non va?" Grace lo guardò.

"Non ho mai convissuto con una donna. Tu hai mai convissuto con un uomo?"

Lei scosse la testa.

"Mmm. Nessuno di noi due sa cosa fare."

"Direi che dopo questi due giorni entrambi sappiamo esattamente cosa fare," ridacchiò lei. L'assistente di volo non trattenne un sorrisopassando davanti a loro, mentre Graceparlava.

Jake si sentì ribollire in viso. "Non è quello che intendevo dire. Sì, sappiamo tutto, ma..."

"Che cosa c'è da sapere?"

"Mi riferisco alle abitudini. Alle idiosincrasie. Qualcosa chepotrebbe farci litigare. Forse dovremmo..."

"Oh, no! Le temute *regole*!" disse lei, coprendosi la bocca e fingendosi terrorizzata.

"Già, le regole."

"Forse hai ragione. Dovremmo stabilire alcune regole."

"Cosa ti infastidisce dipiù della convivenza con altri coinquilini?"

"Prima di tutto, il bagno."

"Sono in vantaggio. Ho delle sorelle, ricordi? Mi hanno già addestrato."

"Sei ordinato?" Lei aprì unpacchetto dipretzel e li offrì a Jake.

"Sì,più o meno."

"Oh oh."

"E tu?" Lui leprese la mano.

"Non molto. Sono unpo' disordinata."

"Quanto disordinata?"

"A volte lascio i vestiti sparsiper la camera da letto."

"La tua stanza da letto eraperfettaper me.più cheperfetta," disse lui, facendo un sorrisino malizioso.

Lei gli diede scherzosamente unapacca sulla spalla. "Non ci tornavo da settimane."

"Potresti andare nuda in giroper casa. Così non ci saranno vestiti dappertutto...e i miei occhi apprezzeranno," ridacchiò lui.

Lei scoppiò a ridere. "Troveremo una soluzione." Jake le accarezzò la guancia. "Quanto tempo ci metterai a fare le valigie?"

"Merda! Devo dirlo a Cara." Lei aggrottò la fronte.

"E qual è ilproblema? Ti trasferirai solo apochi isolati di distanza." *Se mi ami veramente, ti trasferirai già da stasera.*

"Io lo so. Tu lo sai. Ma Cara stava con me ventiquattro ore su ventiquattro."

"Si abituerà." *Forza, Gracie. Dimostrami che mi ami.*

"Vuoi davvero che lo faccia, vero?" Lei lo guardò negli occhi.

"Lo voglio davvero...anche stanotte." Lui si avvicinò e la baciò.

"Stanotte?" Lei si mordicchiò il labbro.

"Perché no?" *Se aspettiamo, non avraipiù il coraggio.*

"Devo dirlo a Cara, dolcemente."

"Forza. Lei ha la sua vita. Ora, anche tu avrai la tua. Ti voglio nel mio letto stanotte. Mi sono abituato ad averti al mio fianco. Dormo meglio insieme a te."

"Abituato a me? Sono state solo due notti." Lei lo guardò aggrottando la fronte.

"Mi abituo in fretta. Forza, Gracie. Vieni a stare da me." Sembrava che il suo tono supplichevole laportasse aprendere una decisione. *Tu sai che mi vuoi...vero?*

"Beh..."

"Andremo direttamente a casa di Cara dall'aeroporto. Tu farai le valigie epoi verrai a casa mia."

"Intendi dire casa 'nostra'?"

Lui scoppiò a ridere. "Già. Casa nostra."

Lei fece un ampio sorriso e un luccichio malizioso accese il suo sguardo. "Ok!"

Jake credette che gli sarebbe scoppiato il cuore. *Lei mi ama davvero.* "Piccola, non ti deluderò," sussurrò lui. "Mentre farai le valigie, io andrò a fare una copia delle chiaviper te."

Lo steward si avvicinò eprese la loro ordinazione. Grace si mise comoda sulla suapoltrona.

"Dormi, tesoro. Ho del lavoro da fare." Luiprese una busta dal suo bagaglio a mano.

"Lavoro?" gli chiese leipigramente, iniziando ad addormentarsi.

"Devo finire di leggere il tuo copione." Lei sorrise, chiudendo gli occhi e appoggiando la testa su di lui. Jake accese la lucina e si mise a leggere.

IL RESTO DEL VOLO FU tranquillo. Gracie si sentiva entusiasta. *È quasi come unaproposta di matrimonio.* L'insistenza di Jakeper farla trasferire a casa sua la elettrizzava. Il suo cuore erapieno d'amore e felicità.

Finché non dovette affrontare sua sorella.

"Hai deciso di trasferirti da Jake? Stanotte?" Cara si sedette sul divano,pallida in volto.

"Lui vuole che io ci vada e non c'è nessuna ragioneper aspettare." Grace iniziò a tamburellare nervosamente colpiede sulpavimento di legno.

"Ma...ma tu ci sei sempre stataper me."

"E ci sarò ancora...solo a qualche isolato di distanza."

Cara si voltò verso sua sorella con gli occhi lucidi. Gracie si sentì soffocare nelpetto. *Cavolo! Staperpiangere! Cara, non farlo. Nonpotrei sopportarlo.* "Dovremo solo abituarci e, ora che hai Grant e Sarah, sarai troppo impegnataper sentire la mia mancanza." Lei trattenne il respiro.

"Troppo impegnata? Mai. Noi due siamo una squadra. Lo siamo da tanto tempo. Gracie...Cucciolotta..." Cara si mordicchiò il labbro. Grace si sedette sul divano e mise un braccio intorno alle spalle di sua sorella.

"Ehi, sorellina. Va tutto bene. Lo sai che ti voglio un mondo di bene."

"Lo so, ma..."

"Questo doveva succedereprima opoi."

"Sono feliceper te e tutto il resto, ma...mi sento...sola, abbandona-ta."

"Finché sarò viva, non sarai mai da sola. Ehi, sei stata tu a sceglierloper me, ricordi?"

Cara annuì, con un leggero sorriso sulle labbra.

"Forza.proviamo e vediamo." Grace diede unapacca sulla schiena a Cara.

Cara si alzò, battendo rapidamente lepalpebre, ma non riuscì a trattenersi e le lacrime iniziarono a scenderle lungo le guance. Grant entrò nella stanza e si fermò di colpo. "Ma cosa...? Che cos'è successo?"

"Cucciolotta se ne va," disse Carapiangendo.

"Se ne va?" Grant si voltòper guardare Gracie.

"Mi trasferisco da Jake. Stanotte." Lei guardò il suo orologio. "Trapoco, lui sarà qui."

"Ti trasferisci da Jake?" Grant sorrise. "So riconoscere una donna innamorata quando ne vedo una." Dopo averpreso il fazzoletto offertole da Grant, Cara annuì.

"Cos'è questa storia?" gli domandò Grace.

"Niente, sono una discussione con tua sorella. Lei sosteneva che tu non fossi innamorata, mentre io dicevo il contrario."

"Era così evidente?"

"Soloper un esperto sguardo maschile," ridacchiò lui. Quando suonò il citofono, Cara sobbalzò. Grace disse a Stokes di far salire Jake e lo aspettò accanto allaporta.

Cara si asciugò gli occhi e sorrise quando Jake entrò in casa. "Bene, Jake, hai deciso diportarti via la mia sorellina,eh?"

Jake lanciò un'occhiata sospettosa a Grace. "È unproblema?"

"Nessunproblema. Devo solo abituarmi al fatto che lei abbia la sua vita." Carapassò le dita tra i capelli di Grace.

Jake sospirò. "Bene,per un attimo mi avete messopaura. Seipronta, Gracie?"

Grace abbracciò sua sorella, che non la lasciò andare subito,poi Grant. Jake strinse la mano a Grant e diede un bacio a Cara sulla guancia.prese le due valigie di Grace e si diresse verso laporta. Grace la aprì e si voltòper guardare l'ultima volta sua sorella, che singhiozzava all'ingresso. Grant le mise un braccio intorno alle spalle e lei si strinse a lui. *C'è Grant con lei. Starà bene.*

Grace fece un rapido cenno di saluto con la manoprima di chiudere laporta alle sue spalle. Una sensazione di entusiasmo e dipaura le scorreva lungo la schiena. Jake si fermò eposò i bagagli,poi la guardò. "Va tutto bene?"

Lei annuì, ma il groppo che aveva in gola non lepermetteva diparlare.

"Questa sì che è la mia ragazza." Lui leprese il mento tra le mani e le diede un bacioprima che arrivasse l'ascensore.

Grace si avvicinò a lui, mettendogli le braccia intorno alla vita. *Spero di fare la cosa giusta.*

"Ti amo, Gracie," sussurrò lui. Lei sorrise, stringendosi al suopetto.

Jakeportò su i bagagliper trepiani fino al suo appartamento. Grace mise su il bollitoreper il tè, mentre lui liberava alcuni cassetti. Lei si guardò intorno nella sua nuova casa. *Questa casa è anche mia adesso, vero?posso riarredarla e spostare alcune cose?* Risistemò leposate d'argento nel cassetto della cucina.poi spostò i cuscini dallapoltrona al divano e dal divano allapoltrona.

"Sembra molto meglio così," disse lui, vedendo il tavolino, adesso appoggiato allaparete. "Così c'èpiù spazio."

Fu sorpresa quando Jake si accorse delle modifiche che aveva fatto. "Ti dispiace se sposto ancora qualcosa?"

"Questa è anche casa tua adesso." Lui sorrise e la strinse tra le sue braccia.

Gli occhi di Grace si inumidirono. *È anche casa mia.* Sospirò e si gettò tra le sue braccia, sorridendo come lo Stregatto.

La vita di Grace diventò molto intensa. Cara sembrava avere moltopiù bisogno di lei ora che Gracie viveva con Jake. Lei faceva tutto ciò chepotevaper renderepiù facili le giornate di sua sorella. Epoi c'era il ballo. Lei e Jake si esercitavano alla scuola di ballo e anche nel backstage,prima che iniziasse lo spettacolo. Lei aveva a malapena il tempo di respirare.

Durante uno spettacolo, si intrufolò nel camerino di Caraper utilizzare il suo laptop. Scrisse una recensione di *Forza trainante,* il nuovo film di Jake. Scrisse con entusiasmo della trama e della regia, ma soprattutto della suaperformance. *Questo dovrebbeporre rimedio allaprima recensione di Appassionata di Film.*

> *Jake Matthews ha raggiunto un ottimo livello di maturità come attore. La suaperformance in Forza trainante è un tour de force. Ha coltoperfettamente il suopersonaggio, facendociprovare allo stesso tempo sia timore di lui che comprensione nei suoi confronti. Il suo carisma sullo schermo è travolgente e mantiene viva l'attenzione. Impossibile smettere di guardarlo. Ben fatto, signor Matthews. Non sei solo un bellimbusto da ammirare.*

Premendo il tasto invio, mandò la sua recensione entusiasta a Tiffany Cowles. Grace fece un sospiro di sollievo e spense il computer. *Non devoparlarne con nessuno.*prese una bottiglia d'acqua dal frigo e tornò a sedersi sulla suapoltronapreferitaper guardare lo spettacolo. *Sono tutti e tre bravissimi. Mipiacerebbe saper recitare.*

Dopo l'ultimo inchino, Jake siprecipitò nel backstage. "Hai visto quello che è successo con quella maledetta sedia? Io sono andato a riferirlo." Grace gli mise un dito sulle labbra. "Adesso vado aprendermi cura di Cara, mapoi voglio che mi racconti tutto."

"Non eri lì? Non l'hai visto?"

Il cuore di Grace smise di battere.

"Dov'eri?"

"Io, beh, dovevo controllare alcune e-mail."

Lui aggrottò la fronte. "Oh?parli su internet con un altro mentre io sono sulpalcoscenico?" Il suo tono era scherzoso, ma l'espressione dei suoi occhi era seria.

"Certo che no!"

"Mi dispiace...sono solo unpo'...non importa." Lui le fece un cenno con la mano. "Va aprenderti cura di Cara."

Quando Grace finì di occuparsi di sua sorella, raggiunse Jakeper la brevepasseggiata fino a casa. "Come mai così geloso? Un uomo su internet?"

Jake arrossì e si mise a guardare il marciapiede.

"Forza, spara. Viviamo insieme, dimmelo!" Lei lo scosseper le spalle.

"Ti ricordi quando ti ho detto che non sei stata laprimaper me?"

Lei annuì.

"Laprima ragazza di cui mi sono innamorato mi tradiva. Traci."

"Oh, mio Dio! Ti ha spezzato il cuore?" gli chiese Gracie, stringendosi la giacca sul lato sinistro delpetto.

"Già. Contemporaneamente, stava frequentando anche un altro ragazzo. Mi ha scaricatoper luiperché io ero un attore disoccupato, mentre lui mirava a Wall Street. Stronza."

"Terribile. Davvero terribile. Mi dispiace molto. Io non lo farei mai." Lei gliprese la mano.

"Nonpotrei sopportarlo se tu lo facessi."

"Mai." Lei scosse la testa,per enfatizzare ciò che aveva appena detto. *Chipotrebbe mai tradire un ragazzo come lui? Non esiste nessuno migliore di Jake.* Camminarono in silenzioper unpo',poi Grace si fermò. *Ora o maipiù. Digli quello cheprovi.*

"Ti amo. Non l'ho mai detto a nessun ragazzoprima. Tu sei...tuttoper me." Sentendosi emotivamente nuda davanti a lui, iniziò a tremare. Jake le mise le braccia intorno, stringendola forte a sé.

Si fermarono nella loropizzeriapreferita epresero unapizza daportar via. Nelpiccolo studio di Jake, mangiarono, fecero l'amore e si fecero la doccia insieme. Jake era esausto come sempre dopo lo spettacolo, quindi si addormentò immediatamente, ma Grace rimase sveglia. Guardò la lunapiena fuori dalla finestra e sorrise. *Sono la ragazzapiù fortunata del mondo.*

Jake si girò dall'altraparte, mettendole casualmente il braccio intorno alla vita.poi, borbottò alcuneparole incomprensibili. Grace si avvicinò di nuovo a lui, sospirando quandopercepì il calore del suo corpo accanto al suo. Con il cuore colmo di gioia, chiuse gli occhi e cadde in un sonnoprofondo e senza sogni.

IL MATTINO DOPO, GRACE si voltò e si strinse a Jake. Quando suonò la sveglia, si lamentarono mentre lui allungava il braccioper spegnerla. "Maledetto orologio. Cavolo, sono solo le nove." Lui si voltò dall'altraparte.

Grace tirò via le coperte. "È ora di alzarci. Dobbiamo allenarci. Dorrie ci sta aspettando."

"Dobbiamoproprio?" Jake si mise il cuscino sulla testa.

"Dobbiamo." Grace tirò giù le lenzuola. Jake si coprì il viso con le maniprima di afferrare il lenzuolo. I due amanti nudi si misero a giocare al tiro alla fune con il lenzuolo, ridendo e scherzando. Jake vinse togliendo tutte le coperte dal letto,poi si mise sopra Grace.

Le diede un intenso bacio sulla bocca. "Ho vinto! Il vincitore sceglie cosa fare dopo."

"Come se non sapessi già osa sceglierai!" Lei lo guardò, sollevando un sopracciglio.

"Se haipensato a fare l'amore, hai ragione." Alle dieci e mezza, entrarono nella sala da ballo vuota. Dorrie li accolse accigliata. "Ehi, vi aspettavo un'ora fa.", disse lei con le mani sui fianchi. Grace abbassò lo sguardo, sentendosi arrossire le guance.

"Oh, capisco qualcosa dipiù...*urgente*?", ridacchiò lei. Grace guardò Jake, che era diventato rosso come unpomodoro.

"Cominciamo!" esclamò lei,precipitandosi verso lo stereo e mettendo il loro CD di Strauss.

"Valzer? Credevo che ormai non avestepiù bisogno di esercitarvi con quello. Che mi dite della samba?" Dorrie si voltò a guardarli ballare.

Jake mise Grace inposizioneprima di rispondere. "Siamo aposto con la samba. Ora, il valzer." Fece volteggiare Gracieper la stanza aperfetto ritmo di musica. Dopo un'ora, fecero unapausa.

"Voi siete due ballerini nati. Sietepartner talmenteperfetti chepotrei giurare che andiate a letto insieme," ridacchiò lei. Grace controllò il suo telefono e trovò sette messaggi di Tiffany Cowles. Scusandosi, siprecipitò nel bagno delle donneper leggere i messaggi. Appoggiandosi contro la freddaparete dipiastrelle bianche, fece una smorfia,poiché ogni messaggio erapiù ostile e arrabbiato delprecedente.

Una recensionepositiva? Ma che cosa avevi in mente?

Fa schifo. È così smielata da attirare le formiche.

Non ho intenzione dipubblicare questa merda.puoi fare di meglio.

Se non la smetterai di mandarmi questa robaccia, ci saranno delle conseguenze.

Mi facevano male gli occhi leggendo tutte le sdolcinatezze della tua recensione.

Non èprofessionale. Non ho intenzione dipubblicare una roba simile.

*Lodare laperformance del tuo ragazzo non èprofessionale.
Smettila con queste stronzate e mandami quello che voglio.
Come si sentirebbe il tuo ragazzo se scoprisse chi è davvero Appassionata di Film?*

Leggendo l'ultimo messaggio, Grace ebbe un leggero sussulto. *Non lo farebbe mai, vero?*

"Qualcosa non va?" Dorrie stava davanti all'uscio, con un'espressionepreoccupata.

"Niente, niente." Grace chiuse rapidamente il telefono.

"Allora finite. Ho una lezione tra un quarto d'ora." Gracie annuì e ritornò da Jake, ma il cuore le batteva all'impazzata e aveva le mani sudate. Si asciugò le mani sul bodyprima di afferrare quelle di Jake.

"Stai bene? Sembripallida."

"Sto bene. Continuiamo. Solo quindici minuti,poi dobbiamo andare." Dorrie fecepartire la musica e la coppia iniziò a volteggiare, eseguendo unperfetto valzer viennese. All'inizio, Grace non riuscì a concentrarsi, mentre lapaura le scorreva nelle vene. *Tiffany non lo farebbe mai. Sta bluffando.* Certa della sua convinzione che Tiffany Cowles avesse un cuore, Grace si rilassò, concentrandosi su Jake, suipassi di danza e sulla musica.

La giornatapassò velocemente. Un'altra volta, quella sera, durante lo spettacolo, Grace entrò di soppiatto nel camerino di Cara epubblicò la sua recensione entusiasta di *Forza trainante* sul blog di Appassionata di Film.pur riuscendo apostare soltanto una volta alla settimana, aveva un gran seguito.

Sorrise, felice dipoter esercitare il suopotere dipubblicare la sua recensione nonostante Tiffany. *Lei non mipossiede. Va bene. Nonpubblicarla. Lapubblicherò io. La vedranno menopersone, ma comunque la vedranno.* Controllando il suo orologio, ritornò al suoposto dietro le quinte. *Devo tornareprima che Jake se ne accorga.*

Ritornò a sedersi al suoposto alcuni secondiprima che Jake uscisse. Il suo caloroso sorriso fu il suopremioper la sua velocità. "Ottimopubblico stasera. Davvero ottimo," le sussurrò, mettendole una mano sulla spalla e voltandosi, mentre aspettava il suo segnaleper ritornare sulpalco.

Ritornando a casa dal teatro, decisero di mangiare dellapasta e si fermarono al ristorante italianopreferito di Grant, il *Trieste*. Dopo aver bevuto un bicchiere di vino, Jakeprese la mano di Grace. "Ho mandato il tuo copione a Quinn. Spero che non ti dispiaccia."

"L'hai fatto?perché?"

"Perchépensavo che fosse un'ottima cosa. Davvero ottima. Sua moglie è un'amica intima di Max Webster. In ogni caso, volevo la sua opinione."

"Ilproduttore dello spettacolo? Quinn è troppo impegnatoper leggerlo..."

"Ha detto che inizierà a leggerlo lunedì."

"Oh, Dio. Spero che glipiaccia." Lei si mise la testa tra le mani.

"Glipiacerà. Sei brava." il camvieriereportò un vassoio di rigatoni con salsa dipomodoro eperzzettoni di salsiccia e lo appoggiò sul tavolo tra loro due. Si buttarono sul cibo come se non mangiassero da secoli. Grace si concentrò sulle nuove storie di Jake su Willow Falls e cercò di allontanare dalla mente lapaura opprimente delle minacce di Tiffany. *Mi merito di godermi il mio tempo con Jake. Nonpossopreoccuparmi sempre.*

Il telefono di Jake si mise a squillare. "È Quinn. Sarà meglio che io risponda" appoggiò la sua forchetta e, dopo una breve conversazione, riagganciò sorridendo.

"Che cosa ti ha detto?" gli domandò,prendendo un'altra forchettata dipasta al vassoio.

"Sembra che finalmente io abbia fatto qualcosa di giusto."

"E che cosa sarebbe?"

"*Forza trainante*. Appasionata di Film finalmente ha scritto una recensione entusiasta. Quinn aveva letto i suoi commenti su di me. Magari,potresti darci un'occhiata.potrei anche innamorarmi di una donna che dice queste cose.", ridacchiò lui.

L'hai già fatto. Grace si sporseper dargli un bacio. "Sono felice che tu abbia avuto una buona recensione."

"Al mio ego fanno bene unpo' di lusinghe, dopo le batoste che hopreso da lei."

"Mipiacerebbe leggerla. Voglio conoscere la mia rivale," scherzò lei.

"Nessuna rivaleper te,piccola," sussurrò lui, ricambiando il bacio.

GRACE AMAVAPARTICOLARMENTE il lunedìperché era il giorno libero di Jake. Si attardavano a letto — nienteprove, niente spettacoli. Trascorrevano la giornata insieme, facendo shopping, visitando musei eprovando nuovi ristoranti. Jake era generoso, laportava in negozi costosi e ristoranti eleganti, offrendosi sempre dipagare.

Si sentiva imbarazzata che lui spendesse denaroper lei, ma sembrava che glipiacesse. La vita con lui le sembrava la sua versione di una fiaba. Mentre si aspettava che Cara si ritrovasse con un matrimonioperfetto e un marito che la adorava, credeva che lei non avrebbe mai avuto una relazione simile.

La loro vita di coppia nonpassava inosservata. Così come Tiffany Cowles, anche tutti gli altripaparazzi della città erano sulle loro tracce. Li fotografavano al ristorante, mentre facevano shopping, mentre attraversavano Centralpark Westper andare a casa di Cara e in quasi tutti gli altriposti, anche alla scuola di danza di Dorrie.

Mentre Jake era abituato ai fotografi e comprendeva quanto fosse importante lapubblicitàper la sua carriera, la timida Gracie doveva ancora adattarsi. Delle macchie rosse continuavano a offuscarle la vistaper ore, dopo gli scatti di tutti quei flash. Lei non sapeva comeprevedere le foto e veniva spesso colta in unaposa o con un'espressione che non le donava.

Jake si metteva a ridereper la sua ingenuità e cercava di consolarla, quindi lei decise con determinazione che sarebbe diventata abile come lui a gestire gli scatti inaspettati. Compravano i giornali e facevano a garaper vedere chi sarebbe riuscito a trovare leproprie fotoperprimo in ogni copia.

Quel sabato sera, dopo lo spettacolo, mentre stavano lasciando il teatroper comprare una copia del Sunday Times, furono colti di sorpresa da quattro fotografi, tutti di giornali diversi. Jakeprese la mano di Grace e sorrise ai reporter.

"Sorridi, Gracie," sibilò lui, serrando denti.prima che leipotesse cambiare espressione, Mark di *Celebs 'R Us* si fece avanti, si voltò verso di lei e disse a voce alta: "Ehi, guardate. C'è Appassionata di Film!"

"Dove?" chiese Jake voltandosi,prima a sinistra,poi di nuovo all'indietro.

Grace siparalizzòper un attimo. Il suo cuore si congelò. Lei strinse la mano di Jake e iniziò a correre. "Psst, Jake, da questaparte," sussurrò lei.

"Non scappare, Appassionata di Film. Fammi scattare una bella foto a te e al tuo ragazzo...quello che hai criticato sul mio giornale, *Celebs'R Us!*" Lui scattò una foto, accecandoper un attimo Grace con il flash.

Jake si fermò all'improvviso. Lui tirò Grace verso di sé. "Nonpuò essere! Dimmi che non è vero!per favore, dimmi che sta scherzando!"

L'espressione implorante negli occhi di Jake le spezzò il cuore. Senza fiato, non riusciva a rispondergli.

"Jake Matthews, lepresento Grace Brewster, alias Appassionata di Film," disse il reporter.

"No, no, è impossibile. Digli che si sbaglia, Gracie," lapregò Jake, mentre le stringeva ulteriormente le braccia. Il battito di Grace aumentò all'impazzata. Con la boccaprosciugata, lei cercò nella sua mente una via d'uscita. Il fotografo si fermò, in attesa di scattare un'altra foto.

"Le dispiace? Vorreiparlare inprivato con la mia ragazza," ribatté Jake.

"Ehi, amico, questa è una stradapubblica. Se vuoiparlarle inprivato, va da un'altraparte." Jake strinse ilpugno e si avvicinò minacciosamente al fotografo, che alzò le mani. "Ehi, io scatto solo qualche foto. È lei che dovrestipicchiare."

Grace gli afferrò il braccio, con il dolore nel cuore. Nonpotevapermettere che Jake scatenasse una rissaper lei. "Fermati, Jake.per favore.posso spiegarti," disse lei, con un tono tranquillo. L'espressione di shock sul suo viso distrusse il suo coraggio. Mark scattò diverse foto, mentre i due si bloccarono nelle loroposizioni. Jake cercò i suoi occhi con lo sguardo. Lei trattenne le lacrime e sospirò tremando. "Io..."

"Tu sei sempre stata Appassionata di Film?"

Lei annuì. "Maposso spiegarti tutto."

Luiproseguì, come se non l'avesse sentita, "E non mi hai detto niente?" Il fotografo continuava a scattare. Infine, Jake si voltò verso la folla e li fece allontanare.poi tornò da lei, con gli occhi iniettati di rabbia e un'espressione furiosa.

"Grace Brewster, come haipotuto?" Si rivolse a lei in modo aggressivo, con voce tremante, riuscendo a malapena a controllare la sua collera.

Lei indietreggiò impaurita, con gli occhi spalancati. "Per favore...l'ho fattoper Gunther..."

"Non stoparlando di quello che hai scritto...ma del fatto che tu non me l'abbia detto. Che tu me l'abbia tenuto nascosto...un segreto così grande."

"Credevo che ti saresti arrabbiato...e, evidentemente, avevo ragione." Lui la afferrò con forzaper le braccia. "Ahi, mi stai facendo male." L'espressione di rabbia sul suo volto si calmòper un attimo, mentre allentava leggermente lapresa.

"Viviamo insieme...siamo quasi fidanzati e tu non mi dici una cosa così importante? Come faccio a fidarmi di te? Che cos'altro mi nascondi? Forse unpaio di matrimoni? O qualche *altra* identità segreta?"

Lei scosse la testa vigorosamente. "Nessun segreto, nessun matrimonio, nessun'altra identità."

"E come faccio a crederti?"

"Puoi credermi, Jake, non intendevo ferirti, io..."

"Una recensione feroce diretta a me e non mi dici di averla scritta! E dici che non volevi ferirmi? Ti aspetti che io ti creda?"

"È così, è così.per favore." Senza riuscirepiù a controllare le lacrime, guardò la sua espressione diventare di ghiaccio.

"Credo sia meglio che tu vada da Cara stanotte."

"Non mipermetterai di spiegarmi?"

"Non c'è niente da spiegare. Volevi ferire Gunther e me. E ci sei riuscita. E mi hai anche mentito..."

"Non ti ho mentito. Non ti ho mai detto di essere..."

"Non fare giochetti diparole con me, Grace. Mi hai mentito non raccontandomi il tuo segreto. Ora nonposso fidarmi di te. E questa vendetta...non lo so. Io non so chi sei.pensavo di conoscerti,pensavo che fossi una ragazza affettuosa e gentile...ma mi sbagliavo."

Jake abbassò le mani e se le mise nelle tasche deipantaloni. Mentre lui si allontanava, lei vide svanire quell'espressione fredda dal suo viso, sostituita da un'espressione ferita. "Mi fidavo di te. E tu hai tradito la mia fiducia."

Grace si asciugò le lacrime. "Per favore, dammi unapossibilità."

Lui scosse la testa lentamente,prima di voltarsiper incamminarsi verso il suo appartamento. Grace rimase da sola nella strada buia, singhiozzando. Sollevò il braccio tremanteper fermare un taxi sulla Broadway. Frugando nella sua borsa, trovò finalmente un fazzolettinopulito. Mentre si asciugava il viso, un taxi si fermò. Lei salì in auto e diede al tassista l'indirizzo di Cara.

Mentre l'autopercorreva a velocità la Broadway, Grace si voltòper cercare Jake. Glipassarono davanti,permettendo a Grace di guardarlo un'ultima volta. Lei aveva il cuore in frantumi. *Avevo tutto, la mia fiabapersonale, e ho rovinato tutto.*

Capitolo Nove

Appoggiando la schiena sul sedile del taxi, si mise a fissare fuori dal finestrino, senza guardare veramente. Le luci notturne di New York si confondevano in una lunga linea luminosa, che spezzava l'oscurità, mentre il taxipercorreva il viale. Si sentiva inpreda a un forte dolore, sia fisico che emotivo. Stringendosi la borsa sul seno, come se fosse un amante, cercò di respirare in modo regolareper calmarsi. *Devi solo aspettare di arrivare a casa di Cara. Solo aspettare.*

Quando il veicolo si fermò davanti allo Stanford, Rex, il custode, la salutò. L'udito di Grace sembrava svanito ma, vedendogli muovere le labbra, lei gli fece un cenno di saluto. Dopo aver messo un mucchietto di banconote nelpiccolo scomparto sul vetro divisorio dell'auto, scese scivolando sul sedile.più tardi, non si sarebbepiù ricordata del tragitto verso casa, di averpagato l'autista epersino di essere salita.

La mano le tremava mentre cercava invano di mettere la chiave nella giusta direzione. Riuscendo finalmente a tenerla ferma con l'altra mano, inserì la chiave nella toppa e la girò. Grant eraproprio dietro laporta quando lei la aprì. "Gracie, sei tu.pensavo che qualcuno stesse cercando di entrare in casa."

Grace lo guardò con le lacrime agli occhi, senza riuscire aparlare. Grant fece unpasso indietroper lasciarla entrare. "Grant! Chi è allaporta?" gridò Cara dal salotto.

"È Gracie." Grace rimaseparalizzata, vedendo Cara raggiungere l'ingresso. Alla vista di sua sorella, tutte le difese di Grace crollarono. Si mise a singhiozzare, lasciando uscire le lacrime e nascondendosi il viso tra le mani. Cara siprecipitò ad abbracciarla.

"Cucciolotta! Tesoro, qualcosa non va? Di che si tratta? È successo qualcosa Jake?parlami!"

Grace riuscì a sentire ciò che stava dicendo sua sorella,perché avevaperso il controllo. Singhiozzando, iniziò a sprofondare sulpavimento. Grant la afferròper la vita e, insieme a Cara, laportarono lentamente nella sua stanzetta. Una volta entrati, la aiutarono a distendersi sul letto. Grace si fermòperprendere aria.

Grant tirò fuori un fazzoletto e glieloporse. Lei si asciugò il viso, cercando di respirare in modo regolare.

"Prenditi il tuo tempo, Cucciolotta" Grace fece un lieve sorriso alla sua sorellina. "Che cosa è successo?"

"Jake mi ha lasciata."

"Cosa?perché?"

"Stasera abbiamo incontrato alcuni...e lui ha scoperto..." Lei si fermòper fare un respiroprofondo. "Io sono Appassionata di Film...e stasera, Jake l'ha scoperto."

Cara ebbe un sussulto e siportò la mano davanti alla bocca. "Gracie, non èpossibile. Dimmi che non sei tu."

"Chi sarebbe Appassionata di Film?" Grant sembrava confuso.

"Una donna che ha scritto delle recensioni orribili e crudeli sui film di Gunther...e sui film di chiunque altroper *Celebs 'R Us,*" disse Cara.

"Sono io, Cara. Sono io." Grace abbassò la testa.

"Perché?"

"Per quello che ha fatto Gunther."

"Ma Jake?"

"Nonpreoccuparti. Non importa. Si è comportato in modo unpo' stupido, ma non si meritava tutto questo."

"Allora,perché?"

"Ero arrabbiata...furiosa...con Gunther, con me stessa. Ero stata tradita e volevo vendicarmi."

"Oh, tesoro. Se solo fossi venuta da me..."

"Che cosa avrestipotuto fare, Cara? Che cosa? Niente!" Grace balzò giù dal letto. "Nonpuoi rimediare a tutto, Carol Anne. Nonpuoi. So che vuoi che la mia vita siaperfetta...che io siaperfetta, ma non lo sono. E questa volta ho fatto l'errorepiù grande di tutta la mia vita. Non l'ho detto a Jake. Avrei dovuto farlo. Lui si fidava di me.poi, ha scoperto la mia altra identità, o qualunque cosa sia. Un segreto enorme."

Cara e Grant rimasero in silenzio.

"Ha ragione, lo sai. Ha ragione. Ho rovinato tutto, distruggendo quello che avevamo."

"Gli hai raccontato di Gunther,perché non sei riuscita a dirgli anche questo?" le chiese Cara.

"Perché avevopaura...paura che si sarebbe arrabbiato con meper averlo screditato. Sono statapiuttosto crudele. Sapevo che ci sarebbe rimasto male. Avevopaura diperderlo. E avevo ragione."

"E allora, che cosa è successo?"

Grace le spiegò della minaccia di Tiffany quando aveva smesso di scrivere recensioni crudeli. Grant e Cara furono comprensivi. Cara la abbracciò e si alzòper allontanarsi.

"Oh, mio Dio," sussurrò Gracie.

Cara si voltò verso laporta. "Che cosa c'è?"

"Aspetta che Gunther lo scopra." Lei ebbe un brivido mentre sprofondava sul letto, con la testa tra le mani.

"Gunther Quill non è un uomo con cui scherzare, Gracie."

"Me ne sono accorta." Lapaura le scorreva nelle vene. "Cosapensi che farà?"

"Speriamo che ti consideri innocua e non faccia niente," disse Cara, uscendo dalla stanza.

Qualcosa mi dice che non è un uomo con cui stare tranquilli e con cui vendicarsi quando si viene attaccati. Lei spense la luce e mise la testa sotto il cuscino, come sepotesse nascondersi dalla collera delpotente signor Quill.

Non riuscendo a dormire, Grace si mise apasseggiare, bevve del caffè, cercò di scrivere un biglietto a Jake almeno tre volte epoi si mise di nuovo apasseggiare. Alle sei, si sentiva completamente esausta e si addormentò. Si svegliò alle undici con la casa silenziosa. Sarah era a scuola, Grant al lavoro e Cara stava andando al teatro. *Giornata di matinée! Anche Jake trapoco sarà al teatro.* Si fece una doccia e indossò unpaio di jeans e un maglione. All'una, uscì dall'appartamentoper andare a casa di Jake. Entrò in silenzio,poi lo chiamò due volteper assicurarsi che non fosse a casa. *La matinée comincia alle due. È impossibile che sia ancora qui.*

Raccolse rapidamente le sue cose e mise le chiavi sul bancone della cucina. Lesse un'altra volta la lettera che aveva scritto.

Hai ragione. Avrei dovuto dirtelo. Ti amo, ma capisco il motivoper cui nonpossiamopiù stare insieme. Mi dispiace molto di aver rovinato tutto tra di noi. Non volevo farlo.

Grace

Piegò il foglio, lo baciò e lo mise accanto alle chiavi. Riuscì a trascinare le suepesanti valigie fuori dallaporta e chiamò un taxi. Sospirandoprofondamente, guardò ilpalazzo di Jake allontanarsi mentre l'autoprocedeva verso nord.

Disfare le valigie fu la cosapiù difficile che avesse mai fatto. Ogni vestito che riponeva nell'armadio o nel cassettone le ricordava i momenti felici trascorsi con Jake. Avevano vissuto insieme solo una settimana, ma aveva trascorso ogni sera insieme a lui al teatro, guardandolo recitare, facendo l'amore con lui, ballando, mangiando lapizza e raccontandosi barzellette...c'erano moltissime cose del tempo trascorso insieme che amava, ma nessuna che odiava.

Appendendo il suo vestito di seta color lavanda, indietreggiò terrorizzata. *Maledizione!* Il suo abito sexyper ballare la samba giaceva lì, come se volesseprendersi innocentemente gioco di lei. *La gara di ballo stasera!* Il suo leggero vestito di chiffon rosa, da indossareper il valzer, era appeso accanto all'abitoper la samba. *No, no, no. Niente ballo stasera. Non se neparla. Se ci andrò e lui non verrà, ne morirò. Non ho intenzione di andarci. Jake non verrà. Nonpotrebbe nemmeno guardarmi negli occhi, figuriamociparlare con me.*

Il suo cuore fu sopraffatto da una sensazione dipesantezza. Un'altra cosa che voleva e non avrebbe avuto. Sprofondò sul letto ed emise un lungo sospiro. Distendendosi sulla schiena, si avvolse tra le coperte. Improvvisamente, la stanchezzaprese ilposto della tristezza e si addormentò.

Si risvegliò alle tre. *Lo spettacolo è finito.* Spense il cellulare e indossò il cappotto,per andare al bar *The Blue Heron* sulla Eighth Avenue. Di tanto in tanto, Jake e lei ci andavano insieme. Conoscevano il barista.

"Ciao, Barry."

"Ciao, Grace. Che cosaposso fareper te?"

"Che ne dici di un margarita, liscio e di qualche bastoncino dipollo?"

"Arrivano subito." Lei si sedette a un tavolo all'angolo e bevve un sorso del suo drink, freddo e rassicurante. *Ho bisogno di soffocare questo dolore.* Grace appoggiò la schiena e guardò entrare alcuni clienti abituali. Essendo una scrittrice, lepiaceva guardare lepersone e osservava in silenzio gli uomini e le donne che sceglievano quelpostoper nonpensare ai loroproblemi.

Finì di bere il suo margarita e ne ordinò un altro. Una veloce occhiata all'orologio le disse che erano le quattro. *La gara di ballo comincia alle otto. Ho molto tempo dapassare qui.* Si mise a mangiucchiare i bastoncini dipollo e ad ascoltare le varie conversazioni.

AL TEATRO, JAKE SIPRECIPITÒ nel camerino di Cara subito dopo lo spettacolo. "Dov'è Grace?"

"Non lo so. A casa, immagino. Erapiuttosto sconvolta."

Jake abbassò lo sguardo, cercando di nascondere il suo imbarazzo. "Sono stato unpo' troppo duro con lei ieri sera."

"Non voglio interferire.per favore, non mettermi in mezzo," disse Cara.

"Stasera c'è la gara di ballo. Dovrebbe essere già qui."

"Haiprovato a chiamarla?"

"Risponde la segreteria telefonica."

"Maledizione!"

"Tornerò a casaper vedere se è lì."

"Non le hai detto di andarsene da casa tua?"

"Le ho solo chiesto di trascorrere l'ultima sera a casa tua."

Cara lo guardò aggrottando la fronte. "Non è la stessa cosa, Jake?"

"Non lo so. Forse. Non era questo che intendevo. Sono disposto ad ascoltare la sua versione oggi."

"Potresti non averne lapossibilità."

"Ehi, tu non ti saresti infuriata al mioposto?"

"Suppongo di sì. Ascoltami. Lasciami fuori da tutta questa storia. Ok? Lei è mia sorella e tu sei il mio coprotagonista... Mi trovo in mezzo a voi due. Uh! Non so cosa sia successo veramente e non voglio saperlo. Voi due dovete trovare una soluzione da soli." Cara aprì la suaporta, facendo cenno a Jake di uscire.

"Mi chiamerai se la troverai?"

"Lo farò. Sono sicura che stasera andrà alla gara di ballo. Non è da Gracie non rispettare un impegno."

"Non ne sono così sicuro," disse lui sottovoce,percorrendo il corridoio verso il suo camerino. Jake aspettò un'altra ora e chiamò Grace circa cinque volteprima di tornare a casa. Dopo aver aperto laporta del suo appartamento, la chiamò. Nessuna risposta. Sperando che una birrapotesse calmargli i nervi, andò verso il frigorifero. Lì, vide le chiavi e il biglietto sul bancone. *Oh, no. Gracie!* esclamò, col cuore sopraffatto dal dolore.

La seraprecedente, era sconvolto.preoccupato di essersiprecipitato nella sua relazione con Gracie, senza conoscerla abbastanza bene, era determinato a fare una lunga conversazione con leiprima di decidere cosa fare. Ora, andandosene da casa, lei aveva mandato tutto in cortocircuito. *Maledizione!*

Gettò il biglietto nella spazzatura, afferrò la sua birra e si sedette con il cellulare in mano. *Devo trovare Grace. Dobbiamoparlare.* Telefonò a Cara,poi a Dorrie Rogers, ma Gracie non era né al Centralpark West né alla scuola di danza. Chiamò Quinn, ma né lui né Susanna avevano visto Grace.

Ora erano le sei e restavapoco tempo. Chiamò di nuovo Cara. "Porta i suoi costumi alla scuola di danza,per favore. Vieni mezz'oraprima."

"Lo farò. Sei riuscito a sentirla?"

"Non ancora, tu?" Jake si mise apasseggiare.

"No."

"Ci vediamo dopo."

Riagganciò eprese il suo cappotto. *Mmm. Smuggler's Cove, The Blue Heron, Casey'splace...andrò dappertutto finché non la troverò.* Entrò da Smuggler's Cove e si diresse direttamente verso il bancone del bar.

"Hai visto Gracie, George?" Il barista scosse la testa. "Se dovessi vederla, devo dirle che la stai cercando?"

"No. Non importa. Voglio farle una sorpresa."

Mentre camminavaper la strada, non riusciva a smettere dipensare a quello che era successo tra di loro. Nel suo cuore, il suo senso di colpa lottava contro l'indignazione e la mancanza di fiducia lottava contro l'amore. Invece di trovare una risposta decisa, si sentiva semprepiù confuso. *È colpa mia se è andata via da casa? Sono stato io a dirle di farlo? Credevo di averle detto semplicemente di non volerpassare la notte con lei. Magari hapensato...io ho detto...non lo so. Ah, le donne!*

Quando entrò al *The Blue Heron*, Barry gli fece un cenno e guardò l'angolo dove era seduta Gracie. Jake le si avvicinò lentamente. Lei stava guardando il suo drink e non si accorse di lui.

"Questoposto è libero?" le chiese Jake.

Grace sollevò di scatto la testa,poi lo fissò. Gli occhi le si riempirono di lacrime, mentre spingeva la sedia verso di lui con ilpiede. Lui si sedette e si avvicinò. Una cameriera si fermò al tavolo, ma Jake le fece cenno di andar via.

"Ehi! Volevo un altro drink."

"Direi che ne hai bevuti abbastanza, Grace."

Lei lo guardò con un'espressione ostile.

"E chi lo dice?"

"Lo dico io."

"Non hai nessun diritto...hai mandato tutto all'aria ieri sera."

"Che cosa? Che cosa avrei mandato all'aria? Volevo solo trascorrere una notte senza di te. Volevo riflettere...da solo. Non ti ho detto di andartene!" Jake alzò la voce.

"Smettila di urlarmi contro!" Alcune lacrime le scesero dagli occhi e iniziarono a scorrerle sulle guance.

"Abbiamo la gara di ballo stasera." Lui cercò di controllare la rabbia e diparlare con un tono di voce tranquillo.

"Dici davvero?" Lei si voltò verso di lui, con un'espressione belligerante.

"Davvero. Basta bere, adesso. Quanti drink hai già bevuto?"

"Due...mi sembra."

"Ti sembra? Come farai a ballare ubriaca?"

"Non sono ubriaca e non ho intenzione di ballare."

"Davvero? Io sono il tuopartner e dico che lo farai."

"Tu non sei il miopartner. Lo eri...fino a ieri sera," disse lei a voce bassa.

"Lo sono. Almeno,per quanto riguarda il ballo."

Grace si asciugò le lacrime con la mano. "Sei solo quello. E adesso," disse lei, muovendo le mani, "non lo seipiù."

"Perché stai facendo questo?"

"Mi hai scaricata ieri sera, te lo ricordi?"

"Io non ti ho...scaricata. Volevo solopassare una notte senza di te. Credevo che avremmopotutoparlare oggi, ma sei sparita."

"Odio lepersone che fannopressione sugli altri, che stanno dove non sono gradite..."

"Ti riferisci a me?" le chiese, sopraffatto dal dolore.

"Stoparlando di me, stupido! Di me! Tu mi hai detto di andare via ieri sera e io l'ho fatto. Non ti disturberòpiù." Luipercepì la tensione nella sua voce.

"Io non voglio che tu vada via," le disse dolcemente. "Per favore, balla con me, Gracie."

Lei cercò i suoi occhi con lo sguardo. Lui leprese la mano e lei glipermise di tenerlaperpochi secondi,prima di allontanare la mano.

"Andiamo, ci siamo impegnati molto. Siamo bravi e Dorrie conta su di noi. Hanno venduto tantissimi biglietti...èper beneficenza. Ci stanno aspettando."

"E se lo faccio...poi che cosa succederà?"

"Non lo so." *Dille che ti importa ancora di lei. Dille qualcosa!*

Lei ebbe un sussulto e altre lacrime si misero a scorrere sulle sue guance.

"Mi sentivo ferito. Non so che cosa fare." Jake abbassò lo sguardo. *Staipeggiorando le cose.*

"Provi ancora qualcosaper me?" gli chiese lei, con voce rauca.

"E tu?" le chiese lui, rifiutandosi velatamente di ammettere quanto tenesse a lei.

"Non èpiù comeprima. E sono stata io a rovinare tutto."

Lui guardò il suo orologio. *Cazzo, sono le sette!* "Ti va di ballare con me?"

"Ok."

"Sei abbastanza sobria?"

"Certo. Ho bevuto solo due drink." Lei si alzò, barcollandoper un attimo,poi sorrise. Jake leprese il braccio, accompagnandola fuori. Lui fermò un taxi e andarono direttamente alla scuola di ballo.

"Aspetta! I miei costumi."

"Liporterà Cara."

L'ORA SUCCESSIVA FU confusaper Grace. Jake la accompagnò a camminare intorno all'isolato,parlandole, mentre aspettava che Cara arrivasse con i suoi costumi. La scuola di danza iniziò a riempirsi e Gracie aveva i nervi a fior dipelle. La sensazione dipesantezza cheprovava dentro di sé allontanava la sua ansia, ma la opprimeva. Cara arrivò venticinque minutiprima dello spettacolo e trascinò Grace dietro le quinte. "Togliti i vestiti," borbottò a sua sorella.

"Vorrei che fosse Jake a dirmelo," disse Gracie, scherzando. Cara lanciò un'occhiataccia a sua sorella. "Non sono molto contenta di te. Scomparire in quel modo. Hai spaventato a morte me, Jake e Grant...e Dorrie ha quasi avuto un attacco di cuore! Quindi sta zitta e fa quello che ti dico."

Grace si svestì e seguì le istruzioni di sua sorella, senza dire unaparola. *Ho deluso tutti. Mi sono comportata come una bambina. È ora di crescere.*

Cara tirò su i capelli di sua sorellaper la samba, la loroprima esibizione. Grace indossò le sue scarpe di satin nero, uscì inpunta dipiedi dal camerino e andò dietro le quinte. Il suo costume era composto da un corsetto di merletto nero, delle calze di merletto nero e una gonna nera di satin con delle balze rosse sui fianchi. Jake era lì con indosso il suo costume,più bello di quanto avesse il diritto di essere. Lei esaminò con lo sguardo il suo corpo, con l'abito nero attillato neipunti giusti e una camicia rosso scuro aperta fino all'ombelico.

"Sei magnifico," sussurrò lei.

Lui osservò il suo corpo, scaldandola col suo sguardo. "Anche tu," rispose lui, sussurrando.

"Quand'è il nostro turno?"

"Altri due balli."

"Dobbiamo riscaldarci?"

"Pensavo che l'avessimo già fatto,passeggiando lì fuori."

"Oh, sì. Ma ho bisogno di qualcosa inpiù...prima di cominciare."

Jake la guardò. "Che cosa?"

Lei abbassò lo sguardo, mordicchiandosi nervosamente il labbro.

"Che cosa?" ripeté lui.

"Niente." *Un bacio mi riscalderebbeper la samba. Un bacio sarebbe stupendo...ma non succederàperché tu mi hai scaricata.*

Lui le si avvicinò e le mise un braccio intorno alla vita. Grace chiuse gli occhi e si appoggiò sulla sua spalla. Quando la musica si fermò, la coppia che aveva appena finito di ballare ricevette gli applausi,poi lasciò ilpalcoscenico. Fu quindi il turno della coppia successiva, con il loro brano musicale.

"Dopo tocca a noi," sussurrò Jake. Il ballo della coppia che liprecedeva sembrò durare solopochi secondi e,prima ancora di accorgersene, Grace sentì Dorrie annunciare il loro nome.

"Grace Brewster e Jake Matthews!"

Lui leprese la mano e salirono sulpalco. Si misero inposizione e, quando la musica cominciò, scattò anche la loro chimica. Il brano era seducente. Jake era abile e sensuale. Il movimento dei loro fianchi la coinvolgeva nel loro numero come non aveva mai fattoprima. Rilassata dall'alcol, Grace si lasciò condurre in modo agevole e fluido. La tensione sessuale tra di loro scoppiettava come uno spettacolo di fuochi d'artificio.

Scivolando sulpalcoscenico, si fermaronoper dimenare i fianchi insieme eper eseguire i complicatipassi all'unisono tra di loro e con la musica. Il calore cheproducevano era sufficiente a far appassire i fiori che leiportava tra i capelli, oltre ad accendere il fuoco dellapassione dentro di lei. Lei lo voleva.

Alla fine del ballo, ilpubblico si alzò inpiedi, applaudendo. Grace e Jake fecero un inchino.poi si inchinarono l'uno verso l'altra e Jake le baciò la mano. Dietro le quinte, lui la abbracciò.

"Devo cambiarmi!" Grace corse verso il camerino, dove Cara la stava aspettando. Si tolse il sensuale costume da samba e indossò il leggero abito di chiffonper il valzer viennese.

"Quello sì che era un ballo sensuale, Cucciolotta," disse Cara, abbassando la cerniera dell'abito di Grace.

"Ti èpiaciuto?"

"È stato magnifico. Voi due eravate tremendamente sensuali. È così anche fuori dalpalco?"

"Cara!"

"Che cosa c'è?" Cara appese il costume da samba.

"Sei una bella ficcanaso, lo sai?" Graceprese il costumeper il valzer dalla sedia.

"E allora? Sono tua sorella."

"Non devi sapere tutto su di me." Grace indossò il suo vestito.

"E chi lo dice?"

"Perché non mi racconti com'è tra te e Grant?"

Cara si fermò. "Ok, hai vinto." Cara le alzò la cerniera.

"I capelli?"

"Devono essere diversi. Lunghi e sciolti," disse Cara, spazzolandoglieli.

"È strano che sia tu a farloper me."

"Lo so, ma mipiace" Cara sorrise alla sua sorellina. "In culo alla balena...si dice ancheper una gara di ballo?" chiese l'attrice, aggrottando la fronte.

"Non ne sono certa. Ma va bene lo stesso."

"Ora va'. Balla con l'uomo dei tuoi sogni e dimentica tutto il resto." Cara abbracciò sua sorella e tornò al suoposto.

Ciproverò. L'uomo dei miei sogni? Forse stavo solo sognando. Lei sospirò e raggiunse Jake dietro le quinte. Grace rimase nascosta, aspettando che la coppia sulpalco finisse di ballare il suopaso Doble. Jake la raggiunse, le sorrise leggermente e le fece un cenno di approvazioneprima di stringerla tra le braccia. Grace amava le sue mani forti, sempre calde e asciutte.

"Tornano sulpalco, a grande richiesta, Grace Brewster e Jake Matthews, che eseguiranno un valzer viennese," disse Dorrie applaudendo, mentre la coppiaprendevaposto sulpalco. La musica risuonava dolcemente mentre Grace e Jake formavano una cornice con le loro spalle. La leggerezza deipassi di Grace la faceva fluttuare sulpalcoscenico tra le braccia di Jake.

Mentre si abbandonava al ritmo della musica, la sua attenzione e la sua ansia svanirono all'improvviso. Guardandolo negli occhi, c'erano solo loro due che ballavano insieme inperfetta armonia. Ilpubblico,persino Dorrie, era in delirioper Grace mentre Jake la faceva volteggiare sulpalco, stringendo leggermente le mani intorno alla sua vita. *Stupendo, bellissimo.*

Il loro tempismoperfetto e il modo in cui i loro corpi danzavano all'unisono fecero capire a Grace che erano fatti l'unoper l'altra. Rifutandosi dipensare, voleva semplicementepercepire la gioia che le scorreva nelle vene mentre si abbandonava tra le sue mani esperte.

La musica finì troppopresto. Ancora una volta, furono acclamati, con fragorosi applausi e una standing ovation. Dopo essersi inchinati verso ilpubblico e tra di loro, Grace fu di nuovo travolta dalla realtà, mentre l'espressione di Jake si incupiva un'altra volta. Notando che si allontanava da lei, fece unpasso indietroper lasciarlo andare. *L'unico modoper trattenerlo è lasciarlo andare.*

Era talmente emozionata da non riuscire aparlare. Andò di corsa nel suo camerino e chiuse laporta. Con le mani tremanti, lottò con la cerniera fino all'arrivo di Cara.

"Usciamo a festeggiare, Cucciolotta," disse Cara, ripiegando il vestito di chiffon, mentre Grace indossava il suo maglione e i suoi jeans. Quando ritornarono alla scuola di danza, la maggiorparte dellepersone erano andate via. Grant, Sarah e Dorrie le stavano aspettando.

"Ah, ragazze! Ottimo ballo, Gracie. Davvero bellissimo. Andiamo da Hark's Cabin a mangiare qualcosa e a bere unpo' di champagne." Grant si voltò da Grace a Dorrie. "Vuoi unirti a noi?"

"Con moltopiacere. Vado aprendere il mio cappotto."

"Dov'è Jake?" chiese Grace.

Grant arrossì leggermente e abbassò lo sguardo. "È andato via."

JAKE NON ERA FELICE con sé stessoper aver abbandonato Grace subito dopo il ballo. *Me ne sono andato senza dirle niente. Codardo!* Era confuso e aveva bisogno di tempoperpensare.poi, dovevaparlare con Grace. Forse. Tirò su il colletto del suo cappottoper ripararsi dal ventoprimaverile mentrepercorreva la Broadway verso il suopalazzo.

Quando? Quando leparlerò? Che cosa le dirò? Non volevo che ci lasciassimo, vero? O forse sì. Come mi sarei sentito se Grace mi avesse chiesto dipassare una notte lontano da me?probabilmente, non avrei avutoproblemi. Lei ha avuto una reazione esagerata. Tipicamente femminile.

C'era moltopiù freddo di quando era andato a cercare Grace e la sua giacca sottile non lo teneva molto caldo. Jake ebbe i brividi quando una folata di vento attraverso il tessuto, raffreddandogli le braccia e il collo. Lui aumentò ilpasso. *Sono solo due isolati.*

Quando entrò nel suo appartamento, laprima cosa che fece fu mettere dell'acqua calda nella caffettiera. *Ho bisogno di qualcosa di caldo.* Senza togliersi la giacca, sprofondò sul divano e si distese. Le stanze erano calde, ma c'erano degli spifferi vicino alle finestre, quindi rimase rannicchiato sul divano letto. Quando il caffè fupronto, Jake stava già dormendo, ancora con i vestiti addosso. Dopo mezz'ora, la caffettiera si spense.

Alle tre del mattino, il telefono di Jake si mise a squillare. Lui nascose la testa sotto un cuscino, ma il telefono continuava a squillare. Spalancando gli occhi, guardò lo schermo. *Gunther Quill. Che cazzo vuole a quest'ora?* Jake rispose.

"Jake! Sei a casa!"

"Sono le tre del mattino, Gunther. Che cosa c'è?"

"Oh, giusto, giusto. Tre ore di differenza…mi dispiace, amico."

"Che cosa succede? Sei ubriaco?"

"Ho bevuto unpo', lo ammetto. Tuttavia…"

"Cosa?"

"Oh, già. Il motivoper cui ho chiamato. Ho scoperto che Grace Brewster è Appassionata di Film."

"Sì, e allora?"

"Quella stronza…quellapiccola stronza! Ha stroncato i miei film…li ha letteralmente insultati.probabilmente ha danneggiato le vendite. Ha insultato anche te, amico."

Io non sono tuo amico, Gunther. "Quindi, dove vuoi arrivare?"

"Adesso ti spiego. Non mettermi fretta."

"Ascoltami… Vorrei tornare a dormire!"

"Oh. Già. Scusami. Ilpunto è che adesso è arrivato il momento della vendetta. Il momento di distruggerla. Ho intenzione di chiamare tutti iproduttori e i registi che conosco,per assicurarmi che conoscano la sua identità segreta."

"Non farlo."

"Lo farò. E lo farai anche tu. Guarda quello che ti ha fatto!"

"Gunther."

"Ti ha umiliato al cospetto di tutta l'industria cinematografica…"

"Non esattamente."

"Sì che l'ha fatto. *'Ilpremio come attorepiù impacciato dell'anno. Avrei voluto toccargli ilpolsoper vedere se era ancora vivo.per un ruolo romantico, ha meno sex appeal di una lumaca. La suaperformance è stata un vero sonnifero.'* Hai bisogno di sentire qualcos'altro?"

Jake digrignò i denti, cercando di allontanare la rinnovata sofferenza causata da quelleparole…che l'avevano già ferito, laprima volta che le aveva dette. Tuttavia, non si sarebbe vendicato.per quanto le sue azioni fossero state oltraggiose, lui si era comportato molto male con lei. Forse si meritava un attacco simile. "Non se neparla. Non ho intenzione di fare niente."

"Che cosa? Vuoipermettere a quellapiccola...piccola..."

"Sta attento, Gunther. Lei è la mia ragazza."

"Ancora? Anche dopo tutto questo? Oh, dimenticavo. Siccome te laporti a letto, vuoiporgerle anche l'altra guancia? Beh, io no. Se tu non mi aiuterai a distruggerla, lo farò da solo."

"Non farlo, Gunther!" urlò Jake al telefono.

"Se lo merita."

"Tu te la sei cercata. Lei è una brava ragazza, dalle unpo' di tregua. Glielo devi, in ogni caso, dopo quello che le hai fatto."

"Glielo devo? Non credoproprio. Che cosa ho fatto? Andare a letto con una ragazza bella e consenziente? E da quando questo è contro la legge?"

"Forza, conosciamo entrambi la verità."

"Davvero? Bene, dimostralo. In un'aula di tribunale. Fino ad allora, nonpotrà far vedere il suo viso in giroper Hollywood, dopo che avrà capito con chi ha a che fare."

"Comportati bene, Gunther."

"Perché dovrei? D'accordo, Jake, comportati da idiota. Continua a frequentarla e vedrai quanto lavoro ti arriverà."

"Mi stai minacciando?"

"Ti sto solo dicendo la verità." Dopo quelleparole, la telefonata si interruppe.

Jake diede unpugno al cuscino del divano. Si riscaldò unpo' di caffè, certo che non sarebbe tornato a dormire.per fortuna era lunedì, la sua giornata libera. *Rifletti, rifletti. Deve esserci un modoper fermarlo.*

Jake si mise a camminare e arrivò davanti alla finestra. New York era tranquilla a quell'ora della notte. Una coppia ubriacapasseggiava cantando e alcuni taxipercorrevano la strada, ma il resto della città stava dormendo. *Quinn! Quinn saprà cosa fare. Ha un'ottima reputazione.potrà aiutarmi.* Una volta deciso cosa fare, Jake si calmò. Sentendosi esausto all'improvviso, si distese di nuovo sul divano e si addormentò rapidamente.

Capitolo Dieci

Quando Jack arrivò all'appartamento di Quinn, capì di aver interrotto un momento intimo. Sia Quinn che sua moglie Susanna indossavano una vestaglia ed erano leggermente arrossiti in volto. *Che idiota! Avrei dovuto chiamarliprima.*

Alzando il suo telefono, Quinn disse, "Sai che cos'è questo, Jake? Si chiama telefono cellulare."

"Mi dispiace molto...non ci hopensato...avrei dovuto chiamartiprima."

"Pienamente d'accordo. Meglioper te che sia qualcosa di urgente. Durante la mia giornata libera...tutto il mio tempo èper Susie."

"Siediti, Jake. Non importa, Quinn. Nel suo giorno libero, è sempre scontrosoprima delle nove. Vado apreparare unpo' di caffè. Non dire nulla di importanteprima del mio ritorno."

Jake si mise apasseggiare, troppo nervosoper sedersi.

"Ehi, mi stanco solo a guardarti...e mi rovini anche il tappeto."

"Mi dispiace. Non riesco a stare seduto. Gunther Quill agiràpresto e io devo fare qualcosa."

"Ehi! Ti ho detto di non dire niente di importanteprima del mio ritorno!"

"Scusa," urlò Jake verso la cucina. Si sedette sul divano, si alzò, si sedette su una sedia, si alzò di nuovo eprovò a sedersi un'altra volta sul divano.

"Sbrigati, Susanna. Jake mi sta facendo ammattire qui dentro."

Finalmente, lei entrò nella stanzaportando un vassoio con tre tazze di caffè, latte e zucchero. "Forza, Jake. Sputa il rospo."

La storia della minaccia di Gunther Quill nei confronti di Graceprovocò reazioni a ripetizione, finché lui iniziò a spiegare le motivazioniper cui lei si era comportata in quel modo.

"Eperché Grace ha criticato il suo film...e anche te?" Quinn aggrottò la fronte.

"Nonposso dirvelo. È un segretopersonale. Credetemi, lei ha un ottimo motivoper attaccarlo. Tuttavia, forse questo non è stato il modo miglioreper farlo."

"Certo, Jake. Vuoi questa storia entusiasmante omettendo leparti migliori! Quali sono le ragioni di questa vendetta? Devo saperlo."

"Mi dispiace, Quinn, nonposso."

"E allora, che cosa faraiper salvare Grace? Lei sa già che vuole vendicarsi?" domandò Susanna.

"Credo di no." Jake si sedette a sorseggiare il suo caffè, sapendo che i suoi amici l'avrebbero aiutato aprovare unpo' di sollievo e a rilassarsi unpo'.

"Gliparlerò io," si offrì Quinn.

"Non farlo! Non voglio che causiproblemi anche a te," disse Jake.

"Forse dovremmo chiederlo a Grace...e a Cara? Sembra che lei conosca Guntherpiuttosto bene. Non staprendendo in considerazione di fare un film con lui?"

"Sì, bene." Lui annuì.

"Devi dirlo a Grace," disse Susanna.

"Io?" Lui spalancò gli occhi.

"Sei il suo ragazzo, quindi, sì." Quinn era d'accordo con sua moglie.

"Oh, no. Non sono sicuro che siamo ancora una coppia."

"Che cosa è successo?" gli chiese Susanna.

Jake raccontò una versione breve della loro lite e della loro separazione.poi, rimasero in silenzioper unpo'.

"Dovresti trascorrere il tuo tempo a seguire lezioni di canto e di ballo, non a farti distruggere da una ragazza. Sei nuovo in questo campo, Jake. Hai molte cose da imparare."

"Non avevopianificato niente con lei. Credetemi."

"Ma è successo. E ora?" disse Susanna.

"Ora? Non lo so," disse Jake, scuotendo la testa, con lo sguardo basso.

"Ma tu vuoi salvarla."

"Sì. Nonpossopermettere a Gunther diprendere di nuovo di mira Grace...e i suoi copioni." Lui balzò inpiedi e iniziò a camminare.

"Aproposito, mi èpiaciuto molto il suo copione. Susanna l'hapassato a Max."

"Grandioso! Almeno finché nonparlerà con Gunther."

"Max Webster è un uomo indipendente. Non seguirà Gunther."

"Lo spero. Tuttavia, le farà cattivapubblicità..."

"Chiama Cara. Lei saprà cosa fare." disse Quinn.

"Potresti chiamarla tu? Magari invitarla qui? Non voglioparlare con Grace adesso."

"Perché no?" gli chiese Quinn.

"Non so che cosa dirle." Jake si mise a giocherellare con un filo della sua camicia.

"Non trovi che sia un comportamento vigliacco?" disse Susanna, nel modopiù gentilepossibile.

"Forse. Maprima voglio risolvere questa storia con Gunther..."

"E se non riuscirai a risolvere questa *storia* con Gunther? Non leparlerai maipiù?" domandò Quinn.

"Lo farò. Solo non adesso."

"Ok, Quinn. Chiama Cara." Susanna lanciò un'occhiata severa a Jake eporse il telefono a suo marito.

Susannapreparòpane tostato e baconper colazione. Quinnparlava dipartite di basket, formazioni di baseball e scambi di giocatori. Jake non riusciva a concentrarsi. Voleva l'aiuto di Cara, ma avevapaura che lei si arrabbiasse con lui. *Ho spezzato il cuore di Grace?probabilmente.* Tuttavia, scoprire che lei era Appassionata di Film era stato un vero shock e doveva ancora abituarsi a quell'idea. Inoltre, temeva di vedere le foto che sarebbero statepubblicate tra unpaio di giorni su *Celebs 'R Us* e anche sui giornali.

Si chiese come sarebbero state le sue foto sui giornali, con l'espressione arrabbiata che aveva in quel momento. Quelpensiero gli diede i brividi. Epoi Grace. La sua espressione angosciata — scioccata, sconvolta, triste e implorante.potevaperdonarla? No, nonpoteva e non l'aveva fatto.

Chiuse gli occhi mentre l'espressione ferita sul viso di Grace gli tornava in mente. Quella sofferenza, una volta spazzata via dalle risate, dalla felicità e dal desiderio, impallidiva sotto ilpesante fardello della tristezza. Non avrebbe mai dimenticato i suoi occhi.

Coglione. Hopeggiorato tutto. E adesso lei mi odia. La amo ancora? Forse.posso fidarmi di lei? Ne dubito. Il suo dolore aumentava con queipensieri che vagavano nella sua mente e nel suo cuore, mentre fingeva di ascoltare Quinn.

Cara arrivò subito dopo la colazione. Susanna le offrì qualcosa da mangiare. "Grazie, ma ho appena mangiato. Di che cosa si tratta?"

Quinn cominciò a spiegare,poi Jake intervenne. "Grace ti ha spiegato...ehm...il motivoper cui ha attaccato Gunther, vero?"

Cara annuì, con un'espressione seria. "Si meritava questo e altro."

"Che cosa è successo? Noi due siamo totalmente all'oscuro," intervenne Quinn.

"Nonposso dirtelo, Quinn. Grace mi ha fatto giurare di non rivelarlo a nessuno."

"Grandioso! Nessuno mi dice niente!" esclamò lui, sollevando le mani.

"Ho un'idea. Lasciate che faccia una telefonata," disse Cara.

Gli altri rimasero seduti in silenzio, guardandola mentre digitava il numero. "Tiffany Cowles,per favore. Cara Brewster. Certo, aspetterò." Si alzò e si avvicinò alla finestra. "Tiffany? Buongiorno. Ti ricordi quando mi hai detto di chiamarti se avessi avuto bisogno di qualcosa? Beh, ora ne ho bisogno. Si tratta di Gunther Quill."

Cara guardò gli altri, intenti ad ascoltare la sua conversazione. Lei si diresse lentamente verso la sala dapranzo,per non essere ascoltata.

Susanna si alzò e mise unpo' di musica. "Diamole unpo' diprivacy."

LUNEDÌ, GRACE GIRONZOLAVA avvilitaper la casa. Cara era fuori, Grant era al lavoro e Sarah era a scuola. Le mancava Jake e si chiedeva cosa stesse facendo durante la sua giornata libera. Alla finestra, vide ilprimopettirosso della stagioneprimaverile. Avvicinandosi il suo telefono, iniziò a scrivere un messaggio a Jake, mapoi si fermò.

Nonposso scrivergliperparlargli di unpettirosso. Non èpiù il mio ragazzo. Nonpossopiù mandargli messaggi. Lei fece un sospiroprofondo e solitario sedendosi sul davanzale della finestra, intenta a guardare i raggi del sole che cercavano di fare capolino tra le nuvole. Spremendosi le meningi, Grace cercò dipensare a dei modiper riallacciare il suo rapporto con Jake. Lui era diventato importanteper lei come l'aria che respirava.

Solo ora si rendeva conto che lui era ilprimo a cui si rivolgeva e ilprimo a cuipensava quando aveva una nuova idea, quando vedeva qualcosa, quando ridevaper qualcosa o quando aveva bisogno di un consiglio. Aveva iniziato a dipendere dalla suapresenza.

Inoltre, in quanto all'affetto e all'amore fisico, beh, Jake era impareggiabile. Gli mancava stringersi al suo corpo caldo mentre erano a letto. E il suo tocco, i suoi baci del buongiorno, i suoi abbracci...tutto quello che aveva datoper scontato mentre stava insieme a lui. E fare l'amore...beh, non c'eranoparoleper descrivere quanto le mancasse la loro intimità. Adesso era finito tutto e, mentre il mondo si affacciava allaprimavera, Grace stava vivendo la stagionepiù fredda e solitaria della sua vita.

Non le erano rimastepiù lacrime. L'infelicità si era trasformata in tristezza,pentimento e rabbia con sé stessaper il modo in cui si era comportata.*perché non ho creduto che mi avrebbeperdonata?perché non gli ho detto tutto quando abbiamoparlato di Gunther? Quello sarebbe stato il momentoperfetto. Era disposto aperdonarmi. Comeposso biasimarloper non essersi fidato di me? Nonpotrei. Se mi avesse tenuto nascosto un segreto così grande, anch'io mi sarei sentita allo stesso modo.*

Alle undici, lei iniziò apreparare ilpranzo. Nonostante non sapesse dove fosse andata Cara o quando sarebbe tornata, sapeva che sua sorella doveva mangiare.prese degli avanzi dipollo, uva, mirtilli e noci e iniziò apreparare un'insalata dipollo. Sembrava che ascoltare unpo' di musica alla radio la aiutasse,poi iniziarono a risuonare le note di *Summer Rain* di Matthew Morrison. Quella canzone le ricordava di quando aveva fatto l'amore con Jake. Spense la radio e ignorò le lacrime che le scendevano dagli occhi.

Mentre mescolava le noci nell'insalata, sentì cigolare laporta d'ingresso. "Sono tornata," urlò Cara.

Leccandosi unpo' di maionese dalle dita, Grace raggiunse sua sorella all'ingresso. "Ilpranzo èpronto. Dove sei stata?"

"Sto morendo di fame." Cara entrò in cucina. Grace si accorse che stava evitando di risponderle. Cara si mise ad apparecchiare la tavola, mentre Grace distribuiva la gustosa insalata su unpiccolo letto di lattuga in ognipiatto. Qualche fetta dipane tostato e due bicchieri di tè freddo alla menta completavano il loropasto.

"Sembra buonissimo. Grazie, Cucciolotta."

"Cucciolotta? Oh oh." Cara inclinò leggermente la testa, alzando lo sguardo verso sua sorella. "Questo vuol dire che hai cattive notizie."

"Davvero?"

"Non te ne sei mai accorta? Mi chiami sempre 'Cucciolotta' quando hai qualcosa di brutto da dirmi."

"Ok, ok," Caraprese una forchettata di insalata e si sedette a mangiare mentre guardava Grace.

Grace si mise a sorseggiare il suo tè. Il suo appetito era improvvisamente sparito. Dopo aver ingoiato, Cara le raccontò che Gunther aveva chiamato Jake e che lui stava cercando di aiutarla.

"Quello stronzo! Dopo quello che mi ha fatto?" Grace si alzò dalla sua sedia e si mise a camminare.

"Ho sistemato tutto" Grace ritornò lentamente al suoposto. "Veramente?"

Cara annuì.

"Come?"

"Ho chiamato Tiffany." Lei sorrise.

"Tiffany Cowles? Dimmi che non è vero!" Grace spalancò la bocca.

"È vero. Lei e io siamo amiche, in un certo senso."

"E?"

"Chiamerà Gunther e gli dirà di fare unpasso indietro, altrimenti..."

"Altrimenti cosa?"

"Non sono entrata nei dettagli. Ma èpiuttosto folle contrastare Tiffany."

"Come se non lo sapessi!" esclamò Gracie, guardandosi le mani.

"Non voleva che Gunther iniziasse aperseguitarti. Voleva solo darti una lezione."

"Io non volevopiù scrivere quelle recensioni crudeli. Non sono unapersona cattiva."

"Lo so, Cucciolotta," Cara accarezzò la mano di Grace. "Ha deciso dipubblicare la tua recensionepositiva sul film di Jake, nonostante questo la uccida," ridacchiò lei.

"Davvero?"

"Per farsiperdonare da te."

"Molto dolce daparte sua." Grace sorrise. *Buonper Jake.* "Lui non ha detto niente su di noi?"

"Jake?" Cara scosse la testa. "Non gliel'ho chiesto, dato che mi hai detto di farmi gli affari miei."

"Cavolo!" borbottò lei.

Cara guardò sua sorella e le strinse la spalla. "Ascolta! Lui tiene molto a te, tanto da venire aparlare con me e con Quinn di questa storia di Gunther."

"Oh, Dio! Haparlato con Quinn di Gunther?"

"Ovviamente no. E nemmeno io."

Grace sospiròprofondamente.

"È evidente che ci tiene a te."

"Ma io ho distrutto quello che avevamo." Grace abbassò la testa e le sue dita iniziarono a giocherellare con l'orlo del suo maglione.

"Allora ricostruiscilo."

"È facile dirlo."

"Grant e io l'abbiamo fatto."

"Voi due siete stati insiemeper tanto tempo. E avete anche una figlia...non è la stessa cosa."

"Tu lo ami?"

Grace annuì.

"Alloraprovaci, Cucciolotta.provaci." Cara si alzò inpiedi. Grace sparecchiò la tavola. "Lavo io ipiatti. Tu haipreparato ilpranzo."

"Io non ho niente da fare." Grace aprì il rubinetto.

"Trova qualcosa da fare. Leggi un libro. Va a fare una corsetta," disse Cara, mandandovi a sua sorella dalla stanza.

Grace tornò davanti alla finestra e vide il sole che faceva capolino tra le nuvole grigie.poi sorrise. Il suo cellulare iniziò a squillare. Una musica familiare, quella di *Summer Rain*, risuonòper tutto l'appartamento. *Forse è Jake?*prese il telefono e vide un numero strano sullo schermo. Mentre rispondeva, aggrottò la fronte.

"Grace? Sono Max Webster."

"Ilproduttore?"

"L'unico e solo. Si tratta del tuo copione. Mi èpiaciuto molto.possiamo incontrarci?"

"Certo, certo. Quando?"

"Ti va bene domani apranzo? Diciamo all'una al Limoges? Sai dov'è?"

"Lo conosco. Ci sarò. Grazie."

"È unpiacere."

Lui riagganciò. Sopraffatta dalla felicità, ebbe l'istinto di chiamare Jake, ma indugiò, fissando il suo numero sullo schermo. *Nonposso chiamarlo. Ma come faccio a non dirglielo? Vorrebbe dire nascondergli qualcosa...di nuovo. Ma lui non è il mio...però mi ha detto...cavolo. Mandagli un messaggio, Grace.*

Lei si sedette sul divano e iniziò a scrivere un messaggio. Dopo averpremuto *invio*, corse in cucina a dirlo a sua sorella. Mentreparlava, ricevette un messaggio. Questa volta era Jake.

Ottime notizie sul tuo copione. Congratulazioni. Spero che Max lo compri e tipaghi una vagonata di soldi. Buona fortuna.

Il suo sorriso si trasformò in un'espressione accigliata quando vide che lui non aveva scritto *con amore* alla fine del messaggio. *Come se fosse solo un amico.* Con una sensazione dipesantezza nel cuore, non riusciva quasi a respirare. Trattenne le lacrime, ma non riuscì a guardare Cara negli occhi.

"Brutte notizie?"

"Sicuramente, non vuole." Grace si scusò e si ritirò nella sua stanza. Chiuse laporta e sprofondò sul letto. *È finita, Grace. Accettalo. Fi-ni-ta. Hai rovinato tutto. Lui è andato via.*

Dopo essersi messa sotto le lenzuola, Grace spense la luce. Rimaseper unpo' con gli occhi aperti, a fissare l'oscurità. La sua mente non riusciva ad accettare che Jake non facessepiùparte della sua vita. *Nonpotrò mai essere sua amica,perché non smetterò mai di volerlo.* Il dolore che sentiva nel suo cuore era come quello causato dal luttoper laperdita di unapersona amata. *Come una morte.* Sospirò e si rigiròper unpo', in cerca di unaposizione comoda. Infine, sfinita dal dolore, si abbandonò a un sonno irregolare.

Il giorno dopo, Grace indossò una gonna di lana e un maglione e uscìper raggiungere apiedi il Limoges. Era una giornata caldaper essere la fine di marzo e lei rivolse il viso verso il sole mentrepercorreva Centralpark West. Il battito del suo cuore rallentò sotto ilpeso delle sue emozioni. Non riusciva a nonpensare a Jake. Fermandosi su unapanchina, lottò con sé stessaper decidere se mandare un messaggio a Jake. *Ha detto di volermiparlare. Quindi, non è unproblema se glielo chiedo.*

Cominciò a digitare il suo messaggioper chiedergli di incontrarlo, ma la sua mano tremante esitò quando fu il momento dipremere il tasto di invio. *Se dovesse dire di no, allora riuscirei...a lasciarlo andare? Non so se ci riesco.potrei non avere scelta.* Si chiese se avrebbepotuto sopportare una risposta negativa daparte sua. Epoi, eraproprio quello il momento giustoper farlo, subitoprima di incontrare Max? Siponeva tantissime domande.poi, chiuse gli occhi epremette *invio*prima chepotesse ripensarci. *Devo sapere. Devo farlo. Anche se non dovesse andare bene.*

Alzandosi sulle sue gambe tremanti, Grace continuò a camminare. Vide il Limoges tra gli alberi. Il suono del suo cellulare, che la avvertiva dell'arrivo di un messaggio, le fece trattenere il respiro.

Sì. Voglioparlare. Domenicapomeriggio?

Lei sospirò e fece un sorriso accennato. *Ho ancora speranza!*

Domenica va bene. A che ora?

Si fermò ad aspettare, finché non sentì il suono di un altro messaggio, dopopochi secondi.

Cena alle sette? A casa mia o alpanama?

Il*panama* era diventato il loro nuovo ristorantepreferito.

Scegli tu.

Ok. A casa mia. Ordiniamo dal cinese?

Perfetto.

Come avrebbe fatto ad aspettare fino a domenica? Guardando l'orologio, si rese conto che, se non si fosse sbrigata, sarebbe arrivata in ritardo all'incontro con Max. *Merda!* Velocizzando la sua andatura, ipassi di Grace si erano unpo' alleggeriti alpensiero di incontrare Jake. *Essendo a casa sua, forse riuscirò a sedurloper...Basta! Dovremoparlare onestamente. Nient'altro. Già, nient'altro.* Sorrise ancora dipiù alpensiero di stare ancora tra le sue braccia.

Prima di accorgersene, si ritrovò davanti all'ingresso del Limoges e fu accompagnata al tavolo di Max Webster.

QUINN CERCAVA DI DARE consigli a Jake su Grace, ma Susanna lo interrompeva, dicendogli di non badare troppo a ciò che gli diceva suo marito. Jake scoppiò a ridere, ma ascoltò con attenzione quando Susanna lo fece zittire.

"Verrà da te stasera?"

"Sì,perparlare." Lui si appoggiò le mani sulle cosce.

"Che cosa le dirai?"

"Non lo so. Non l'hopiù sentita dalla gara di ballo."

"Probabilmente sta aspettando che tu le dica qualcosa."

"Grandioso!" Lui inclinò la testa.

"Tu la ami? Scusa se ti faccio una domanda cosìpersonale..."

"No, no, nessunproblema. Sì, la amo. Mi manca tremendamente. Ma quella della fiducia è un'altra questione."

"Nonpotresti dirle che hai bisogno che lei sia sincera con te...in ogni occasione?"

"Posso dirglielo, ma che io glielo dica e chepoi lei lo faccia, beh..." disse lui, giocherellando con le dita. "Come farò a sapere se sarà davvero sincera?"

"Nonpotrai saperlo."

"Visto? È questo il mio dubbio. E se succedesseper un altro ragazzo? Diventerei matto."

"Credi che lo farebbe?"

Lui scosse la testa. "Lei non mi tradirebbe mai."

"Ne sembri molto sicuro."

"Avrebbepotuto. Lei sa del...miopassato. Sarebbe la fine. Questo mi ucciderebbe."

"Se ne sei così sicuro,perché esiti tanto?"

"Ha detto che avevapaura di dirmelo ma, quando l'ha fatto, mi sono arrabbiatopiù di quanto l'avrei fatto se me l'avesse detto. O almeno credo."

"Avevapaura che ti saresti arrabbiato e tu ti sei arrabbiato. Visto?"

"Visto cosa?"

"Lei aveva ragione. Ti sei arrabbiato, e anche molto.probabilmente,per lei questa è stata la conferma di aver fatto bene a non dirtelo."

"Non l'ho mai vista in questo modo."

"Forse è il modo in cui l'ha vista lei."

"Grazie, Susanna." Jake la abbracciò e si diresse verso casa, sentendosipiù forte di quanto non si fosse sentito negli ultimi giorni. *Gracie, tornerai da me?* Mentre camminava, si chiese se il suo silenzio non avesse aumentato la sua convinzione di lasciarlo. *Stupido!* Le mani gli iniziarono a sudare ed ebbe l'improvvisa sensazione che il colletto della sua camicia fossepiù stretto.

Jake si tenne occupato con le lezioni di danza e di canto, oltre agli spettacoli serali e le matinées. La domenica arrivòpiuttostopresto. Dopo lo spettacolopomeridiano, siprecipitò a casa a fare lepulizie. Ordinò ipiattipreferiti di Grace dallo Yangtse, il ristorante cinese della zona. Ravioli fritti, zuppa agrodolce e gamberi croccanti con le noci.

Fece una doccia e si lavò i denti. *Sesso? Stanotte? Spero di sì, ma forse non succederà. In ogni caso, devo esserepreparato.* Controllò se aveva deipreservativi nel comodino. *Il battito gli aumentò all'impazzata all'idea di riaverla nel suo letto.* Era giàpassato troppo tempo. Jake non vedeva l'ora dipoterla toccare e baciare un'altra volta.

Parlare!prima doveteparlare. Cercò di tenere a freno la sua libido, ma era una dura lotta. *Se verrà qui vestita in modo sexy,per me sarà la fine.* Scoppiò a ridereper la sua debolezza. *Se la voglio così tanto, vuol dire che la amo? O forse è soltanto desiderio? Magari, entrambe le cose.* Ridacchiò mentre sipicchiettava le mani sulle guanceper mettere unpo' di *Macho,* il suo dopobarbapreferito. Si accarezzò una guancia. Era riuscito a radersi quel tantoperché la sua barba fosse sexy, ma non fastidiosa. Non era semplice tenerla alla lunghezza giusta, ma stava migliorando. *A Graciepiace unpo' di barba.* Si sorrise allo specchio. *Non odiarmi,piccola.*

Mentre indossava la sua maglietta, suonò il campanello. A quel suono, il nervosismoprese il sopravvento su di lui. Iniziò a sudare e a respirarepesantemente, senza riuscire a stare fermo. Tutti segnali che era innamorato. *Ops. Devo stare tranquillo. Mantenere la calma.*

Quando lui aprì laporta, lei alzò la testa e i loro sguardi si incrociarono. Vedendo lapaura negli occhi di Grace, il suo cuore si sciolse. *Non averepaura di me, Gracie.per favore.*

"Prego, accomodati."

Lei si tolse il cappotto e lui lo appese all'attaccapanni.

Quando lei si voltò verso di lui, indossava un maglione largo scivolato su una spalla. Era blu notte e metteva in risalto il colore dei suoi occhi. La vide tremareper i brividi. *Niente reggiseno.* Deglutì esaminando il suo corpo, dal maglione agli attillati jeans chiari, stretti sui fianchi epiù larghi in fondo. Gli si azzerò la salivazione mentre, nella sua testa, la immaginava totalmente nuda. *Smettila!parlare. Doveteparlare.*

Lapreseper mano e la accompagnò al tavolo della sua sala dapranzo.

"Ecco la cena. Tutti i tuoipiattipreferiti." disse, iniziando ad aprire i contenitori. Il deliziosoprofumo di quelleprelibatezze cinesi si diffuse nell'aria. Lo stomaco di Jake iniziò a brontolare.*pensa a soddisfare un istinto alla volta. Ricordati che doveteparlare!* Controllare la sua carica sessuale sarebbe stato unproblemapiù grande di quanto avesseprevisto. *Comepotrò mai dimenticarmi di fare l'amore con lei? È così bella!*

"Grazie. Non ho molta fame." Grace si mise nelpiatto due ravioli e due gamberetti.

"Niente zuppa? Fa molto freddo fuori."

"Sì, ma...non ho fame." Lei si mise a giocherellare col suo cibo, guardandolo mangiare.

Poi, lui aprì un contenitore di zuppa e la assaggiò. "Oh, è calda, ma è buonissima."

"Tutto bene?"

Lui annuì, toccandosi il labbro con attenzione. *Adoro quando sipreoccupaper me. Basta! Doveteparlare. Soloparlare. Leiparla. Io ascolto.*

"Voleviparlare," iniziò a dire lei,prendendo il suo raviolo con le bacchette.

"Già. Credo che dovremmoparlare. Intendo dire...di quello che è successo. Sembra che tutto questo ci abbia divisi e...beh...io non—" Lui si fermò. *Cosa dovrei dire adesso?*

"Va' avanti."

"Non so che cosa dire."

"Dimmi quello che vuoi. Vuoi che ci lasciamo? Che siamo solo amici? O che restiamo insieme?" Mentreparlava, Grace impallidì in volto. Era cosìpallida che Jake credette che sarebbe svenuta.

"Va tutto bene, Grace? Vuoi distenderti? Sei moltopallida."

"Distendermi? Stai cercando diportarmi a letto?" gli chiese.

"Certo che no. Mi sembrava che stessiper svenire. Ti senti male?"*portarti a letto sarebbeparadisiaco.*

"Non mi sento male. Mi...mi sono solo sentita deboleper un attimo."

"Forse hai bisogno di mangiare."

"Sto bene."

"Vuoi un bicchiere di vino? Ho il tuopreferito, il Velvet Vineyards."

"Vuoi cercare di farmi ubriacareperportarmi a letto?" Lei lo guardò aggrottando la fronte.

"Che cosa sta succedendo? Le mie sono solo frasi innocenti."

"Stai cercando di dirmi che non vuoiportarmi a letto?"

"Non ho detto questo."

"Quindi stai dicendo che non vuoi venire a letto con me."

"Che cosa è successo al modo in cuiparlavamo?" Jake si sentì impotente. Niente di quello che diceva andava bene.

"Vuoi venire a letto con me?"

"Certo, lo sai."

"Lo so? Come faccio a saperlo? Non ti sento da una settimana e..." Grace scoppiò apiangere. Si nascose il viso tra le mani, ma Jake riuscì comunque a vedere le sue lacrime.

Si sentiva distrutto. L'aveva fattapiangere. In un batter d'occhio, andò al suo fianco e la strinse tra le braccia. "Nonpiangere, Gracie.piccola, nonpiangere."

"Non so che cosapensare. Mi sento confusa," disse lei,piangendo.

"Anch'io."

"Prima ti comporti in modo freddo,poi compri il mio cibopreferito e ti comporti in modo così carino...che cosa devopensare? Mi ami o mi odi?"

Lui la strinse a sé e iniziò ad accarezzarle i capelli. Grace gli mise le braccia intorno ai fianchi e lo abbracciò, appoggiando il viso sul suopetto e bagnandogli la maglietta con le lacrime.

"Non ti odio, Gracie, tesoro. Nonpotrei mai odiarti."

"Ma non mi ami."

"Possiamo ricominciare dall'inizio la conversazione?possiamoparlare della fiducia?"

"Ok, la fiducia." Grace si asciugò gli occhi con le mani e appoggiò la schiena sulla sedia, allontanandosi da Jake.

"Già. Io mi fidavo di te e ora hoperso molta di quella fiducia. Non so sepotrai di nuovo nascondermi qualcosaperché avraipaura di farmi arrabbiare."

"Tiprometto che non lo faròpiù."

"Haipaura quando mi arrabbio? Io ti spavento?"

Lei annuì. "Ma nonpaura nel modo chepensi tu.paura che tupossa...smettere..." disse lei, sospirandoprofondamente, "Smettere di amarmi."

"Oh,piccola," le disse lui, avvicinandosi. "La rabbia non mi farebbe mai fare una cosa del genere. Sicuramente, mi sono arrabbiatoperché hai detto delle cose crudeli, ma quello che mi ha fatto arrabbiare davvero è stato che tu non ti sia fidata di me abbastanza da raccontarmi tuttoprima.poi, mi hai anche umiliato sui giornali. Hai detto a tutto il mondo...qualcosa che avresti dovuto dirmi inprivato."

"Ho sbagliato. Mi dispiace molto."

"Hai visto le nostre foto su *Celebs 'R Us*? E sui giornali?"

"Erano orribili. Mi dispiace molto, Jake. Non avevo idea...non lo farò maipiù."

"Nemmeno se quello che mi diraipotesse farmi arrabbiare?"

Lei rispose, con voce tremante. "Ciproverò. È difficileper me. Non sono brava con la rabbia."

Jake allungò il braccio e leprese la mano.

"Non mi diresti mai bugie su...un altro uomo, vero?"

"Non frequenterei mai nessun altro mentre sto con te. Mai. In nessun caso."

Lui fece un sospiro di sollievo. Quell'idea l'aveva tormentatoper tutta la settimana e non sapeva come chiederglielo. Quelleparole erano semplicemente uscite dalla sua bocca, come a Jake succedeva spesso. Solo che stavolta riuscì aparlare col cuore in mano, senza incasinare tutto. "E mi dispiace anche."

"Per cosa?"

"Per averti trattato così male...per averti fatto arrabbiare con me, tanto da...da...farti fare tutto questo."

Lui leporse il suo fazzoletto. Lei si asciugò il viso,poi mangiò unpezzetto del suo raviolo. "Ho avuto una reazione eccessiva."

"Me la sono meritata." Lui abbassò la testa. Grace gli accarezzò una guancia,poi gliela baciò. Lui colse l'opportunitàper sfiorarle le labbra con le sue.

"Forse dovremmo ricominciare. Abbiamoprecipitato le cose andando a vivere insieme."

"È stata una tua idea." Lei finì il suo raviolo.

"Lo so. Comunque,possiamo uscire insieme?" *Andiamo, Gracie. Non lasciarmi.*

Grace esitò. Fece un respiroprofondo e lo guardò direttamente negli occhi,prima di iniziare aparlare. "Non voglio stare senza di te. Ecco, l'ho detto. Ricominciamo a uscire, se questo cipermetterà di stare insieme."

Jake la strinse tra le braccia e le diede un bacio appassionato. "Ti amo, Gracie," sussurrò lui. "Voglio che stiamo insieme."

Il voltopallido di Grace arrossì leggermente e un sorriso le spuntò sulle labbra. "Potresti mettermi unpo' di gamberetti e di riso nelpiatto? Dopotutto, credo di avere unpo' di fame." Mangiarono in silenzio, guardandosi con desiderio mentre assaporavano quel cibo delizioso. Gracie sorrise. "Hai letto la recensione del tuo nuovo film?"

"La tua? Intendi quella di Appassionata di Film?"

"Già."

"L'ho letta. È magnifica. Grazie."

"Mi èpiaciuto molto il film. È laprima recensionepositiva che Tiffany abbia accettato dipubblicare. Aproposito, ho chiuso con Appassionata di Film."

"Bene." Lui finì di mangiare la zuppa agrodolce.

"Hai visto l'articolo che Tiffany hapubblicato su Gunther nella sezione del gossip?"

Lui scosse la testa.

"Eccolo. Ce l'hoproprio qui." Leiporse a Jake l'articolo ritagliato dalla rivista.

A un certoproduttore. Sappiamo quello che stai combinando.
Nonpotraipiù maltrattare nessuna ragazza. Altrimenti, rivel-
eremo la tua identità.proprio qui. Credimi, lo faremo. Tu sai
cheparliamo di te.

"Credi che questo lo fermerà?"

Lei alzò le spalle. "Non lo so. In ogni caso, non hopiù tempoper Appassionata di Film." disse lei,prendendo una forchettata di riso con i gamberetti. Lui sollevò le sopracciglia e la guardò in modo inquisitorio. Lei gli sorrise con un'espressione misteriosa. "Max Webster ha comprato il mio copione."

Jake ebbe un sussulto. "Davvero? Wow! Fantastico!"

"Mi manderà il contratto domani. Devo andare a Los Angelesper-parlarne. Dice che dobbiamo cambiare alcune cose e io devo esserepre-sente."

"Devi andare a Los Angeles? Quando?"

"Non lo so ancora. Tra qualche settimana. Nonprima di aver firma-to il contratto, ovviamente."

Il suo cuore fu sopraffatto dal dolore. "Credevo che avremmo avuto tempo."

"Ce l'abbiamo, ma non so quanto." Gracie finì il cibo che aveva nelpiatto.

Jake avevapreso la sua decisione. "Vieni a vivere con me."

"E la fiducia...andarcipiano e tutto il resto?"

"Pensavo di avere tutto il tempo del mondo. E ora che devipar-tire...ho la sensazione di non averne molto. Vogliopassare ogni istante con teprima che tuparta." Lui mandò giù l'ultimo gamberetto.

"Devopensarci."

"Per favore, Gracie." Lui le diede un bacio sulla mano. "Tu mi ami?"

"Certo che ti amo. Ti amo tantissimo, ma non voglio avere il cuore spezzato un'altra volta."

"Ti prometto che non ti spezzerò il cuore. Dimmi che verrai a vivere con me." Lui iniziò a baciarle il braccio fino alla spalla nuda, dove indugiò dolcemente. "Per favore. Stavamo così bene," sussurrò lui.

"Ok, ok. Mi hai convinta," mormorò lei, chiudendo gli occhi.

Jake la aiutò ad alzarsi dalla sedia e la coinvolse in un valzer tra le stanze del suopiccolo appartamento.poi la strinse tra le braccia e le accarezzò i capelli. "Il tuo copione diventerà un film magnifico."

"Grazieper averlo mandato a Max."

"È stata Susanna farlo."

"Prenditi il merito, Jake. Te lo meriti. E grazie ancheper avermi salvata da Gunther."

Lui la guardò negli occhi. "Che cosa?"

"Cara me l'ha detto."

"Avrebbe dovuto mantenere il segreto." Lui aggrottò la fronte.

"Non ci sono segreti tra sorelle. Inoltre...non abbiamo appena detto *niente segreti*?"

Lui scoppiò a ridere. "Credo di sì. Nonpotreipermettere a Gunther di rovinare la tua vitapiù di quanto abbia già fatto."

"Sei il migliore." Lei lo strinse a séper un intenso bacio, appoggiando le labbra sulle sue.

Dio, quanto la voglio! La sua libido sembrava impazzita mentre la stringeva tra le braccia ed esplorava conpassione la sua bocca.

"Indossi qualcosa sotto quel maglione?" le sussurrò all'orecchio.

"No."

Le sue labbra le accarezzarono la spalla nuda mentre le sue dita si stringevano intorno al suo seno.

"Gracie," sussurrò lui,perdendosi nel suo deliziosoprofumo di lillà, tra la sua morbidapelle. Lei gli si avvicinò e sospirò.

Capitolo Undici

A Grace girava la testa. *Il trasferimento a casa di Jake, il copione venduto, il ritorno a Los Angeles.*

La felicità le riempiva il cuore mentre l'eccitazione le dava i brividi lungo la schiena. Avrebbe ottenuto il suoposto nel mondo del cinema come sceneggiatrice e avrebbe avuto Jake al suo fianco. *Ma che cosa succederà quandopartirò?* Lei respinse quelpensiero negativo dalla sua mente. *Dopo tutta questa tristezza, ora voglio solo essere felice.* Rivolse la sua attenzione al bellissimo ragazzo che le stava mordicchiando la spalla e alle sensazioni che leprovocava.

Lei lasciò scivolare le dita sotto la sua maglietta e sulla suapelle liscia,premendole contro i suoi muscoli. Lui emise un lieve suono gutturale, facendola sorridere. *Gli è semprepiaciuto il mio tocco.* Appoggiandogli la mano sulla schiena, i suoi muscoli la fecero eccitare. *Averlo di nuovo sopra di meper amarmi. Questo è ilparadiso.*

"Gracie...vuoi..."

"Sì," rispose lei rapidamente, con tono deciso. Jake si allontanò da lei e si diresse verso il divano letto. In meno di due minuti, quello divenne ilposto in cui avrebbero fatto l'amore. Laportò fino al letto e,prima di distendersi, le tolse il maglione e lo lanciò su una sedia.

Con gli occhi incollati al suopetto, Jake si tolse la maglietta. Le sbottonò i jeans,poi sbottonò anche i suoi. Mettendole le mani sui fianchi, le tirò giù i jeans, scoprendo le sue mutandine di satin nero.

"Wow. Le avevo quasi dimenticate. Sei...stupenda." disse lui, osservando il suo corpo con uno sguardo famelico. Arrossendo all'improvviso, Grace si coprì ilpetto con le braccia.

Lui spalancò gli occhiper la sorpresa. "Sei diventata timida?"

"Togliti tutto, Mister," disse lei, indicando i suoi jeans. Jake si tolse i jeans e i boxer.

"Così va meglio," disse lei, con la bocca totalmente asciutta. Lei adorava guardare le sue formeperfette e la sola vista del suo corpo nudo le faceva battere il cuore all'impazzata. Lui la accarezzò fino al seno, quindi di nuovo verso il basso,perpoi stringerla tra le braccia. Le labbra di Jake cercavano le sue mentre lui inclinava la testaper approfondire il bacio. La sua bocca lapossedeva con un impeto e unapassione che lei non aveva mai visto. Il suo desiderio la fece sciogliere tra le sue braccia.

Stringendola a sé, fece scivolare una gamba tra le sue, facendola sussultare.

"Tutto bene?"

"Oh, Dio, sì, moltopiù che bene," sussurrò lei chiudendo gli occhi, mentre lui spingeva la gamba su di lei aumentando lapressione. Mettendole le mani dietro la schiena, le lasciò scivolare fino al suo sedere. Jake lo afferrò e lo strinse, facendole ribollire il sangue nelle vene alla vista della sua erezione. Lei ebbe un brivido mentrepremeva il seno contro il suopetto.

Lui la strinse tra le braccia, facendola adagiare sul letto. Si distese accanto a lei e iniziò a esplorare il suo corpo, iniziando dalle spalle eprocedendo verso il basso. Con la bocca, si soffermò sul suo seno,per baciarlo, succhiarlo e mordicchiarlo. Il suo vorace desiderio le tolse il respiro. Se avesse avuto bisogno di convincerla del suo amore, le sue azioniparlavano molto chiaro.

"Lo spettacolopiù bello del mondo," sussurrò lui, guardandola. Le aprì le gambe e si accovacciò tra di esse, abbassandosi sulle ginocchia. Gracie gli spostò i capelli dalla fronte con le dita,poi gliprese il viso tra le mani. Lei si sollevò, appoggiando le labbra sulle sueper un bacio carico di desiderio.

Voleva consumarlo,perdendosi totalmente nel suo corpo. Lui le strinse le cosce con le mani, stuzzicandole il clitoride con le dita. Lei si sentì sopraffatta dai brividi e dallapelle d'oca, mentre lui le baciava ilpetto, scendendo verso l'addome.

Prima che leipotesse dire qualcosa, lui le mise il viso tra le gambe. Alprimo tocco della sua lingua, lei inarcò la schiena emettendo un gemito. Lui sollevò la testa e i loro sguardi si incrociaronoper un attimo.poi, sorridendo, lui riprese a farleprovarepiacere, così intensamente che lei credette di essere sulpunto di svenire.

Abbandonandosi ai suoi sensi, lei allontanò dalla mente tutti i suoipensieri razionali. Riusciva solo apercepire l'eccitazione che cresceva dentro di lei...facendole contrarre i muscoli e facendoleperdere rapidamente il controllo.

Ogni tentativo diparlare si rivelò inutile mentre Grace chiudeva gli occhi, lasciandosi andare mentre il suo corpo fremeva dipassione. Abbandonandosi al desiderio come se avessepreso il volo su un tappeto volante, lei esplose in unpotente orgasmo, sentendo i fuochi d'artificio scoppiettare dentro di lei.pervasa da un senso di totale soddisfazione, finalmente si rilassò.

"Porca miseria," sussurrò chiudendo gli occhi, mentre Jake si allontanava da lei.

"Tutto bene?"

"Più che bene,più che magnifico,più che stupendo." Lei sollevò le sopracciglia e notò un enorme sorriso sul suo volto. "Fiero di te?" gli chiese.

Lui annuì, mentre apriva il cassetto del comodinoperprendere unpreservativo. Gracie strinse le dita intorno al suopene in erezione, che sembravapiù grande che mai ed era duro come il marmo. Spalancò gli occhi mentre lui apriva velocemente ilpreservativo, sedendosi sulle ancheper indossarlo.

"Girati." Lei corrugò la fronte incuriosita. "Qualcosa di diverso...per cominciare."

Lei si voltò e glipermise di autarla ad assumere laposizione giusta, sollevando il sedere. Voltando la testa di lato, riuscì a malapena a vederlo mentre si sollevava sulle ginocchia,prima di afferrarle i fianchi. Essendo già bagnata, lui riuscì a entrare dentro di lei velocemente e facilmente. Tirandola verso di sé, entrambi gemetteroper ilpiacere.

Grace si appoggiò con le bracciaper mantenere laposizione, mentre Jakepenetrava dentro di lei. "Oh, Dio, Gracie," gemette lui, spingendo semprepiù intensamente. Ancora una volta, il suo corpoprese il volo, sorprendolaper l'intensità della sua risposta.

Dopo qualche altra spinta energica, lei ebbe un altro orgasmo, gemendo sul cuscino.poi, all'improvviso, lui si fermò. "Voltati," le ordinò, e lei obbedì. Lui le sollevò le ginocchiaprima di entrare dentro di lei. Lei gli mise una gamba intorno alla vita e sollevò l'altra fino ad appoggiarla sulla sua spalla.

"Oh, mio Dio," sussurrò Jake, mentre entrava semprepiùprofondamente dentro di lei, muovendosi dentro e fuori di lei semprepiù intensamente e rapidamente. Lei glipassò le dita tra ipeli delpetto,prima di mettergli le mani sulle spalle. Gracie esaminò il suo viso, notando che lui era arrossito dalpetto fino al collo. Aveva gli occhi semichiusi, ma emanavano scintille di desiderio. Le labbra di Jake erano leggermente socchiuse. *Dio, è così bello sentirlo dentro di me! Soddisfa tutti i miei sensi.*

Non dovette guardarlo a lungoprima che lui venisse, con la fronte sudata, emettendo un lungo gemito dipassione, spingendo un'altra voltaprima di fermarsi. La sua espressione estasiata la fece sorridere.

"Oh, Gracie," sussurrò, crollando su di lei,portando i loro corpi sudati a stretto contatto. Lei glipassò le dita sulla schiena sudata e iniziò a baciargli lapelle, gustando il sapore salato dellapelle di Jake.

"Tutto bene, tesoro?" gli chiese.

"Mi haiportato inposti mai visti."

Jake si alzò e corse verso il bagno. Ritornò rapidamente e si distese al suo fianco, stringendola a sé. Lei appoggiò la testa sulla sua spalla.

"Tu sei un amante magnifico. È stato...come salire sulle montagne russe verso ilparadiso."

Lui scoppiò a ridere. "Sei davvero una brava scrittrice!" Lui le accarezzò dolcemente e teneramente ilpetto, fino alle anche, mentre, con l'indice dell'altra mano, disegnavapigramente dei cerchi intorno ai suoi capezzoli.

"Sei la donnapiù bella con cui io abbia fatto l'amore."

"Davvero? E il numero delle donne con cui l'hai fatto è...molto alto?"

Jake arrossì. "Oops. Sta zitto, Jake," disse lui.

"No, davvero. Sei stato tu a riprendere l'argomento. Quante?"

"Hoperso il conto..." Lui arrossì ancora dipiù, "Voglio dire, non ho tenuto il conto."

"Quante,più o meno?"

"Parecchie. Abbastanza da farmi capire quanto tu sia straordinaria."

"Essendo così timido, come hai fatto a conquistare tutte queste donne?"

"Le donne amano gli uomini timidi. Non si accorgono di noi epoi...zac! Si ritrovano nude." Lui ridacchiò. "Seriamente? Le donne sono attratte dagli uomini timidi. Farparte della compagnia di un teatro regionale...facilita la conoscenza di nuove donne. Come un bambino in un negozio di caramelle."

"Oh?" Lei aggrottò la fronte.

"Tu sei il migliore. Io non sono sicuramente all'altezza...con tutta la tua esperienza."

"All'altezza?pensi di non essere all'altezza?" disse lui, stupito. "Sei semplicemente spettacolare!" Lei gli diede un bacio sulle labbra,poi si accoccolò tra le sue braccia. "Ma bastapassare da un letto all'altro, ok?"

"Oh, ho smesso, tanto tempo fa."

"Sei cresciuto?" gli chiese lei, facendo scorrere un dito sul suopetto.

"Diciamo di sì. Troppe ragazze hanno un fratello muscoloso eprestante." Lui le diede un bacio sulla spalla.

"Faccio fatica a vederti come un seduttore."

"Nonostante il modo in cui ci hoprovato con te?"

"Beh, forse."

"Non ero un seduttore. Approfittavo solo di essere un attore. Mapoi è diventato noioso."

"E tu ti aspetti che io ti creda?" Lei gli appoggiò la mano sulpetto.

"Ora, l'unica donna che voglio nel mio letto sei tu." Lui si sporse e le diede un dolce bacio sulle labbra. *Musicaper le mie orecchie.* "Cercherò di renderti felice, abbastanza felice da non farti avere bisogno di nessun'altra," disse lei.

Amo questo ragazzo. "Questo è magnifico."

"Tu mi rendi moltopiù felice di quanto credessipossibile. Resta sempre con me." Lui le diede un bacio sulla testa.

Lei gli accarezzò la guancia. "Starò con te tutto il tempopossibile."

Si trattennero fino alle nove,poi Jake la accompagnò a casa di Cara aprendere le sue cose. Mentre Grace faceva le valigie, lui rimase aparlare con Cara e Grant.preparando le sue cose, Grace si rese conto che quello non era un normale trasferimento. Sarebbe statopermanente.

Prima, avrebbe vissuto con Jake,poi sarebbe tornata a Los Angeles a vivere nella casa che aveva condiviso con Cara. Cara sarebbe rimasta a New Yorkperproseguire la sua carriera a Broadway eper sposare Grant. Quando sarebbe ritornata nella West Coast?prima di allora, Grace avrebbeprobabilmente avuto una sua casa.

Pur vivendo a casa di Cara, la loro vita non sarebbepiù stata la stessa. Grace capì che era arrivato il momento di tagliare il cordone che la legava a sua sorella, o almeno di allentarlo. Sentendosipiù forte che mai, Gracie sapeva di esserepronta, ma non sapeva se lo fosse anche sua sorella. "Cara,possiamo andare aparlare in cucina?"

L'attrice si alzò inpiedi. Con un'espressione seria, lanciò un'occhiata a Grant,prima di raggiungere Gracie.

"Ti ho detto che Max Webster era interessato al mio copione."

"Ti ha fatto un'offerta?"

Lei annuì. "Deve mandarmi il contratto."

"Chiederò a Gordon Lesser di darci un'occhiata."

"Grazie, lo apprezzo molto."

"O forse a qualcuno dello studio di Grant. Accidenti, adesso che stiamo insieme, dovrò andarciper un avvocato che si occupa di diritto dello spettacolo." Lei si mordicchiò il labbro.

"Sto andando via, Cara."

"Lo so, Cucciolotta. Vai a vivere con Jake."

"Oltre a questo, Max mi ha detto che, tra unpaio di settimane, cominceranno delle riunioniper il mio copione e io dovrò stare a Los Angeles."

"Ok. Lo faraiper qualche settimana, mapoi tornerai a New York, giusto?"

Grace scosse la testa. "Nonpenso di tornare. Nonper unpo' di tempo."

"Quindi stai cercando di dirmi che...?"

"È arrivato il momento di separarci, Carol Anne."per quella conversazione intima erapiù appropriato usare il vero nome di sua sorella, non il suo nome d'arte. Cara abbassò lo sguardo e si mise a fissare le sue mani. Grace si accorse che lei sbatteva velocemente lepalpebre e capì che era sconvolta. "Doveva succedere,prima opoi."

"Questo non lo rendepiù semplice."

Grace le si avvicinò, accarezzando il braccio di Cara con la mano. "Tu hai la tua famiglia adesso. Questo è quello che hai sempre voluto...stare con Grant e Sarah."

"Ma nessunopuò sostituirti."

"E nessuno sostituirà te. È solo arrivato il momentoper me di cavarmela da sola. Ho fatto molti errori quest'anno. Devo recuperare. Questapotrebbe essere la mia unicapossibilità e io devo coglierla."

"Io non te lo impedirò mai, Cucciolotta. È solo che sei stata unaparte molto importante della mia vitaper tanto tempo...e io..."

"E tu lo sei stataper me. So che non lo faresti. Ora è arrivato il momento che io decida se affondare o nuotare. Nonpuoi tirarmi sempre fuori dai guai...come hai fatto con Gunther Quill..."

"Quel bastardo. Mi sono ritirata dal suo film."

"Cara! Non devi farloper causa mia!"

"Come farei a guardarlo negli occhi ogni giorno sapendo quello che ti ha fatto?"

"Non avresti dovuto farlo. Quel film era un'ottima opportunitàper te."

"Grant ne è entusiasta. Vorrà dire che resteròpiù a lungo a New York."

"È la tua carriera. Non voglio interferire..."

"Non l'hai fatto. È stata una mia decisione."

"Staròper unpo' nella casa di Los Angeles. Va beneper te?"

"Certo! È anche casa tua. Non saraipiù la mia segretaria?"

Grace accarezzò il braccio di sua sorella. "Non ti stopiantando in asso. Continuerò aprendermi cura della casa, delle tue finanze e di tutto il resto. Forse dovrai cercare qualcuno quiper aiutarti."

"Tu non sarai qui ad aiutarmi a organizzare il mio matrimonio!" Un'espressione dipanico comparve sul volto di Cara. "Ci saraiper il matrimonio?"

"Certo! Nonpotreiperdermelo! Spero di farti da damigella. Ti aiuterò a organizzarlo ilpiùpossibile da Los Angeles."

"Sì, sarai la mia damigella. La mia damigella d'onore. Il ricevimento sarà al Limoges..."

"Potrò lavorare con Jean Marc al telefono."

"Grazie, Cucciolotta." Cara abbracciò sua sorella.poi, fece crollare le sue difese, versando qualche lacrima. Grace gliele asciugò col dito.

"Ti voglio bene, Cara. Sei la migliore. Grazie di tutto."

"Buona fortuna, Cucciolotta. Sarò qui se avrai bisogno di me."

Le due sorelle si abbracciarono ancora una volta e Carol Anne fece un lieve sospiro. Quando si riprese, uscirono dalla cucina, camminando a braccetto.

"Seipronta?" le chiese Jake, alzandosi. Grace annuì. Grant si avvicinò a Graceper abbracciarla e augurarle buona fortuna. Jake diede un bacio sulla guancia a Cara e strinse la mano a Grant. Con Jake che trasportava le valigie, i due giovani innamorati ritornarono all'appartamento di Jakeper un nuovo inizio.

ALL'INIZIO, GRACE CAMMINAVAPER casa inpunta dipiedi, temendo di mettere qualcosa nelposto sbagliato o di lasciare le sue cose in giro.perpaura che, se avesse fatto qualcosa di sbagliato, Jake le avrebbe chiesto di andarsene. Tuttavia, ogni sera, lui le metteva un braccio intorno mentre tornavano a casa, organizzando la loro cena, tra sorrisi e risate. Grace non l'aveva mai visto così allegro.

Anche lei non smetteva mai di sorridere. Ipiccoliproblemi quotidiani non la infastidivano. Si erapersino dimenticata di Gunther Quill. *Questa è la vita alla quale sono destinata.*

Dopo due settimane, si muovevaper casa come se ci avesse sempre vissuto. Imparò rapidamente a muoversi in cucina e fece alcune modificheper adattarla al suo stile. Era lei a cucinare la maggiorparte delle volte, ma Jakepreparava ilpane tostatoper colazione nel suo giorno libero. Lavava ipiatti,passava l'aspirapolvere e cambiava le lenzuola. Gracepuliva il bagno.

Durante la giornata, lei lavorava sul suo nuovo copione, mentre lui frequentava le lezioni di canto e di ballo. "Devo esserepronto a tutto.potrebbero offrirmi di fare un musical." La nuova determinazione di Jake nel voler eccellere in tutti gli aspetti della sua arte la impressionava.

Dopo la recensionepositiva di Grace, lui ricevette una telefonata da Skip, che adesso era anche il suo agente,perché alcuniproduttori e registi avevano chiesto informazioni su di lui. Jake ricevette alcuni copioni da Skip e li condivise con Grace. Li lessero insieme, accoccolati sul divano come due cagnolini,perpoi confrontare le loro idee.

Il gelo dell'inverno iniziò apassare ad aprile, mentre i bucaneve bianchi e i crocus viola iniziavano coraggiosamente a sbocciare a New York. Graceportava Jake a Centralparkper delle lunghe camminate. I narcisi gialli erano giàpronti a sbocciare. Delle macchie di giallo riempivano di colore i campi recintati dove la forsizia, alcuni narcisi e le giunchiglie ricevevano abbastanza sole da sbocciare.

Lei loportava neiposti dove sbocciavano la maggiorparte dei fiori. Quei nuovi colori brillanti le davano gioia. Si tenevanoper mano e benpresto lui iniziò a condividere il suo entusiasmo nell'esplorare inprofondità Centralpark. Era diventato unposto dovepotevano stare da soli insieme alla natura, ascoltando il canto degli uccelli e scambiandosi il loro amore. Unposto lontano dagli occhi indiscreti dei giornalisti.

Lui laportòper unpranzo romantico al Boathouse, dove rimasero abbracciati a un tavolino accanto alla finestra, sorseggiando il loro caffè. Grace si mise la giacca di flanella sulle spalleper ripararsi dall'aria fresca chepenetrava dalle vecchie finestre.

"Adoro questoposto," disse Jake, guardandosi intorno.

"Il lago è bellissimo, anche quando fuori fa ancora freddo."

Lui intrecciò le dita con le sue. "Anche tu sei bellissima." Grace abbassò lo sguardo e sorrise. *È così dolce.* Rimasero seduti tenendosiper manoper un'altra mezz'ora,prima di tornare a casa.

Tuttavia, non tutti i giorni erano all'insegna dellepasseggiate al sole e della tenerezza e qualche volta litigavano.

"Dove hai messo il detersivoper il bucato?" le chiese lui, aggrottando la fronte.

"Qui," disse Gracie, aprendo laporta del ripostiglio e indicando un contenitore accanto al cesto della biancheria.

"Io lo tengo sempre nello stipetto in basso. L'ho cercato tutta la mattina! Adesso è troppo tardiper fare il bucatoprima di andare al teatro!"

"Accanto al cesto della biancheria hapiù senso che nello stipetto."

"Ma è lì che è sempre stato!"

"Se non vuoi che io stia qui, allora io..."

"Non ho *detto* che non voglio che tu stia qui. Ho detto che voglio che il detersivoper il bucato stia nello stipetto."

"Bene!" urlò Grace, sbattendo lo sportello dello stipetto dopo aver-posato il detersivo.

"Non sbatterlo.potrebbe rompersi!" rispondeva lui, urlando.

"Allora, chiudilo tu!" Lei si allontanò sbuffando. *A volte, vivere insieme fa davvero schifo.*

Le loro serate andavano sempre bene. Facevano l'amore quasi ogni sera.poi, si coricavano insieme e restavano abbracciati fino alleprime luci dell'alba. Al mattino, lei odiava alzarsi da quel comodo letto e allontanarsi dal corpo caldo del suo uomo. Jake era affettuoso e la abbracciava, la baciava e la toccava spesso. Lei si sentiva semprepr023più rilassata e sicura grazie al calore del suo amore.

Dopo aver firmato il contratto con Max Webster e aver assunto un revisoreper i copioni, la vitaparadisiaca di Grace stavaper finire. Era quasi arrivato il momento di andarsene. Lei esitò a dirlo a Jake e rimandò alla fine dello spettacolo. Il clima era ancorapiuttosto freddo a metà aprile. Stavano camminando mano nella mano verso casa, quando lei si rese conto che era arrivato il momento.

"Max ha trovato un revisoreper il mio copione."

"Oh?" Jake si fermò e si voltò verso di lei.

"Vogliono che vada lì tra una settimana."

"Devipartire?"

Lei annuì. "Sapevamo che questo giorno sarebbe arrivato."

"Lo so. Forse speravo solo che qualcosa facesse ritardare tutto."

"Ad esempio, non fare il film?"

"Non spererei mai una cosa del genere...magari un ritardo...qualcosa così. Una vana speranza." Lui si rattristò in volto.

"Odio dovermene andare." Grace distolse lo sguardo,per non fargli vedere i suoi occhi, luccicanti di lacrime. *Lui odia vederpiangere una donna.*

"Veramente?" Lui si fermò e lapreseper le braccia, obbligandola a guardarlo. Lei annuì, mentre l'emozione le bloccava leparole in gola.

Lui le sollevò la testa,per impedirle di distogliere lo sguardo. "Stai piangendo?"

"So che non sopporti di vederpiangere una donna."

"Già. Mi distrugge. Ma se vuoipiangere..."

Lei scosse la testa. "Sono felice che il mio sogno si avveri... Ma odio doverti stare lontana."

Lui sospirò. "Già."

Grace gli strinse le braccia intorno alla vita, appoggiando il viso sulla sua giacca, con le lacrime agli occhi. Un "Ti amo" sussurrato le sfuggì dalla bocca. Jake le mise le braccia intorno, stringendola a sé.

"Anch'io ti amo, Gracie." Lui le appoggiò il mento sulla testa.

"Ehi, amico,prendetevi una stanza!" esclamò un uomo,passando davanti a loro.

Jake ridacchiò. "Già. Noi abbiamo una stanza. Torniamo a casa". Si allontanò da lei e leprese la mano.

A casa? Mipiace questaparola. Lui leporse il suo fazzoletto mentreproseguivano lungo il viale.

Quando arrivarono davanti alpalazzo, lei si era asciugata le lacrime. Mentre salivano le scale inpietra rossa, Jake riprese l'argomento. "Per quanto tempo starai via?"

"Non lo so. Dobbiamo modificare il copione,poi fare il casting. Non so quanto dureranno le riprese...forse mesi."

"Mesi? Tipo due, quattro?posso aspettare.purché non si tratti di anni."

"Anni? Non se neparla!" Lei scosse la testa.

"Tu riuscirai ad aspettare, Gracie? Lavorerai con dei ragazzi. Un setpuò essere una vera tentazione."

"E tu lo sai molto bene, vero?"

Jake arrossì. "Non ho mai detto di essere un angelo."

"Non ci avrei creduto, se me l'avessi detto," ridacchiò lei.

"Oh?" Le strinse le braccia intorno alla vita, la spinse sul divano e si mise sopra di lei.poi, appoggiò la bocca sulle sue labbra,possedendola.

Lei si strinse a lui, fondendo il suo corpo con il suo. Quando lui si staccò per respirare, la guardò, con un'espressione inquisitoria, ardente di desiderio epreoccupata negli occhi.

"Che cosa c'è?"

"Quante notti mancanoprima che tuparta?" le domandò.

"Sette."

Lui si tolse la maglietta dalla testa. "Perché stiamoperdendo tempo?"passarono solopochi minutiprima che i due innamorati si spogliassero, ritrovandosi l'uno tra le braccia dell'altra. Grace allontanò dalla sua mente ipensieri dellapartenza e si concentrò su Jake. La felicitàprese il sopravvento nel suo cuore, mentre si lasciava travolgere dallapassione.

In cuor suo, la riconoscenzaper ciò che aveva lottava contro la sua avidità di volere dipiù. Cercava di essere grata, ma nonpoteva negare la sensazione di vuoto cheprovava quandopensava di allontanarsi da Jake. Ilprezzo che stavapagandoper realizzare il suo sogno era moltopesante per lei.

Grace cercò di tirarsi su, concentrandosi sulle cosepositive ilpiù spessopossibile, senza sembrare stupida opoco realista. I dubbi sulla sopravvivenza della loro relazione non abbandonavano mai la sua mente, nonostante lei si rifiutasse di ascoltarli e di rovinare i loro ultimi giorni insieme.

L'ultimo giorno, Grace cercò di rallentare unpo', di ricordarsi ogni istante, ognipensiero, ogniparola. Bobby l'avrebbe accompagnata all'aeroporto e Cara, Grant e Sarah erano venuti a salutarla. Jake rimase accanto a lei, mentre Bobby caricava i suoi bagagli nella limousine.

"Ricordati del nostropatto," le sussurrò lui.

"Fedeleper quattro mesi."

"Già, e dopo?"

"Se ti senti tentato, chiamami." Grace si avvicinò a lui.

"Certo. Va bene,piccola." lui la strinse tra le braccia.

Lei sollevò il mento e catturò la sua bocca in un bacio appassionato. Nonpassò molto tempoprima che Bobby e Grant iniziassero a lamentarsi, così i due innamorati si separarono.

"Ehi, ragazzi, sarà l'ultimoper unpo' di tempo."poi, tutti gli altri diedero un bacio a Grace, che scoppiò in lacrime quando Sarah iniziò apiangere.

Bobby aprì lo sportelloposteriore. "Se non sali in macchina epartiamo, qui si allagherà tutto," disse lui. Grace salì in auto e appoggiò la mano sul finestrino. Jake si avvicinò all'auto.

"Ti amo, Gracie. Non dimenticarlo mai!"

"Non lo farò." Bobby mise l'auto in moto e iniziarono apercorrere il viale, acquisendo velocità, diretti a nord della città. Gracie si voltò, guardando dalparabrezzaposteriore finché non li videpiù.provava una sensazione dipesantezza nelpetto.

"Se il destino lo vorrà, durerà, Gracie."

"Spero che tu abbia ragione." Il dolore cheprovava nel suo cuore si faceva sempreppiù forte. "Solo che adesso fa tremendamente male."

"Lo capisco. Anchepeg e io abbiamo dovuto separarci."

"Perché?"

"Io ero nell'esercito. Ma ce l'abbiamo fatta."

"Sono stati tempi difficili?"

"Non vedi che il cielo è azzurro?" ridacchiò lui. "Se vi amate..."

"Certo che ci amiamo. Almeno,penso di sì."

"Allora durerà."

"Perché fa così male?"

"Perché nonpuò esserci amore senza dolore," disse Bobby,proseguendo lungo l'autostrada.

Lei appoggiò la schiena sul sedile dipelle e osservò, senza guardare veramente, fuori dal finestrino. I ricordi dell'ultima settimana trascorsa con Jake le inondarono la mente. *Anche a Cara e Grant deve essere successo questo. Come hanno fatto? Se loro sono riusciti ad aspettare sette anni, iopotrò aspettare qualche mese.*

Quando raggiunsero l'aeroporto, Bobby consegnò il suo bagaglio al facchino, poi la abbracciò. "Buona fortuna, Grace. Questo è un mestiere difficile. Non permettere a nessuno di sopraffarti. Fatti sentire. E mantieni viva la fiamma dell'amore per Jake. Lui è un bravo ragazzo."

Lei annuì. "Ci proverò, Bobby. Grazie di tutto."

Quando lui si allontanò, un'ondata di solitudine travolse Gracie. Adesso, era veramente da sola. *Non è quello che volevo? Quello che avevo sempre desiderato? La mia opportunità? Riuscirò a farcela? Lo scoprirò.*

Sospirò profondamente e attraversò le porte, dirigendosi verso il suo gate.

Capitolo Dodici

G race aprì laporta ed entrò nell'enorme casa sulla Benedict Canyon
Drive. *Sembra che non sia cambiato niente, ma niente èpiù lo stesso.
Io non sono la stessa.* Lei sorrise trasportando i suoipesanti bagagli nella
sua stanza. *Cara mi ha riempita di vestiti nuoviper questa avventura. E
adesso, riesco a malapena a sollevare le valigie!*

Accese il riscaldamento dellapiscina,poiprese il cellulareper chiamare Jake. *Oops! Lui è sulpalcoscenico adesso!* Così, mise via il cellulare e
iniziò a disfare le valigie.poi, controllò la casa e chiamò il servizio di si-
curezzaper comunicare la suapresenza e dire loro che si sarebbe fermat-
aper unpo'.

Grace si tolse le scarpe ed entrò in cucinaper fare la lista della spesa.
Dopo aver controllato colpiede se l'acqua dellapiscina fosse abbastanza
calda, si tolse i vestiti e si tuffò. *Nuotare da sola. Contro tutte le regole di
Cara.posso farcela.*

Grace nuotòper venti minuti. Quando uscì dallapiscina, era talmente esausta che riuscì a malapena a raggiungere la doccia. Lavò via il
cloro dal suo corpo e si buttò a letto. Il sonno la travolse, allontanando
tutte lepreoccupazioni dalla sua mente.

Il mattino dopo, si svegliòpresto,pronta ad affrontare la giornata.
Indossò unpaio dipantaloni e una giacca di lino, con una camicetta di
seta turchese dalla scollatura ampia,poi si diresse verso laporta. Quando
mise in moto il SUV, le farfalle invasero il suo stomaco. *Laprima riu-
nioneper il mio copione! Sta succedendo davvero.* Inserì l'indirizzo dell'ufficio nel GPS, sospiròprofondamente epartì.

Al terzopiano di un basso edificio moderno,poco lontano dalla Hollywood Boulevard, una graziosa receptionist condusse Grace in un'elegante sala riunioni. Lepareti bianco sporco facevano risaltare l'enorme tavolo di mogano, intorno al quale erano disposte una dozzina di comode sedie girevoli. Un ordinario tappeto beige andava daparete aparete. Dei dipinti moderni dai colori vivaci rallegravano quella stanza fredda.

Le fu laprima ad arrivare, quindiprese una copia cartacea del suo copione, unapenna e un bloc-notes, lasciando il laptop nella sua custodia. Quando laporta si aprì, Grace vide un ragazzo, di circa ventisei anni, non molto alto, di bell'aspetto, con i capelli e gli occhi marroni.

Lui leporse la mano. "Ciao, sono George Carpenter. Max Webster mi ha assuntoper lavorare con te."

"Lui sta arrivando?"

"Si trova a New York. Di solito nonpartecipa alle riunioni sui copioni in questa fase, a meno che non ci sia unproblema."

Grace gli strinse la mano e sorrise. "Hai letto il copione?"

"Mi èpiaciuto molto. Ottima storia, ma bisogna lavorare unpo' sui dialoghi."

"Tutto qui?" Lei aggrottò la fronte.

"No, in realtà. Forse dovremo cambiare l'ordine di alcune scene...di solito, agli scrittori nonpiace conoscere tutte insieme le modifiche da fare al loro lavoro. Quindi, mipiace rivelarle apoco apoco."

Grace scoppiò a ridere. "Dimmi tutto subito, George. Riuscirò a sopportarlo."

Lui accese il computer e lavorarono insiemeper le tre ore successive. Grace cercò di ascoltarlo con la mente aperta. *Quante modifiche glipermetterò di fare e quanto mi imporròper non cambiare alcune cose?* George era gentile, ma insisteva su alcuni cambiamenti, e Grace si sentiva lo stomaco in subbuglio mentre cercava di capire come gestirlo. *Quando imporrò la mia volontà?*

A mezzogiorno, lui invitò Grace apranzo. "Andiamo. Offro io. Sei stata molto brava col copione. È ora di una ricompensa. Conosco un ottimo ristorantino dipesce a Long Beach. A tepiace ilpesce?"

Lei entrò nella sua Corvette e raggiunsero un caratteristico ristorante, L'insenatura delpescatore. Il capocameriere li accompagnò a un tavolo appartato in una sala vuota. Lanciò a George uno sguardo complice,prese la mancia di venti dollari e li lasciò da soli. Grace si sedette e fu sorpresa quando George si sedette accanto a lei.

"Max non mi aveva detto che eri così...carina," sussurrò lui, mentre il suo sguardo indugiava sul suopetto.

Grace aprì il suo tovagliolo, sentendosi un nodo allo stomaco.*per favore, Dio, non di nuovo.* Leiprese un menu. "Cosa c'è di buono qui? Sto morendo di fame."

"Che nepensi di bere qualcosaprima? Qui fanno un ottimo Cosmopolitan."

"Non bevo mentre lavoro. Tu lo fai?"

"Ehi, siamo a Los Angeles, qui lo fanno tutti."

"Non io." Lei si obbligò a leggere il menu. *Ottima mossa, Gracie. Niente alcolici.* Lei riusciva apercepire il calore della sua gamba, appoggiata contro la sua. Cercò di spostarsi dall'altraparte, ma si ritrovò stretta contro il muro. Fece un sospiroper farsi coraggio. "Ti dispiacerebbe spostarti unpo' a destra? Mi sento unpo' soffocare."

George aggrottò la fronte, ma si spostò di qualche centimetro, interrompendo il contatto fisico.

"L'insalata di gamberetti sembra divina. E da bere un tè freddo alla menta."

"Tè alla menta? Veramente?"

Lei annuì. Il cameriere si avvicinò e George ordinò quello che avevano scelto. Luiprese un Cosmopolitan e una bistecca. Le bevande arrivarono rapidamente.

Gracepregò in silenzio che anche il cibo arrivassepresto.

"Parlami di te, Grace. Sei la sorella di Cara Brewster, vero?"

"Proprio così. Non c'è molto da dire. Questo è il mioprimo copione."

"Me ne sono accorto," ridacchiò George.

Grace arrossì al suo commento. "Sono una che lavora sodo e che segue bene le istruzioni."

"Èproprio quello che mi ha detto Gunther."

Sentendo il nome di Gunther Quill, lei si irrigidì.*perché ha nominato Gunther? Non sarà lui aprodurre il mio film.* Grace bevve un sorso del suo tèperprendere tempo, mentre cercava di capire cosa fare. *Arriva alpunto.* "Gunther Quill?" gli domandò.

"Lui dice di conoscerti...piuttosto bene."

"Ci siamo conosciuti."

George scoppiò a ridere e il battito di Grace aumentò all'impazzata, mentre le si contorceva lo stomaco. *Oh, mio Dio! Gunther gli ha detto tutto!* Sentendosi le lacrime agli occhi, era comunque determinata a non cedere. *Nonpiangere. Cresci unpo'!*

"Hai mai collaborato a un copioneprima?" Lei scosse la testa. "Beh, queste collaborazioniprocedono molto meglio e il risultato finale sarà migliore se lepersone che collaborano...ehm...collaborano anche in modopiù...personale."

Merda! Ci staprovando con me! Maledizione, Gunther Quill! Che bastardo! "Come?" Lei aggrottò la fronte e finse un'espressione innocente.

"Sei molto bella, Grace.potremmo divertirci molto mentre lavoriamo su questo copione, se solo tu..." Il cameriere comparve con i loropiatti, interrompendo George.

Sentendosi ribollire dalla rabbia, Gracepensò di esplodere,proprio lì al ristorante. Con un'espressione seria, cercò di sorridere al cameriere, ma non ci riuscì. *Mantieni la calma. Non uccidere George. Fatti valere.*

Sei tu la sceneggiatrice. L'insalata aveva un ottimo aspetto, ma il suo appetito era svanito. "Se mi stai suggerendo di venire a letto con teper completare il copione, dimenticatelo. Mai. Non se neparla."

"Sono deluso. Gunther mi ha detto —"

"Non mi importa quello che ti ha detto Gunther. È un bugiardo. Sono fidanzata e, anche se non lo fossi, non andrei mai a letto con un collegaper completare un lavoro. Non sono unaputtana, George, e mi dispiace che tu l'abbia insinuato."

George alzò le mani davanti a lei. "Beh, scusami! Mi dispiace. Gunther mi ha detto che tu sei una che...ci sta, una con cui...divertirsi. Immagino di essermi sbagliato."

"Decisamente." La fame ebbe il sopravvento sulla sua ira. Un sorriso di soddisfazione le spuntò sulle labbra.per nascondere la sua soddisfazione, Grace si buttò sull'insalata di gamberetti. *Ahah! Mi sono fatta sentire! Beccati questa, brutto stronzo!*

Mangiarono in silenzioper unpo'. "Se cambierai idea..." iniziò a dire lui, tagliando la sua bistecca.

"Cosa direbbe Max Webster se sapesse che ci haiprovato con me?"

"Suppongo che Max sia un tipo sofisticato che sa come vanno queste cose —"

"Max è un devotopadre di famiglia.pensoproprio che questo non glipiacerà."

Lui impallidì notevolmente. "Non hai intenzione di dirglielo, vero?"

"Dammi una buona ragione..."

"Ho bisogno di questo lavoro."

"Davvero? E io ho bisogno di un ottimo copione. Se sei arrivato dove sei andando a letto con qualcuno, forse non sei in grado di farlo."

"Oh, lo sono. Sono bravo. Sono molto bravo. Hai visto la lista dei miei meriti?"

"Forse Max avrebbe dovutopermettermi di farti un colloquioprima di assumerti. Dovrei dirgli che non fai al caso mio." Lei lo guardò.

Lui iniziò a sudare. "Per favore, mi dispiace. Non lo faròpiù."

"E cerca di smetterla di diffondere questi bruttipettegolezzi su di me, come ha fatto Gunther Quill."

"Lo farò. Te lo prometto. Terrò le labbra sigillate. per favore, non farmi licenziare."

"Lo dirà il tempo. Dovrai impegnarti molto, George. O ti farò sostituire!" Lei schioccò le dita.

Finirono di pranzare quasi senza parlare e ritornarono in sala riunioni. Trascorsero il resto della giornata leggendo a voce alta, discutendo, litigando e risistemando alcune scene. Lui non parlò più di 'collaborazioni sessuali'. George era tutto concentrato sul lavoro.

Quando Grace tornò a casa con una busta della spesa, si tolse le scarpe e si versò un bicchiere di vino. Sedendosi a bordo piscina, controllò l'orologio. *Maledizione! Sono le otto a New York. Il sipario si è già alzato.*

Dopo cena, leggendo l'ultimo numero di *Celebs 'R Us* e l'*LA Times,* guardò l'orologio. *Sono le undici a New York!* Digitò il numero di Jake e si distese sul divano.

Grace raccontò a Jake tutto di George.

"Gli hai detto di *no*, vero?"

"Certo! Come ti viene in mente di chiedermelo?" sbottò lei.

"Volevo solo essere sicuro."

"Sai che ti sono fedele. Inoltre, non faccio queste cose. E George non è sicuramente il mio tipo...maledetto bastardo."

"Se fossi stato lì, l'avrei preso a pugni. Bastardo. provarci con la mia ragazza." Lei sentì la rabbia nella sua voce.

"L'ho messo a posto. Durante il pomeriggio, ha pensato solo al lavoro."

"Sono fiero di te."

Un ampio sorriso le illuminò il volto. "Davvero?"

"Ti stai facendo valere, come dovresti."

"Com'è andato lo spettacolo?"

"Bene. Ottimo pubblico stasera. Hanno colto tutte le battute. Che cosa indossi?"

Lei si spogliò rapidamente. "Ehm...niente?"

"Davvero?"

"Già." Lei gli sentì trattenere il respiroper un attimo.

"Riesco a immaginarlo. Cavolo, già. Riesco a vederti."

"E tu?"

"I boxer."

"Togliteli."

"Subito, capitano." Lei gli sentì mettere giù il telefono. "Adesso sono nudo."

"Perfetto.proprio comepiace a me."

"Ehi, questo dovrei dirlo io."

Grace scoppiò a ridere.

"Vorrei che fossi qui, Gracie. Mi manchi tantissimo."

"Anche tu mi manchi."

"Lavora sodo. Finisci il tuo copione torna a casa da me."

Casa, il modo in cui lo dice è così bello. "Lo farò," sussurrò lei. "Ti amo, Jake."

"Io dipiù," disse lui. Si mandarono un bacio attraverso la cornetta e riagganciarono.

Grace sospirò, con il cuorepieno di dolore. "Lavorare sodo? Lo farò, Jake. Lo farò." si trascinò in camera da letto e scivolò sotto le coperte. Il sonno la colse rapidamente.

UNA VOLTA CONCLUSO il divorzio di Grant, Cara stabilì la data del loro matrimonio.prenotaronoper il 15 giugno al Limoges. Graceparlava tutti i giorni al telefono con Caraper discutere del menu, della lista degli invitati e di cosa avrebbe indossato. Le due sorelleparlavano così spesso che a volte Grace faceva fatica a concentrarsi sul suo copione. Ma George lavorò sodo e insieme riuscirono apresentare un ottimo copione, che Max approvòprima della fine di maggio.

Pronta a chiamare Jakeper dirgli che sarebbe tornatapresto, le squillò il telefono. Lei guardò lo schermo e vide il nome di Max Webster.

"Ciao, Max. Come va?"

"Ottimo lavoro con George sul copione. Ci sono ancora unpaio di modifiche da fare, mapossiamo lavorarci con il regista."

"Perfetto.posso tornare a New York adesso?"

"Non ancora. Verrò lìper il casting. Vorremmo che tupartecipassi, Grace."

"Quanto tempo ci vorrà?"

"Al massimo unpaio di mesi. Se saremo fortunati. Le trattative e laprogrammazionepossono essere complicati."

Grace sospirò.

"Qualcosa non va, Gracie?"

"Pensavo di ritornare in città.per vedere Jake, Cara..."

"Ti daremo unpo' di tempo liberoper il matrimonio di Cara. Non è sufficiente?"

"Suppongo di sì."

"Non vuoipartecipare ai casting?" Leipercepì una nota di irritazione nella sua voce.

"Certo, certo che voglio, Max. Questo vieneprima di tutto. Lo capisco."

"Bene. Non dimenticarlo."

"Non lo farò. Quanto tempo libero avròper il matrimonio?"

"Credo che due settimane dovrebbero bastare."

"Quindi, quandopotròpartire?"

"Mmm...ti hoprenotato un volo alle tre di oggipomeriggio. Sono le undici adesso, farai meglio a sbrigarti."

"Max! Sei un tesoro! Grazie!" Lei lo sentì ridacchiareprima di riagganciare. Non c'era tempoper chiamare Jake. *Gli farò una sorpresa!* Ridendo, mise velocemente i vestiti nella valigia. *Cara sarà contenta?*

Il volo sembrò durarepiù del solito. Grace si agitava sulla suapoltrona, incapace di stare ferma. Max le avevaprenotato unposto inprima classe. *Meglio che non mi ci abitui.* Bevve unpo' di champagne, invece di fare unpisolino. Cruciverba, libri, riviste, giornali — non rius-

civa a concentrarsi su qualcosa a lungo. Goddard Towns, un famoso attore caratterista, era seduto accanto a lei e le sue chiacchiere la tennero
impegnata fino all'atterraggio.

Grace controllò il suo orologio. *Sono le dodici meno un quarto.*
Tornerò subito a casa. Grace si mise la mano in tasca mentre il tas-
sistapercorreva le autostrade di New York City verso l'Upper West
Side. Trovò la sua chiave e appoggiò la schiena sul sedile, sorridendo
e guardando il cielo illuminarsi, mentre la vita notturna della città si
risvegliava. *Jake ne sarà molto sorpreso!*

Dopo essere entrata nelpalazzo, Grace trascinò il suo bagaglioper le
scale, con l'eccitazione che le scorreva nelle vene. *Appena in tempoper*
andare a letto! Ridacchiando a quell'idea, continuò a salire, gradino
dopo gradino,piano dopopiano. Aveva dimenticato quanto tempo ci
volesse ad arrivare al terzopiano. Inserì la chiave nella serratura e la girò.

Aprendo laporta, vide qualcosa che non si sarebbe mai aspettata —
una formosa brunetta che teneva le braccia intorno al collo di Jake.

"CHE CAVOLO STA SUCCEDENDO?" Grace fece cadere la sua
borsa.

"Grace! Che cosa ci fai qui?"

"Sono venuta a trovarti. Ma vedo che sei impegnato." Lei si voltòper
andarsene, ma Jake si liberò dalle braccia di quella ragazza, le afferrò il
braccio e la fece voltare. La tirò verso di sé e la abbracciò forte. Leiprovò
a respingerlo, ma lui non la lasciava andare.

"Gracie, tesoro, sono davvero felice di vederti."

Lei si irrigidì. "Chi è questa?"

"Sono Traci. Ci conosciamo da tanto tempo."

"Chi?" Quando Jake allentò lapresa, Grace fece unpasso indietro e
lanciò un'occhiata ostile alla ragazza.

"Traci è la mia ex ragazza."

"Quella che ti ha spezzato il cuore? Quella che ti ha scaricato?"

Jake arrossì e annuì.

"Oops. Mi dispiace. Immagino che non avrei dovuto dire la verità." disse Traci.

"Posso spiegarti," iniziò a dire Jake.

Grace lanciò un'occhiataccia a Traci. "Che cosa ci fai qui e da quanto tempo sei qui?"

"Sono appena arrivata. Davvero..."

"Lo spettacolo è finito alle dieci e mezza, Gracie..."

"Lo so, va avanti," ribatté lei.

"Sono venuta a trovare Jakeperché...beh, forse sono stata frettolosa. Voglio dire, forse ho fatto un errore." Traci giocherellava con l'orlo della sua camicia.

"Volevi tornare con lui?"

"Sì." rispose lei, abbassando lo sguardo.

"E lui che cosa ha detto?"

"Io."

"Shhhh...lascia che me lo dica lei!" Grace gli mise un dito sulle labbra.

"Mi haparlato di te e mi ha detto di non essere interessato.poi mi ha detto alcune cose spiacevoli...mi ha accusata di...beh, di essere ritornataperché adesso è famoso...e Jared è senza lavoro. Ma non è vero."

"Non è vero?" Lei guardò l'intrusa aggrottando la fronte.

"Sinceramente, Gracie, è quello che ho detto..."

"Nessunproblema, Jake. Ti credo. Voglio dire, non le credo quando dice di non essere tornataperché tu sei diventato famoso. È esattamente questo il motivoper cui è tornata."

Uno sguardo imbronciato e ostile spuntò sul viso di Traci. "E tu chi diavolo seiperparlarmi in questo modo?"

"Sono la donna che ama Jake."

"Oh?" Lei spalancò gli occhi guardando Grace. "Allora,perché lui era da solo quando sono arrivata?" chiese lei, mettendosi la mano sul fianco.

"Perché io ero in California. Io mi fido di Jake." *Buon Dio, mi fido ancora di lui, vero?*

"Grosso errore."

"Abbiamo fatto unpatto."

"Tesoro, non essere ingenua. Lui è un uomo e gli uomini tradiscono. Seiproprio una stupida." borbottò lei.

"Chi sta con Jake adesso? Tu o io?"

"E con chi è andato a letto lui mentre tu non c'eri?"

"Con nessuno," intervenne Jake. "Grace e ioparliamo ogni sera. Lei sa che non la tradirei mai."

"Tu l'hai avuto e l'hai scaricato.peggioper te. Credo che tu debba andartene adesso," disse Grace, tenendo laporta aperta. Traci lanciò uno sguardo implorante a Jake, ma ricevette in cambio solo una fredda occhiata.

"Vattene, Traci," disse lui.

"Addio, Jake. È stato divertente."

"Addio. Buona fortuna."

Lei si fermòper dare un bacio a Jake mentre usciva.

"Quella non è una donna, e una tigre." Traci si voltò e si incamminò lungo il corridoio, con i tacchi alti che ticchettavano a ritmo di salsa sul pavimento di marmo.

"Tu mi credi, vero, Grace?" Lui aggrottò la fronte.

"Raccontami tutto...senza tralasciare nessun dettaglio," disse lei, tuffandosi sul divano. Jake versò un bicchiere di vinoper entrambi,poi la raggiunse e le raccontò di quella visita inaspettata dal suopassato.

"Mi credi, vero?"

"Certo che ti credo." Lei lo guardò. Con i capelli che gli scendevano sulla fronte e un'espressionepreoccupata che oscurava i suoi occhi sembravapiù bello che mai. Laprese tra le braccia e le diede un bacio lungo e appassionato.

"Sei quiper restare?" le chiese, abbracciandola.

"No. Ci saranno altri incontriper il casting. Sarò molto impegnata."
Grace si accoccolò tra le sue braccia.

"Per quanto tempo resterai?"

"Fino al matrimonio...per due settimane." *Dio, quanto è bellopoterlo toccare di nuovo!*

"Mi accontenterò. Starai qui con me, vero?"

"Se vuoi..."

"C'è bisogno di chiedermelo?" Lui le accarezzò i capelli.

Un altro bacio riscaldò i due innamorati, che iniziarono a spogliarsi a vicenda,prima lentamente,poi freneticamente, mentre si lasciavano travolgere dallapassione. Jake ebbe a malapena il tempo di tirare fuori il letto,prima che i loro movimenti facessero cigolare le molle.

Dopo aver fatto l'amore, Graceprese il suo telefono. "Devo chiamare Cara." Jake le strinse ilpolso, fermandolaprima che leiprendesse il cellulare.

"Non stasera. Domani. Stasera ti voglio tuttaper me." Lui iniziò a baciarle il collo.

"Seproprio insisti..."

"Insisto. Vieni qui." Lui tirò giù le coperte e si mise a letto,prima di chiederle di raggiungerlo. Grace si distese accanto a lui, appoggiandogli la testa e la mano sulpetto. *Ilparadiso.*

"Mi sei mancato," sussurrò lei.

"Anche tu. Mi dispiaceper Traci."

"Nonpensarcipiù."

"Solo noi due."

"Solo noi due." Un sospiro di soddisfazione le sfuggì dalle labbra.

Jake spense la luce e si abbandonarono al sonno, stretti l'uno tra le braccia dell'altra.

Capitolo Tredici

Il giorno del matrimonio, Cara era un fascio di nervi. Non faceva chepasseggiare su e giùper l'appartamento. Grant era andato a dormire in albergo la seraprima. Grace cercava di calmarsi.

"Ho una lista, Carol Anne. È tutto aposto. Orapuoi rilassarti."

"Rilassarmi? Rilassarmi, dici? Non credoproprio." Cara continuò apasseggiare.

"È tuttopronto. Il sole splende. Il cibo sarà buonissimo. I musicisti sono i migliori. Adesso, devi solo vestirti."

"Adesso?"

"È l'unica cosa che resta da fare. Dobbiamo solo vestirci. E Jake staper arrivare." Graceprese sua sorellaper mano e laportò in camera da letto.

Prese il vestito bianco dall'armadio e tolse la busta diplastica che lo avvolgeva. Il tubino dritto, senza maniche e lungo fino al ginocchio, di taffetà di seta bianca, con una sovrapposizione di chiffon di seta bianca, sembrava bellissimo anche appeso alla gruccia. L'ampia scollatura era adornata da una fila di ruches. Grace tenne il vestito mentre Cara si toglieva la vestaglia,prima di indossarlo.

"Lascia che ti alzi la cerniera." Grace tirò su la cerniera di sua sorella fino a metà schiena,poi chiuse il gancetto. "Darai a Grantparecchio filo da torcere quando te lo dovrà togliere."

"Cerniere e gancetti non l'hanno mai fermato," ridacchiò Cara.

Grace mise ilpiccolo cerchietto adornato con gardenie fresche eperline tra i capelli di sua sorella e tirò giù il corto velo. "Oh, mio Dio, Cara!"

"Che cosa c'è? Qualcosa non va?"

"Sei meravigliosa!" esclamò Grace, con gli occhi lucidi. "Se solo mamma fosse qui!" Le due sorelle si buttarono sul letto.per quanto ciprovassero, non riuscirono a trattenere le lacrime e se ne lasciarono sfuggire qualcuna. Gracieporse un fazzolettino a sua sorella e neprese uno ancheper sé.

"Cucciolotta, anche tu sei bellissima", ribatté Cara, osservando l'abito di seta turchese stile impero che arrivava alle ginocchia di Grace. Anche il suo era senza maniche e aveva una scollatura quadrata con un bordo di merletto.

Grace mise il girocollo diperle di sua madre intorno al collo di Cara. La sposa si mise una giarrettiera blu intorno alla coscia. "Credo di esserepronta", disse, mentre suonava il campanello. "Devono essere Jake e Bobby."

Jake rimase a bocca aperta quando vide le due sorelle Brewster. "Wow, voi due siete...meravigliose. Incredibili."

Loro gli sorrisero. Jakeporse un braccio a ognuna delle due ragazze e uscirono dall'appartamento. Grant era già andato aprendere Sarah, che avrebbe fatto da damigella, indossando un vestito identico a quello di Grace. Jake indossava il suo smoking,perché sarebbe stato lui ad accompagnare la sposa all'altare.

Bobby li accompagnò ilpiù vicinopossibile al Limoges,parcheggiò l'auto e li raggiunse, dato che anche lui epeg erano stati invitati al matrimonio. Grace si avvicinò a Cara e le sussurrò "Finalmente conosceremo la moglie di Bobby!"

Jean Marc li accolse davanti allaporta. "Tutti gli ospiti sono arrivati e stanno sorseggiando dello champagne. Ce ne sono settantacinque, *non?*"

"*Oui*, settantacinque. Grazie," disse Cara, facendogli quel sorriso brillante che illuminava gli schermi di tutto ilpaese.

Lui li accompagnò alla sala che il Limoges riservavaper le festeprivate. C'erano trepareti in vetro che davano sui giardini di Centralpark.

Vasi di gerani colorati erano stati disposti all'esterno e diverse composizioni di rose, tulipani e gipsofila erano disposte all'interno. Erano bellissimi e avevano unprofumo divino.

Jean Marcportò un flute di champagne a Cara, Grace e Jake. Bobby aveva raggiunto sua moglie e gli altri ospiti. A Cara tremavano le mani mentre beveva il suo drink.

"Nonpuoi essere nervosa di sposare Grant!" Grace era sorpresa della reazione di sua sorella.

"Non sono nervosa di sposare Grant. Sono nervosaper la cerimonia. Un matrimonio è come uno spettacolo. Cosa succede se qualcosa va storto? Non c'è un regista chepossa risolvere iproblemi."

"Sono io la regista. Se qualcosa andrà storto, me ne occuperò io. Te loprometto."

"Come farei senza di te, Cucciolotta?"

"Dovresti smetterla di chiamarmi in quel modo. Adesso sono una sceneggiatriceprofessionista."

All'improvviso, videro alcuni flash. Cara avevapermesso a Tiffany Cowles e a uno dei suoi fotografi dipartecipare al matrimonio, ma il fotografo avrebbe dovuto andarseneprima dell'inizio della cerimonia. Jean Marc interruppe la loro conversazione,porgendo un bouquet a ognuna delle due sorelle — fiori rosaper Cara, bianchiper Grace.

"Sono arrivati tutti. Siamoprontiper cominciare."

Le note delle "Quattro stagioni" di Vivaldi raggiunsero le loro orecchie, mentre Sarah e Jane Hollings, l'altra damigella, si univano a loro.

"Andiamo," disse la bambina. Jean Marc accompagnò Sarah e Grace fino all'altare. Jakeporse il braccio a Cara.

"Nervosa?" le chiese.

"Terribilmente!" sussurrò lei, appoggiando la mano sul suo braccio.

"Ma è come se fosse un altro spettacolo." Lui appoggiò la mano sulla sua.

"Solo che stavolta èper il resto della mia vita."

"Dubiti che Grant sia lapersona giusta?perché tratterrò tutti mentre fuggirai, se è quello che vuoi."

"Sei molto dolce." Lei gli accarezzò il viso. "No, Grant è lapersona giusta."

"Allora, non essere nervosa. Sii felice."

Lei fece un ampio sorriso. "Hai ragione." Lei sospiròprofondamente, strinse la mano intorno al braccio di Jake e sollevò la schiena.

"Seipronta?" le chiese.

"Pronta," sospirò lei.

Jake fece un cenno a Jean Marc e ilpianista iniziò a suonare la marcia nuziale di Mendelssohn. Cara e Jakeprocedettero lentamente lungo il sentiero fino all'altare. Grace notò che Grant e sua sorella si guardavano. Lui sorrideva, con gli occhi spalancati. Gary Lawrence, il compagno di Jane Hollings, era il testimone dello sposo. Grace riuscì a malapena a trattenere le sue lacrime di gioia, notando la felicità sul volto di Cara. *Forse un giorno anch'io avrò tutto questo.*

La cerimonia e il ricevimentopassarono molto velocementeper Grace. Jean Marc continuava a riempirle il bicchiere di champagne e leiperse la cognizione del tempo. Il quartetto d'archi stava suonando e Cara e Grant erano sullapista da ballo. Jake ballava con Sarah e Gary con Jane.

Grace si appoggiò contro il muro. Una donna le si avvicinò all'improvviso.

"È bello conoscere finalmente Appasionata di Film," disse Tiffany Cowles.

Grace si voltò bruscamente. "Tiffany?" La donna annuì. "Piacere di conoscerti. Grazieper averpubblicato la recensione del film di Jake eper aver cercato di fermare Gunther Quill."

"Non hai bisogno di ringraziarmi. Non volevo rovinarti la vita, volevo solo una storia interessante."

Alla fine del ballo, Tiffany ritornò da suo marito. Jake si avvicinò a Grace. "Ti ho cercata dappertutto." Lui leprese la mano.

"Mi concedi ilprossimo ballo?"

"Max Webster è qui."

"Certo. Adoro Max."

"È stato lui a darmi la notizia. Grazie mille. Sei stupenda," disse Jake.

Grace arrossì. "Non so di cosa tu stiaparlando." Lei abbassò lo sguardo.

"Tutta la verità, ricordi?" Lui le sollevò il mento con un dito e i loro sguardi si incrociarono.

"Ok, ok, lo so. Ne sei felice?" Lei si mordicchiò il labbro.

"Di avere unaparte nel tuo film...vuoi scherzare?"

"Seiperfettoper quel ruolo. Credi che Max ti concederà di allontanartiper unpo' da Broadway?"

"Siamo in trattativa. Lui scherza dicendo di dover negoziare con sé stesso!"

Lei scoppiò a ridere. "Mi ha detto di sentirsi sollevato di aver già trovato uno dei membri del cast."

"Così,potremo stare insieme," disse Jake. "Vieni con me." Laportò fino a unaporticina laterale che conduceva a un'alcova segreta nel giardino. La fece accomodare su unapanchina bianca in ferro battuto. Sentiva il metallo freddo a contatto con le sue gambe, ma l'espressione sul viso di Jake era molto calorosa. Lui mise la mano in tasca e tirò fuori una scatolina di velluto nero.

Lei si mise la mano davanti alla bocca. *Non è quello chepenso, vero?*

Jake si inginocchiò e la apri, rivelando un diamante di tre carati di taglio rotondo. "Gracie, ti amo con tutto il mio cuore. Vuoi sposarmi?"

Le lacrime iniziarono a scenderle sulle guance. Con un rapido movimento, Jakeprese il suo fazzoletto e lo mise tra le mani di Grace. Lei si asciugò le guanceprima che le lacrimepotessero macchiarle il vestito.

"Accidenti, non credevo che chiederti di sposarmi ti avrebbe fattapiangere." Jake si sentiva mortificato.

"Sì."

"Cosa?" Lui la guardò.

"Ho detto *sì*. Non è quello che volevi sentire?"

"Vuoi dire che mi sposerai?"

"Sì. Quante volte devo dirtelo?"

Jake fece un salto e strinse Gracie tra le braccia.poi, i due innamorati si baciarono appassionatamente.

ALL'INTERNO DEL RISTORANTE, Cara stava cercando sua sorella.

"G, hai visto Gracie?"

Lui siportò un dito alle labbra e leprese la mano.portandola dall'altraparte della stanza, indicò la giovane coppia nel giardino, intenta ad abbracciarsi con amore. I due sposini si fermarono, con i bicchieri di champagne in mano, a guardare i due giovani innamorati.

"Farò meglio a mangiare con attenzione," sussurrò Cara, sorridendo.

"Perché?" le chiese Grant.

"Credo che qualcun altro userà moltopresto questo vestito."

Epilogo

Su un aereo diretto a Los Angeles

Quando Gracie scoprì che la sua amica si trovava sullo stesso volo, pregò la hostess di farle sedere accanto. Il volo non era molto pieno, quindi c'era un posto vuoto accanto a Gracie e la hostess diede loro il permesso. Volavano in prima classe.

Quando il segnale delle cinture di sicurezza si spense, iniziarono a servire lo champagne.

"Perché torni a Los Angeles così presto?" domandò Gracie.

Dorrie le rispose con entusiasmo. "Sono stata assunta per fare le coreografie di un nuovo film. Il produttore mi ha pagato il volo in prima classe. Io non potevo permettermelo."

Grace spalancò gli occhi.

"Già! Stanno facendo un film tratto da *Hustle and Dance*, il musical di Broadway. Nel cast ci sarà anche Chaz Duncan."

"È grandioso!"

"Se il film avrà successo, faranno una miniserie e poi una serie tv."

"Wow! Guadagnerai un mucchio di soldi. Non sapevo che ti occupassi di coreografie."

"Ho iniziato dopo essermi rotta la caviglia. Ho dovuto dire addio alla mia carriera da ballerina."

"Qualcosa di positivo in una situazione terribile."

Dorrie annuì, poi furono interrotte per ordinare la loro cena. Entrambe le ragazze ordinarono i cordon bleu di pollo.

"Tremendo dover rinunciare alla propria carriera in quel modo."

214

"Stavo diventando famosa, avevo un ottimo ruolo in un film e il mio fidanzato era ilproduttore. Stavo vivendo il mio sogno."

"Epoi, che cosa è successo?" le chiese Grace.

"Ho dovuto smettere di ballare. La miaparte nel mio secondo film è stata assegnata a qualcun altro e anche il mio fidanzato mi ha lasciata. È ironico, mi sono rotta la caviglia cadendo dalle scale della sua casa sulla spiaggia."

"Oh, mio Dio! Che bastardo!"

"Già. Mi manca la danza. Faccio lezioni di danza e di yogaper fare quello che amo, ma tiro avanti a stento. La gara di ballo haportato dellepersone importanti nella mia scuola...grazie a te e a Jake."

Quando arrivò la loro cena, le due ragazze affamate si buttarono sul cibo.

"Questo nuovo lavoro ti farà guadagnare molto?" le chiese Grace mentre mangiava.

"Lo spero. Dipende molto dalle altrepersone. Voglio dire, il film è benpagato, ma tutto il resto...dovrò aspettareper saperlo."

"Il tuo fidanzato ti ha mollata durante il tuoperiodo di maggiore crisi?" Grace scosse la testa.

"Sonopassati tre anni. Finalmente, l'ho superata." Dorrieprese una carota con la sua forchetta.

"Sei bellissima. Ne troverai sicuramente un altro, Dorrie.perché avevi scelto lui?"

"Eropiuttosto sicura di me cinque anni fa. Mi sono allontanata da tre ragazzi terribili a New Yorkper venire a Los Angeles. Forse sono stata frettolosa." Dorrie sipassò le dita tra i capelli neri.

"Tre ragazzi?"

"Sì. Mi chiedo ancora se, se avessi avuto un giorno inpiù con ciascuno di loro, avrebbe fatto la differenza."

"Epoi sei andata a finire con quel verme?"

Dorrie ridacchiò e bevve un altro sorso di champagne. "Il mioprimo film è stato un grande successo. Il successo attira tutte queste sanguisughe."

Gracepensò a Georgeper un attimo. "Ben detto. Chi sarebbe questo farabutto di unproduttore?"

"Forse l'hai sentito nominare — conosci Gunther Quill?"

Grace sputacchiò lo champagne che stava bevendo. "Chi?"

"Gunther Quill. Siamo stati fidanzatiper un anno. Immagino che tu lo conosca."

"Ha una certa reputazione," Grace si sentì arrossire in volto.

"Più che meritata, direi. È un vero verme."

Continuarono a mangiare in silenzioper unpo'. Dorrie notò l'anello di Grace.

"Lasciami indovinare – tu e Jake vi siete fidanzati?"

Grace annuì e sorrise.

"Voi due siete una coppia stupenda. Ha fatto bene a chiederti di sposarlo."

"Grazie. E tu? All'apice del tuo successo. Nessuno di speciale all'orizzonte?"

Dorrie scosse la testa. "Non ho conosciuto nessuno. Mi sono impegnata moltoper avere quest'opportunità ma ora non ho nessuno con cui condividerla... e tutto questo la rende unpo', vuota."

"Che cosa intendi fare?"

L'aereo cominciò a traballare unpo' e il segnale delle cinture di sicurezza si accese immediatamente. La hostess venne aprendere i loro vassoi e a riempire di nuovo i loro bicchieri di champagne.

"Devo tornare a New Yorkper tre settimane quest'estateper girare una scena di ballo a Centralparkper il film."

"Oh?" Grace sollevò le sopracciglia.

"Già. Forse, farò anche una vacanza."

"Vuoi andare a cercare...?"

"Hai capitoperfettamente. Ho intenzione dipassare quel giorno inpiù con ognuno di loro."

"È grandioso, Dorrie. Spero che troverai il ragazzo giusto."

Dorrie sollevò il bicchiereper fare un brindisi. "Tesoro, questa è la tua ultimapossibilità!"

Le due ragazze fecero tintinnare i loro bicchieri. Dopo aver bevuto lo champagne, il telefono di Dorrie emise un suono.

"Un messaggio," spiegò a Grace. Dorrieprese il telefono e aprì il messaggio.

Dobbiamoparlare. Il mio autista verrà aprenderti all'aeroporto.

Gunther

FINE
Notizie sull'autrice

Jean Joachim è un'autrice di romance di successo e i suoi libri sono in cima alla classifica Amazon Top 100 fin dal 2012. Scrive romance contemporanei, tra cui gli sport romance e la romantic suspense. *Dangerous Love Lost & Found* ha vinto ilprimopremio International Digital Award dell'Oklahoma Romance Writers of America nel 2015. *The Renovated Heart* ha vinto ilpremio Miglior Romanzo dell'Anno del Love Romances Café, *Lovers & Liars* è arrivato tra i finalisti del RomCon del 2013 e *The Marriage List* ha conquistato il terzoposto nella classifica Miglior Romance Contemporaneo del Gulf Cost RWA. To Love or Not to Love si è classificato al secondoposto del Reader's Choice contest del 2014 della sezione del New England dell'associazione Romance Writers of America. È stata nominata Miglior Autore dell'Anno nel 2012 dalla sezione di New York dell'associazione Romance Writers of America. Moglie e madre di due figli, Jean vive a New York City. Solitamente, di mattinapresto la sipuò trovare al computer a scrivere mentre beve una tazza di tè, con al suo fianco Homer, il carlino che ha salvato, e la sua scorta segreta di liquirizia nera.

Jean ha scritto epubblicatopiù di 30 libri, novelle e racconti brevi. Consultate il sito: http://www.jeanjoachimbooks.com.

Iscrivetevi alla newsletter sul suo sitoperpartecipare alle sue venditeprivate di libri in formato tascabile. Iscrivetevi alla sua newsletter qui:

https://www.facebook.com/pages/Jean-JoachimAuthor/221092234568929?sk=app_100265896690345